わらしべ偉人伝

～めざせ、マイケル・ジョーダン！～

ゲッツ板谷

角川文庫 14688

わらしべ偉人伝

～めざせ、マイケル・ジョーダン！～

ゲッツ板谷

角川文庫 14688

めざせ、マイケル・ジョーダン！

　その日も、変な中型犬が何の断りもなくウチの庭に入ってきた。そして、茶の間の窓から奴に向かって書けなくなったサインペンなどを全力投球していると、不意に電話が鳴った。瞬間的に（恋が始まるかも…⁉）と思ったが、『週刊ＳＰＡ！』編集者のシンボさんからだった。

「――ということで、板谷さんなりの偉人伝を書いて欲しいんですよ」

「ええ……」

「で、最初の偉人だけは板谷さんに決めて欲しいんですけど、誰か尊敬してる人っています？」

「平たく言えば、マイケル・ジョーダンですね」

「……アハハ、インタビューするのにいくらかかると思ってるんですか」

「だって、『ＳＰＡ！』だったら経費とかもメチャ出るんでしょ。会いに行きましょうよ、ジョーダンに」

　５分後――。

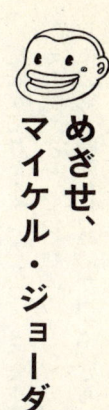

「だ・からぁ〜、わかって下さいよおおおっ。じゃあ、ハッキリ言います。板谷さんは有名人じゃありません。大作家でもありません。だから、一回の取材に何百万円単位の経費なんて下りないのっ」

「いや、それぐらいわかりますよっ。確かにオレは無名塾ですよね。でも、大きなダムだって一つの小さな穴から決壊するじゃないっスか。我々は、今までに何度も見てきたはずですよ、そういう自然の力を」

「何を言ってるのかサッパリわからないっ。とにかく、3日後の打ち合わせの時までに〝インタビュー可能な偉人〟をピックアップしといて下さいねっ。よろしく、メカドック！」

電話が切れた……。気がつくと、食卓の上にあった弟のエクレアを右手で握り潰《つぶ》していた。

その晩、オレんちに数人のチンピラが遊びに来た。彼らに相談してみることにした。そして、約1時間後に結論が出て、さらに3日後に吉祥寺のサ店でソレをシンボさんに告げることになった。

「鈴木あみ………って、板谷さんはホントに彼女のことを尊敬してるんですか?」

「当たり前ですよっ、そんなもん」

「……じゃあ、具体的に彼女のどんな面を尊敬してるんですか?」

「だから………ま、まず、歌がウマいでしょ。そ、それから、なんか、こう……みなし子たちに対してボランティアみたいなこともしてるはずなんですよ」

「してねえよっ!」

「いや……と、とにかく、オレの友達も会いたいと言ってるんですよね」

「ダメっ。鈴木あみ、却下!」

その後、オレは考えに考えて、ホントに尊敬している〝ある人物〟の名前を告げてみた。今度はアッサリとOKが出た。

そして、さらに約2時間にも及ぶやり取りの末、オレとシンボさんの間で2つの血の約束が交わされることになった。

約束その①▼偉人の輪を進んでいくうちに、ホントにマイケル・ジョーダンを紹介してもらえたら、いくらカネがかかろうと必ずジョーダンへのインタビューを実現させてもらう。

約束その②▼が、オレが各偉人に対して、少しでもジョーダンにつなげようとする発言をした場合、当連載は即刻打ち切りとなる。


つーことで、1年以内に必ず会うぞっ、ジョーダンとおおおおっ!!

※本書は、2003年5月に扶桑社より刊行された単行本を文庫化したものです。初出は「週刊SPA!」2001年1/3・10合併号〜2003年1/28号。登場する人物の肩書、年齢等は原則として取材当時のものです。

カバー＆本文イラスト
西原理恵子
★
撮影
浅沼 勲
落合星文
岩切 等
山田 聡
田中 雅
塩川真悟
★
デザイン
坂本志保

わらしべ
偉人伝

～めざせ、マイケル・ジョーダン！～

目　次

第1章

chapter 1 : ibushi ginza ★★★★★★★★★★★

いぶし銀座

第1偉人 針すなおさん

警察官が似顔絵の弟子入りを頼んできた似顔絵界の巨匠

針すなお――――。同氏は、漫画家というより似顔絵家である。

で、その似顔絵というのが、どれも理屈抜きでメチャメチャ似ているのだ。にもかかわらず、針さんは全く偉ぶることなく、膨大な量の仕事を淡々とこなしているのである。

また、針さんは2〜3年前まで、モノマネ番組の審査員を時々務めていた。で、他の審査員たちは大御所的なタレントに対しては、そのネタが似てる似てないにかかわらず10点をつけるのだが、同氏だけは似てないと平気で8点とかをつけるのだ。

Hari Sunao
'33年、佐賀県生まれ。漫画家。本名は高閑者順（たかがわ・すなお）。実家はお寺。'73年、日本漫画家協会優秀賞受賞。合気道道場「高伝館」も主宰する

針さんの座右の銘。意味は、よくわからない。下のイラストは佐賀県に生息する「白黒カラス」

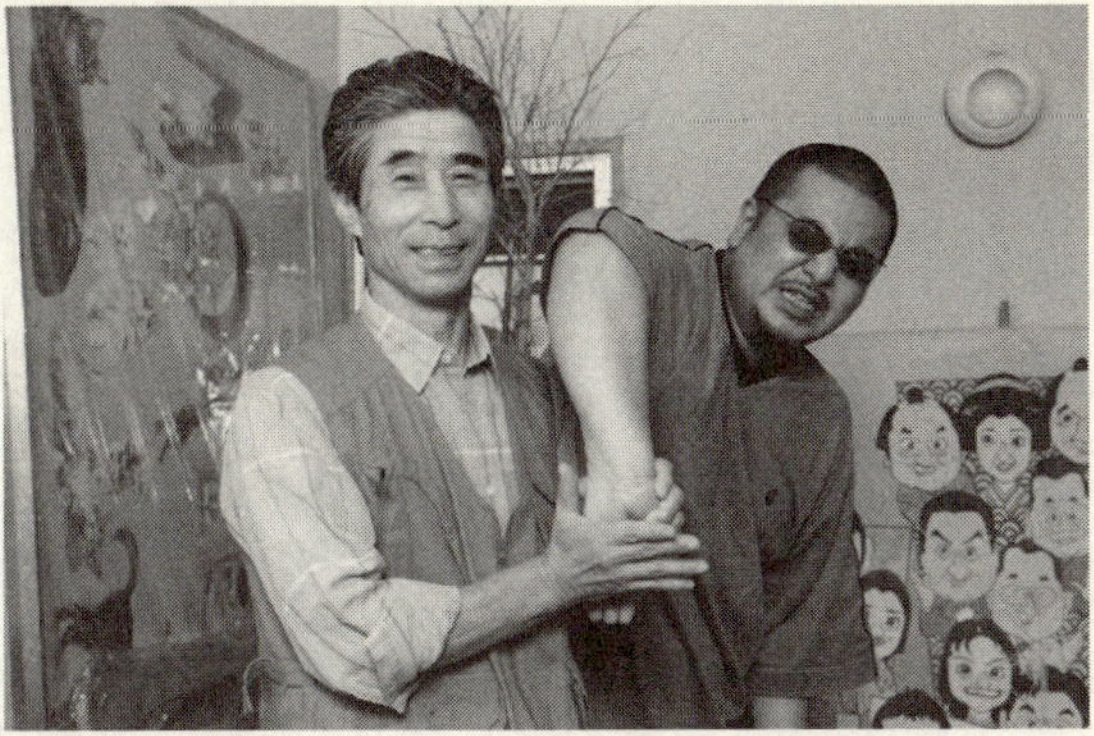

関節技をキメられるオレ。うまく説明できないが、針さんて乳首が4つあるような気がした（しょっぱなから何書いてんだよっ、オレ）

オレは、それを見て何度（キリンさんが好きです。でも、針さんの方がもっと好きです！）と肯《うなず》いたかわからない。針さんの針は、予定調和などというモノには無縁で、正直にブスッと刺さるのだ。

ということで、オレはそんな針さんのことを長年にわたって、地味に尊敬し続けてきたのである……。

――取材日は、大雨が降っていた。オレは、都内にある針さんの仕事場の近くに車を路駐。そして、「迷惑駐車はやめろよっ」と文句をコイてきたオヤジを「いや、鉄観音ですから…」という4次元の言い訳でブッチし、担当のシンボさんと合流。

初めて直に対面した針さんは、小柄で、細身で、優しそうな目。が、その目の奥にはアル・カポネが正座しているような力強さがあり、また、実際の年齢より10歳近く若く見えた。

「〝針すなお〟というペンネームは、やっぱ（針を素直に打ち込むぞ！）という気持ちで付けたんですか？　つまり、仕事人の梅安のような……」

途端に、針さんの目に電波人に対する用心のようなモノが宿った。

「いや……最初は3人一組になって〝はりもぐら〟という名前で漫画を描いてたの。ところが、意見の違いからスグに解散することになってね。ボク一人になっても〝はりもぐら〟でやろうと思ったんだけど、先輩の漫画家に『お前、あんまりふざけた名前を付けるな』って怒られたの。で、針に自分の本名の順（すなお）を付けて、そうなったんだよね」

おい、思ってたのと全然違うじゃねえかよ……。

「どういう経緯で、主に似顔絵を描くようになったんですか？」

「面白くなかったんだな、ボクの漫画のストーリーは。で、たまたま誰々の似顔絵を描いてくれ、って注文があって、それ以降、頼まれる仕事の9割以上が似顔絵になったの（笑）」

「どのようにして、各有名人の似顔絵を描くんですか？　イメージでパパッと描けちゃうんですか？」

「そう簡単にはいかないんですよ。基本的には、その人の様々な角度や表情の写真を10枚ぐらい用意してもらう。で、それを机の上に並べて、総合的なイメージがハッキリしてきたら、ようやく描き始めるんだよね」

またもや意外だった。毎月、とんでもない仕事量をこなしているはずなのに、一点一点、描く前にそんな手間を掛けていたとは……。

「あの、お弟子さんとかは取らないんですか」

「以前、警察の人に弟子入りさせて欲しい、って頼まれたことはあるよ」

「ええっ、警察の人にですか……」

「統計では、モンタージュ写真より似顔絵の方が犯人の検挙率が高いらしいんです。で、似顔絵の上手な描き方を教えて欲しいって……。でも、その人は資料もなしに目撃者の証言だけで描いてて、その絵がそれなりに検挙につながってるわけでしょ。だから、コッチが逆に弟子入りさせて欲しい、って断ったけどね」

「へえ〜、刑事《デカ》貴族ですかぁ〜」

……なぁ、シンボさん。返答になってねえっつーんだよっ。しかもアンタ、5分前からオレの足踏んでる！


飄々とした天才似顔絵家は合気道七段の「超人」だった！


取材開始約10分後。オレは、早くも核心を突く質問を放っていた。いや、質問というより、針さんの偉人度を「確認」したかったのだ。

「針さんは、モノマネ番組の審査員を時々務めてましたよねえ。で、他の腐れ審査員たちは、大御所的なタレントには満点の10点をつけるんですけど、針さんだけなんですよ、相手が誰であろうと似てなけりゃあ7点、8点をつけてた人って」

「つまり、それによって新人が大御所のマンネリ芸を破る〝ジャスティス〟が何度も発生したんですよっ。やっぱアレは、似てる似てないに関しては職業柄絶対にウソはつけない…っていうポリシーだったんですよねっ？」

「本当は全員に10点あげたかったんだよね。ま、ボクの知らない曲を歌うと9点、知ってる曲だと10点…って感じで採点してましたよ」

頭の中でオレが泣いていた。そして、針さんの口から、またもや意表を突く話が……。

「今から20数年前、ボクはレコードを出したことがあるんだよね」

「えっ……針さんがですかぁ⁉」

「ボクは、小さい頃はノド自慢あらしだったんだよ」

「ペググッ‼」

隣に座っている編集のシンボさん、その背中が震えていた。

「で、作詞も作曲も、それなりに有名な先生にやってもらってね。結構イイ曲だったんですよ、コレが」

「ちなみに、曲名は……？」

「『3年たっても、まだ泣ける』」

「フググッ……。プググググ…」

背中の震度が上がっているのに、表情は凪《なぎ》のシンボさん。……プロだ、この男。

「………」

「で、本気で売ろうと思ってたからさ。自費でキャンペーンに出向いてね。スナックとかを次々に回って、店のママさんの似顔絵を描いたりしてさ。結局、ヘトヘトになりながらも2日間で500枚売りましたよ」

「スゴイじゃないですかぁ。スケールの小さい台風ですよ、それは（何言ってんだっ、オレ！）」

「ところがね、ボクのような新人歌手の印税っていくらだと思う？　1枚につき4円だよっ、4円。だから、500枚売っても2000円にしかならないんだよ。もう大赤字。それで嫌になっちゃった（笑）」

その後の会話からも、針さんの〝未知なる要素〞が次々と飛び出てきた。

針さんは、'91年から佐賀県の女子短大で似顔絵の実践指導を始める。また、驚くべきことに、同氏は合気道七段で、『高伝館』という道場を佐賀と福岡に開設し、現在では新宿、小《こ》金井《がねい》、所沢でも大勢の若者を集めて合気道を教えているという。その上、『体《たい》の杖《じょう》』という流派まで自分で作っちゃったらしいのだ。

でも、似顔絵と合気道、その2つにどういうつながりがあるのよ…？

「同じ快感を得られるんですよ。納得度の高い似顔

念願成就！　針先生がオレの似顔絵を………ウソだあああっ！

絵が描けた時って、武道の技が決まった瞬間と同じなの」
なるほど……。しかし、何というパワフルな67歳なのだろう。針さんは、オレの想像を遥《はる》かに超える男だった。
午後4時20分、取材は無事終了したが、路駐しておいた車が消えていた……。が、あまり悔しくなかった。

MJ近づき度……2%

↓

次の偉人は……………………

針さんから紹介してもらった次の偉人は「女傑」。しかも爆烈にカワイイとのこと。はたして誰が登場するの!?

第2偉人
太田隆子さん

美空ひばりがナマで歌った伝説のゴールデン街のバーのママさん

さて、次なる偉人は、新宿の歌舞伎町で『ぷーさん』というバーをやっているママさん。推薦者の針さん曰《いわ》く、「女傑で、しかも、チャーミングな人」だとのこと。

が、正直言って、同店を訪れるのは少し気が重かった。というのも、この『ぷーさん』は作家が集まる店としても有名らしく、オレはそういう所で御託を並べながら酒を飲んでる輩《やから》が大嫌いなのである。で、普通に考えるなら、そのテの連中を仕切っているのがママさんで、つまり、ダミ声のジャバ星人のような風体をしたババアが待っているような気がしたのだ。

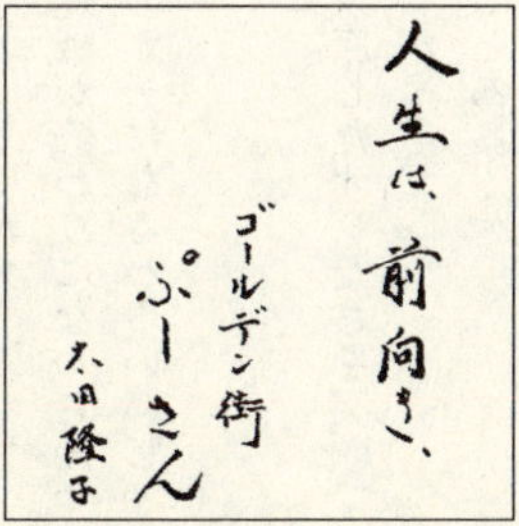
人生は、前向き、
ゴールデン街
ぷーさん
太田隆子

コレを見たオレの弟（バカ）が「俺のポリシーと同じじゃん」と発言。頼む、死んでくれ！

Ohta Takako
バー「ぷーさん」のママ。実家は上野の料理屋。昭和35年に新宿ゴールデン街にバーを開店。その後、歌舞伎町のはずれに移転。現在は休業中とのこと

2人目の偉人と乾杯するボキ。彼女の顔を初めて拝んだ際、理由はわからんが（オロナインー）という単語が頭ん中に響いた

（久々に暴れることになるかもしれない……）

店に踏み込む直前、そんな不安を編集のシンボさんに打ち明けてみた。すると、経済ヤクザのようにメガネをピカリと光らせた彼は、次のような一言を……。

「ま、2人目の偉人で連載が終わりになっちゃっても、それ自体が最高のオチになるからいいじゃないですか」

うん、そうだね……。

午後6時ジャスト、入店したオレたちを笑顔で迎えてくれるママさん。が……、

「あれっ、アナタ見たことある！」

オレの顔を改めて見た途端、そんな言葉を放ってくる彼女。

「いや……あの、オレはこの店に来るのは初めてなんですけど……」

「ほら、アナタ。マサルちゃんの家の3畳間で、よく鹿肉をかじってたでしょ！」

「……はぁ？」

「アナタのお父さんて、火を使う芸術家っ⁉」

「火を使う芸術家？　……いや、3年前、火炎放射器で庭の雑草を焼いてて、ついでに実家も全焼させたりはしてますけど、一応は普通のサラリーマンですよ」

「じゃあ、違うわねぇ…」

（何だよ、いきなり……。でも、予想に反して感じのエエ人じゃん）

が、間もなくして、店内の各所にさり気なく飾られている品々にド肝を抜かれるオレ。

岡本太郎作のレリーフ、牧伸二のウクレレ、そして、ミロの絵画……。

「あの絵は以前、岡本さんがミロを店に連れてきたことがあって、その時にササッと描いてもらったのよ」

（うえぇっ!!　原画かよっ、おい……）

――昭和35年。離婚を機に、ママさんはゴールデン街に『ぷーさん』をオープンした。で、以前から実家の料理屋のお客さんだった岡本太郎と作家の吉行淳之介を通じて手塚治虫、野坂昭如《あきゆき》、瀬戸内寂聴…etc．といったそうそうたる人たちが常連となり、極めつけは、あの美空ひばりが店内のカラオケで自分の曲を25曲も歌ってったこともあるという。おい、ここまでビッグネームがポンポン出てくると、嫌味にもなんねぇじゃねえかよ……。

「つまり、皆、ママさんの求心力に惹《ひ》かれて集まってきたんですね」

「私は平凡な人間よ。自分でも知らないうちに凄《すご》いことになってただけの話よ、ホントに」

「ちなみに、オレの周りにもイロイロな奴が集まってくるんですけど、どういうわけか揃いも揃ってバカやキチ○イばっかで……。だから、別の意味で凄いことになってるんスけどね」

「それはアナタ自身が非凡な人間だからよ。うらやましいわ、何だか楽しそうで（笑）」

ママさん、ホントにそう思うならオレんちに住んでみ。多分、2日ぐらいで原発の放射能漏れを素手で直したくなるような気分になれるから……。

「今は若い客とかは来るんですか？」

「来ないわねぇ～。商売とは関係ナシに言うけど、こんなに生きた勉強をできる場所はないと思うのよ。だって、気持ち良くお酒を飲んでる時って、有名人も一般の人もないでしょ。だから、ココへ来たら凄いと言われてる人たちのみっともない部分も見ることができるんだもん。で、なあ～んだぁ、あの人も根本は俺たちと同じじゃないか…ってことが実感できる。だけど、今の若い人たちって、一見、自由を満喫してるように見えるんだけど、自分の殻に閉じこもって頭デッカチになってるだけなのよね。だからかなぁ、若者に大らかな人がいなくなったわね」

何だかオレ自身のことを言われてるような気がした……。

帰り道、シンボさんに尋ねてみた。

「ママさんの求心力の正体って何だと思いました？　……おツマミの中にシャブでも混ぜ

てんスかねぇ?」

「原稿の締め切りは来週の火曜ということで、よろしく、メカドック!」

そう言い終えたと同時に突然ダッシュで右手の信号を渡り、人混みの中にズイズイ消えていくシンボさん。

魚に喩《たと》えるとサメだな、この人……。

MJ近づき度……5%↓

次の偉人は……

世界でもたったの3人……という職業についてる偉人が登場。鳥肌立ちまくりの〃第三の男〃に、乞うご期待!

第3偉人
林家正楽さん

Hayashiya Shoraku
'48年、東京都生まれ。紙切り芸人。'66年、2代目林家正楽に入門。'88年、2代目林家小正楽を襲名。'00年、3代目正楽襲名。趣味はクロスワードパズルとか

石川五エ門（ルパン一家）より凄い、世界で3人の「紙切り芸人」とは⁉

『ぷーさん』のママが紹介してくれた偉人は、紙切りの3代目、林家正楽さんだった。推薦理由は「とにかく面白くて凄い人だから」。

つーことで、上野にある落語協会の事務所にてインタビューをさせてもらうことになったのだが……。

「クククッ、ますますジョーダンから遠ざかっていきますね～」

事務所に向かってる途中、楽しそうにそんな言葉を掛けてくる編集のシンボさん。

「やっぱ遠ざかってんスかね……」

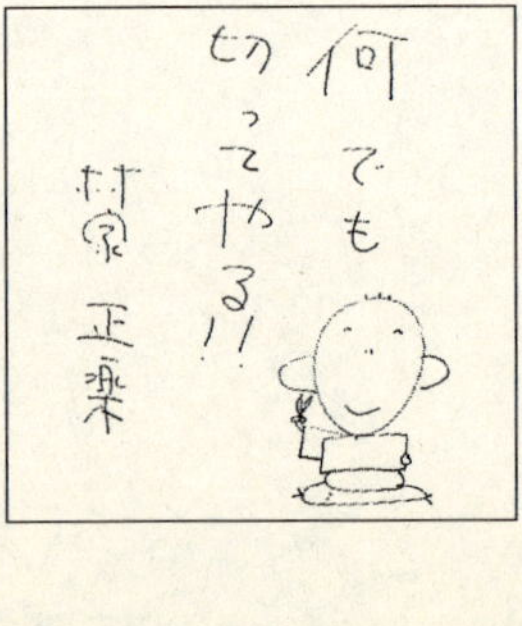

書き出す直前、「『なんでも』の『なん』って、どんな漢字だっけ?」と尋ねられた……

師匠が切った「力士」を手に。ちなみに、次に「長門裕之と南田洋子の水中キス」を頼んだら断られた

「ミュージシャンに喩えて考えてみて下さいよ。ジョーダンがマイケル・ジャクソンだとしたら、前回のママさんは水前寺清子で、今回の正楽師匠はオカリナばっか吹いてる宗次郎ってとこですよ。宗次郎がジャクソンに電話すると思いますか？『オカリナの上から2番目の穴って、少し楕円《だえん》形の方がイイ音出すと思わない？』とかって（笑）」

なぁ、シンボ君。このまま家に帰って、ピーチ味のフルーチェをフラれ気分で作りたくなっちゃったんですけど、オレ……。

5分後。事務所に到着したオレたちを気さくに迎えてくれる正楽師匠。そのせいか、初対面って感じが全然しないのである。が、今朝の5時まで飲んでいたらしい……。

「しかし、何で、よりにもよって紙切りの世界に入ることに…？」

「ボクは高校生の頃から、ちょくちょく寄席に通ってってね。いっぺんは、高校を出て普通の会社に就職したんだけど、つまらなくてすぐに辞めちゃったの。でね、落語は江戸弁でキチッと喋《しゃべ》らなきゃいけないんで自分には難しそうだし、手品師は人をダマして悪い奴だし、曲芸は訓練がツラそうだし…なんて考えてて、結局、紙切りが一番ラクそうで、また、2代目の正楽さんは言葉に少し訛《なま》りがあってさ。（昔から絵を描くのは好きだったから、これならイケるかも）と思って、パッと弟子入りしちゃったの」

「現在、紙切りを職業にしてる人って、世界に何人ぐらいいるんですか？」

「他の国には、芸として紙切りをやっている人は一人もいないらしいんだよね。で、日本には5人いるんだけど、寄席に出てる人はボクを含めて3人。…これはボクなりの定義なんだけどね、紙切りっていう芸は、寄席に出てお客さんからの注文を受けてやるものだと思ってるの。だから、世界に3人…ってことになるね」

つーことは、60億分の3かぁ……。ま、そう考えると、32にもなってオーバーオールの着方がわからないって泣いたウチの弟が多分、そのくらいの希少性を秘めてて、67にもなって3日に一度『サスペリア2』のビデオを繰り返し観てるウチの親父は、60億分の1か2ぐらいの存在だな、きっと…。

「なるほど……。お客さんからの注文で困るモノってありますか？」

「いっぱいあるよ。『秋風』とかね（笑）。あと、扇風機とか東京タワーとか」

「うわ〜〜っ、網目が沢山あって面倒臭そうスねぇ〜」

「ま、切れって言われれば切るけどさ、そのテの形が決まってて動きのないモノは面白くないんだよね。だから、東京タワーなんかの時はゴジラを登らせるようにしてるの。そうすんと、ほら、東京タワーが小さくて済むでしょ（笑）」

そう言い終えた途端、いきなり手元にあった紙をハサミでチョキチョキ切り始め、アッという間に2つの作品を完成させてしまう正楽師匠。

鳥肌が立ちまくり、一瞬、何だか訳がわからなくなって、師匠の口の中に己のゲンコツをねじり込みそうになった。こうして目の当たりにすると、冗談抜きでメチャメチャ凄《す》げーじゃねえかよっ、紙切りって！

が、シンボさん。こんな感動的な場面で何だけど、アンタがテーブルの隅に置いたのって、テープレコーダーじゃなくて、ただのラジオだべ……。ま、忘れたのはいいんだけど、オレ、何もメモしてないんですけど……。

朝、目が覚めた瞬間から紙を切りたくなるって……!?

目の前で師匠が見せてくれた紙切り芸。オレは、その凄さに目からウロコを落とされながらも、もう一度同じ質問をせずにはいられなかった。

「しかし、どうして紙切りの道に……」

「始めてみたらさ、毎日毎日がイイんだよねぇ～。紙を切るのが楽しくて、入門してから現在までの34年間、一度も飽きたことがないの。朝、目が覚めた瞬間から紙を切りたくな

けるしね」

陰で、国際親善のためにマダガスカル、ハンガリー、オマーン…といった珍しい国にも行

ていう歓声を耳にすると、その度に体がゾクゾクってくる。あと、紙切りをやっているお

「ホントだよ。だから、寄席には毎日出てるし、完成品を見せた時のお客さんのワ——っ

「デタラメだよっ、そんなの！（おい、何言ってんだよっ、オレ!?）」

ることだってある。今日も切れるなぁ…と思うと、とにかく嬉《うれ》しくなっちゃうんだよね」

「えっ……つまり、そういう国に呼ばれて、そこでも紙切りを見せてるんですか？」

「うん。しかも、外国人の方がウケがいいんだよ。でも、イタリア人だけは〝紙切りが商売になっている〟ってことが、どうしても信じられないみたいだったね」

「珍しいことは何でもピエロの仕業にしますからね、奴らは（だから、どうしちゃったんだよっ、オレの口はあああ!!）。……と、ところで、お弟子さんとかはいるんですか？」

「昔、見習いみたいなのが一人いたけど、今はいないね」

「じゃあ、下手すれば絶滅の危機に……」

「来なかったら来なかったでいい。紙切りは、ヤル気がすべての世界だから。無理して弟子を取っても続かないのはわかってるからね」

「でも、ヤル気も何も、今の若い世代は『紙切り芸』の存在自体、よく知らない奴が多いと思うんですが……」

「うん。だから、小学校に行って紙切りをすることもあるんだよ。そうすると、子供は大

喜びでね。注文は、ドラえもんとかピカチュウが多い。でも、ポケモンのピカチュウ以外の怪獣って250種類ぐらいいるんだろ。覚えられるわけがないいんだよ」

「プッハッハッ、そりゃそうっスよね」

「この前もミューって怪獣を切ってくれと言われたんで、ボクなりのミューを切ったら『ちがう〰〰〰〰!』って大泣きされちゃってさ（笑）」

その後の師匠とのやり取りから、次のようなこともわかった。

紙を切っている間、お客さんを退屈させないために話術も大切。が、延々と喋っていると紙切りに集中できなくなるので、少ししか喋らない代わりに必ず話にオチをつけなければならない。と同時に、間をもたせ、かつ、お客さんに一緒に切っているような感覚になってもらうために、上半身をリズミカルに動かすのも芸の一つだという。

つまり、想像力・技術・話術・ダンス…といった計4つの要素を同時に稼動させなければならないのだ。

地味なんだけど超人的な芸だな、紙切りって。下着ドロに成り下がった川上哲治みたいな顔してるけど、凄いわ、この人……。

MJ近づき度……1%↓

次の偉人は……………………
またまた予想もつかなかった自然体の偉人が登場！　が、のっけからハプニングが……。乞う、ご期待!!

第4偉人
えのきどいちろうさん

Enokido Ichiro
'59年、秋田県出身。コラムニスト。『NAVI』などで執筆するほか、TBSラジオ『アクセス』月曜日のパーソナリティも務める。著書『妙な塩梅』ほか

大先輩コラムニストは約束の時間を30分過ぎても姿を見せず……

今回の偉人は、コラムニストの「えのきどいちろう」さん。正楽師匠曰《いわ》く「推薦理由は、TVやラジオでの喋りが凄《すご》く面白くて、それとボクの襲名披露の時に御祝儀を持ってきてくれたから」とのこと。

が、コラムニストといえば、オレとほぼ同業者。しかも、えのきどさんは、'80年代から第一線で活躍してる大先輩である。

オレがいつもより硬くなっているのを感じたのか、次のような言葉を掛けてくるシンボさん。

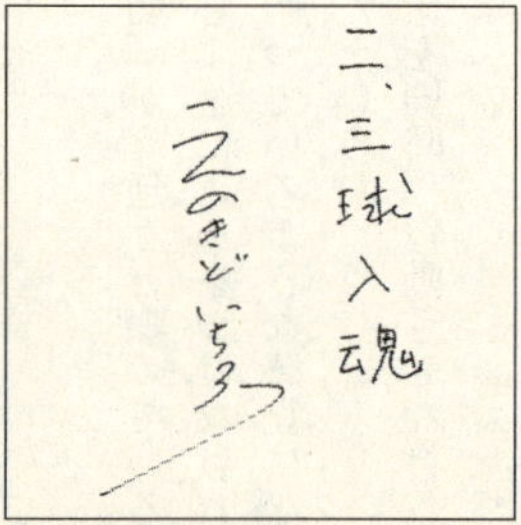

いかにも同氏らしい座右の銘。今後、オレも大勢とケンカする時は二、三網打尽にしやす

えのきどさんの地元・浅草で。なぁ、この写真のオレたちって、餃子屋で中ぐらいの成功を収めてる兄弟に見えねえか？

「ボクは、以前からえのきどさんとは知り合いだし、大丈夫ですよ。板谷さんがソバ飯だとしたら、えのきどさんはスープスパゲッティみたいなもんですから」

（……ダメだ。脳味噌《のうみそ》を破壊されちゃう、この男と話してると）

そして、待ち合わせ場所になっている浅草ビューホテルのラウンジで待つこと35分。約束の2時を30分近く過ぎているのに、えのきどさんは一向に現れない……。

「道が混んでるんですね。多分、車だろうから……。念のため、自宅に連絡を入れてみますよ」

2分後――。

「えのきどさん、家でプレステやってました…」

なぁ、シンボさん。ホントに知り合いなのかよっ、ワレは!?

20分後、ようやくラウンジに現れ、オレたちに謝りまくるえのきどさん。すっかり忘れていたそうだ。

「えのきどさんは、竹中直人さんと親交があったり、結婚式の2次会で井上陽水さんがスピーチをしてくれたりっていう、つまり、どうしてそんなに豪華な人間関係を築けるんですか？　オレも一応、10年ぐらいライターやってますけど、未だに地元のチンピラ連中としか交流がないんですけど……」

「もともと小学生の頃から、自分は3組でも、気になる奴が1組にいたら休憩時間とかに『どうなの？』って行っちゃう体質だったの。あと、30歳ぐらいの時に気がついたんですよ。昔、糸井重里さんや川崎徹さんと一緒にイベントをやる機会があってね。2人とも尊敬してる先輩だったんで緊張してたんだけど、その週のうちに2人から電話が掛かってくるんですよ。メシ食いに行こうとか。つまり、本当に仕事ができる人って、壁なんか作ってなくて、フットワークが軽いんですよ。井上陽水さんも仕事で初めて会ったその日に、『これ終わったら遊びに行こうか？』って誘ってくれたりね。要は、それに感銘を受けて真似してるってだけの話なんですよ」

正楽さんとも、そうやって仲良くなったのかぁ……。しかし、えのきどさんて、すぐに和めるというか、憎らしいほど自然体の人だよなぁ〜。

「えのきどさんは、一番仕事をしてた時期は月に30数本の連載を抱えていたそうですけど、そういう荒行をクリアーできる秘訣《ひけつ》とかは…？」

「やみくもにやるだけ。体力の限界に挑戦してましたね。で、それを続けてると、女のコといっぱい付き合ってるのと同じ感じになるんスよ。30何股をかけているような。つまり、あの娘にはこの話したっけ?とか、この娘とはそろそろ盛り上がんなきゃいけないなぁ〜っていうようなノリになっていくんですよね」

「今まで出会った中で、一番の珍名さんは?（…またやっちゃった! だから、それを聞いてどうしようってんだよっ、オレはあああっ!!）」

「最近知り合った人で、『十七男』と書いて〝となお〟と読む名前の人がいた。俺、好きなんですよ、数字野郎が。関本四十四《しとし》（元ジャイアンツ）とか山本五十六《いそろく》とか、ラッパーみたいな名前だもんね。……ゲッツさんは、どんな珍名さん知ってんの?」

「昔、ある雑誌で『八月十五日』っていう苗字《みょうじ》の人がインタビューに答えてましたね。何と読むのか忘れちゃいましたけど」

「ボクの知り合いの女の子にも……」

急に言葉を挟んでくるシンボさん。

「名前なんですけどね、『小笛』と書いて〝ピッコロ〟と読むんですよ」

プハッハッハッ、グレるしかねえじゃん、その娘。プハッハッハッハッ!!

新ペンネームは「武者小路備後（BINGO）」!?

インタビュー後半は、オレの次のような質問からスポーツの話題が中心になった。そして、それが願ってもない「特急券」を手にするキッカケになったのである……。

「えのきどさんは、日本ハムファイターズの熱狂的なファンということですが、何で日ハムなんですか？」

「最初はね、プロ野球の球団名に、いくら何でも〝ハム〟はないだろう…っていうギャグを言ってるうちに選手の名前とかを覚えちゃってね。その流れでホントのファンになっちゃったんですよ。俺って、結局そういう部分が好きなんですね。メジャーリーグとか、確かに凄いしカッコイイけど、そういうんじゃなくて……例えば昔、甲子園球場に『ラッキーゾーン』ってあったでしょ。で、考えてみるわけですよ。何だよ、ラッキーゾーンって？」

「直訳すれば『幸運地帯』ですもんねぇ（笑）。球場に〝おまけ〟があるっていうのは、確かに凄いですよね」

「それに子供の頃、『巨人の星』とかを観てると、大リーグボールなんていう、モロにデッドボールのコースに来て、その後、球がラジコンのように避けたバットに当たってピーゴロになったり、途中で球が完全に消えちゃう魔球があるわけですよ。で、いかにも昭和の貧乏臭い工夫なんですけど、そうでもしないと海の向こうの大リーグでは通用しないのかぁ…って、日本人のほぼ全員が当時思ってたわけでしょ。つまり、そういう情けなさが好きなんですよ」

その後も、南伸坊さん昔狂暴だった説の真偽とか、新しいペンネームにするとしたら

『武者小路備後（BINGO）』がいいとか、元・日ハムの助っ人・ソレイタが殺されたとか、まさに『アタック25』張りに様々なジャンルに飛び火するえのきど節。おい、誰か止めてくれよ、この人を……。

「しかし、何というか…えのきどさんは、原稿書いたり、ラジオに出演したり、日ハムを応援したり、寄席に通ったり、自身でもソフトボールやシュノーケリングをやったりと、よくもまぁ、それだけいろんなことができますよねぇ」

「要するに、中毒性というか、マイレージが貯まっていくんですよ。日ハムの試合を見に千葉マリンスタジアムまで行ったり、アイスホッケーの観戦で日光まで出向いたりね。で、そういうバカなことをやっているうちに気持ちが良くなってくるんですわ。…あと、例えばね、風俗が好きな人がいるでしょ。大宮にいいヘルスがあるって聞けば、その日のうちに行っちゃったり、テレクラで知り合った娘と待ち合わせしたりすると、アクセル全開で高速を山梨までスッ飛ばしていく。そして、すっぽかされる。…つまり、どんな人でも何らかの方向にバカのマイレージを貯めてるんですよ。もう『バカマイル　イズ　ライフ』って感じで」

（バカマイル……。そういえばオレも、NBAの観戦でフェニックスまで行ったり、バスケカードに800万ぐらい使っちゃったりして、ことバスケ方面にはかなりのバカマイルが貯まってんだよなぁ。しかも、オレの周囲は家族からしてバカの宝庫だから、もうバカスタンプ押し放題って感じで、ホントにそういうシステムがあったら一家全員がタダで世界を20周ぐらいできると思うんですけど……）

午後4時35分。ようやく一連のインタビューが終了し、最後に知り合いの偉人を紹介してもらうことになった。そして、えのきどさんの口からその人物の名前が吐き出された次の瞬間、オレは嬉《うれ》しさのあまり、反射的に隣にいた浅沼君（カメラマン）の首筋を左手でコンドルのようにロックしてしまう有り様だった。

よっしゃあっ、ジョーダンの背中見えたり!! おい、覚悟しとれよ、シンボさん。グフフフ。

MJ近づき度……7%↓

次の偉人は……………………

つーことで、顔の広いえのきどさんが指名してくれたのは、なんと現役スポーツ選手。次回、超ご期待！

第５偉人 春名真仁さん

Haruna Masahito
'73年、釧路市生まれ。早稲田大学理工学部出身。日本を代表するバタフライスタイルのGK。日光神戸アイスバックスを経て、'07年現在は王子製紙に所属

知性派ゴールキーパーはアイスホッケー界の野村克也か⁉

今回の偉人は、アイスホッケー日本リーグに所属する『日光アイスバックス』（当時）でゴールキーパー（以下、ＧＫ）を務めている春名選手。そう、当偉人伝初の「若者」である。

推薦者のえのきどさん曰《いわ》く「いつも劣勢に立つバックスのゴールを死守してる姿がカッコイイ」とのこと。また、この春名選手は以前、元ＮＨＬ（ナショナルホッケーリーグ）のフランソワ・アレールという人から指導を受けたことがあり、同氏の弟子にはパトリック・ロアというＮＨＬで最多セーブ数を誇っているＧＫもいるというのだ。

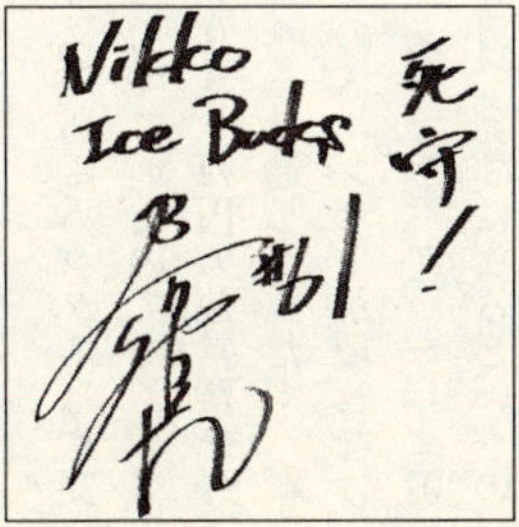

余談だが、ゴール前に小錦とかヤーブローとかを置いとけば、１点も入らないような気が……

で、オレは考えたわけである。そんなに凄《すご》い人の指導をアメリカで直接受けたということは、同じくNHLの元スーパースター、ウエイン・グレッキーと知り合った可能性もある。ちなみにグレッキーは、あのジョーダンと投資会社を共同経営しているのである。つまり、春名選手↓グレッキー↓ジョーダン…という夢のようなホットラインが見えてきたのだ。

ところが、オレのそんな興奮をよそに、リーグ初のクラブチームであるバックスは大変なことになっていたのである。年間3億5000万円の運営費を今後集められる見通しが立たず、新たに大口のスポンサーが現れなければ、あろうことか、今年（'01年）の3月で廃部になるというのだ……。

ということで、新横浜で開催されたバックス応援チャリティーゲームを観戦後、非常事態下にいる春名選手にインタビューすることになった。

試合直後の春名選手と。……麻薬撲滅キャンペーンに駆り出されたお調子者の双子だな、こりゃ

「しかし、春名さんて顔ちっちゃいですよねぇ〜。最初、遠くから見た時はレッドキングかと思っちゃいましたよ」

「そんなことを言われたのは初めてですよ（笑）」

「ところで、何でまた、アイスホッケーのGKになろうと思ったんですか？」

「ボクが生まれたのは北海道の釧路なんですけど、釧路とか苫小牧《とまこまい》って小学校の校庭に氷が張ってあって、体育の授業とかもホッケーなんです。そういう環境でしたからね…。GKになったのは、あのガンダムのような防具がカッコ良く見えたからでしょうね。それと、実はアイスホッケーのGKって花形のポジションなんですよ。責任重大だし、ショットされる度に必ず注目されますから（笑）」

確かに、今日の試合でも30本近いシュートをセーブしまくってたけど、どうも彼ってスポーツ選手とは思えないほど知的な感じがするんだよなぁ。どうして？

「ボク、早稲田に通ってて、将来は生物学の道に進みたかったんですよ。でも、大学じゃ自分より頭がイイ奴なんて掃いて捨てるほどいたんです。だから、自分はホッケーで一番になってやろうと思って（笑）」

なるほど、生物学かぁ……。だから、IQが高そうな顔してるんやな。

「それにしても、GKって怖くないっスか？」

「プロになりたての頃は怖かったですね。シュートスピードって160キロぐらいありますしね。アイスホッケーのGKのミットって、野球のファーストミットの3倍くらい革が厚いんですよ。そうじゃないと、指を骨折しちゃうんです」

「さっきパックを触らせてもらったんスけど、メチャメチャ硬いですもんね。ちなみに、春名さんは試合中、審判とよく話してましたけど?」

「審判も人の子ですからね。判定に文句を言ったりするとカーッとするでしょ。だから、フォローを入れてるというか、対話してた方が何かと得なんですよね(笑)」

おい、現役時代の野村克也かよ……。

「ところで、バックス……いや、日本のアイスホッケー界を救うのに最も効果的な方法は何だと思います?」

「サッカーのようにトップリーグ(NHL)で日本人選手が一人でも活躍するようになったらガ然、注目度が上がるんですけどね。レベル的にはまだまだ難しいですけど、ボクもチャンスがあれば挑戦してみたいですねぇ……。野球のピッチャー同様、最も通用する可能性が高いポジションだと思うんですよ、GKって」

つーことで、文字量の関係でセミの一生のような短いインタビューが終了し、春名選手は翌日も東京で試合があるというのに、ホテル代を節約するためにチームメイトと共にバスに乗って日光に帰っていった。

ちなみに、次の偉人は……すんません、2〜3日自分の殻に閉じこもります。そっとしておいて下さい。

MJ近づき度……

30%

↓

次の偉人は……

……ま、読んでよ

第6偉人 間中敏雄さん

日光でオレを待っていたのは 3倍速の偉人と灼熱地獄だった

その日、日光はメチャメチャ寒かった…。そう、今回の偉人は、日光猿軍団「お猿の学校」の校長、間中さん。前回の春名選手曰く「一代10年で世界の猿軍団を築き上げ、自分らに夢を与えてくれたエラい人」とのこと。ちなみに、間中さんは一昨年（'99年）、昨年（'00年）と日光アイスバックスに年間5000万円もの資金を提供したそうで、それによってバックスは廃部をまぬがれていたらしい。

「なかなか思い通りにはいきませんねぇ～」

猿軍団へ向かうタクシーの中、今まさに人を裏切ろうとしているボンドガールのような

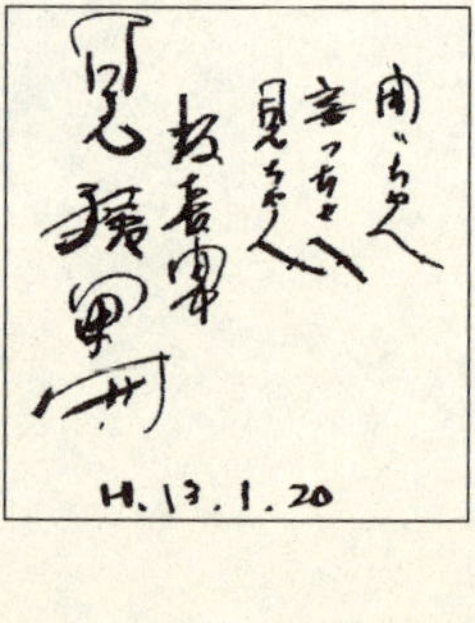

最初、「人生は命」という座右の銘を書き込んだので、「遊びじゃない！」と却下した

Manaka Toshio
'48年、埼玉県生まれ。日光猿軍団「お猿の学校」校長。'86年、日光江戸村で猿回しとしてデビュー。'90年「お猿の学校」を開校、全国的に大人気となる

猿のオリの前で。が、この時、なぜか羽田元首相が提唱した省エネスーツのことばかり考えていた

笑みを送ってくるシンボさん。

「だから、鈴木あみからスタートすればよかったんスよ！　それが何だっ、これじゃあ日本の伝統芸能を地味に紹介していくページじゃないっスかっ。オレは迫文代かいっ⁉」

「でも、最初に針さんを指名したのも板谷さんなわけですよねぇ」

何でオレの人生って、いつもこうなんだろ……。答えて、メカドック！

午後1時50分。猿軍団に到着し、劇場の裏手にある小屋の中に案内されるオレたち。そして、その隅っこにある鉄のストーブを囲むベンチに座ってインタビューをすることになった。

「えっ、ココって物置きなんですかぁ？　…しかし、バカでっかい小屋ですねぇ〜」

「昔、大工も少しやってたから、この小屋も劇場の事務所も、ほれ、このストーブだって俺が作ったんだぁ」

呆《あき》れているオレをよそに、ストーブに薪《まき》を次々と放り込む校長先生。

(間中さんて、TVで見るのと同じで、全く飾り気のない人だなぁ。…ま、それはいいとしても、メモを取ってる紙がひしゃげるほど暑いんですけど、この席……)

「ところで、どういう経緯で『お猿の学校』を開くに至ったんですか?」

「最初はよぉ、郵便局に勤めてたんだけどな。このまま人の手紙ばっか届けててもラチがあかねえ、って思ってさ。そんな時、家の近くの八百屋のオヤジに聞いたら、キャベツを1個25円で仕入れて倍で売ってるって言うべさ。で、こりゃ儲《もう》かんべと思って、すぐに八百屋を始めたんだけど、3~4年で辞めちゃった。何でかわかる? 腐る分を計算に入れてなかったたべさぁ、ガハッハッハッハッハッ!」

「アハハ……(すいません、あまり面白くないんですけど…)」

「で、それから35種類ぐらいの仕事をやったべさ。白タクの運転手だろ、電気屋、トルコの客引き、川下りの船頭、ネズミ講の元締め、チリ紙交換…とにかく一発当てようと思って何でもやった。そんで、ある日、TV観てたら猿回しをやってて、これだ!って思ったのよ」

「ということは、弟子入りを……」

「いや、家で猿を3匹飼い始めて芸を仕込もうとしたんだけど、最初は顔や腕をカジられて傷だらけだよぉ。で、昭和61年に日光江戸村で猿回しとしてデビューしたんだけど、世界でも猿の集団での調教は誰もやってなかったべ。そんで、なら俺がやっちゃおうって始めたべさ」

「でも、猿劇場を作る資金は…?」

「地元の土建屋さんが、おメーに賭《か》けてみるって1億5000万円貸してくれてな。そんで、5年以内に返す約束だったんだけど、劇場をオープンしたら3カ月で返せちゃったべよ」

「さ、3カ月で……。しかし、校長先生は即決の人というか、まさに3倍速で生きてますよね」

「いろいろ考えててもダメ、とにかくやっちゃうの。失敗しても次々とやる。そうすんと必ずウマくいくんだぁ。…こうしてドンドンくべて薪がなくなっても、必ず誰かが持ってきてくれる。それが俺の人生だべさ」

そう言いながら、薪をさらにストーブの中に追加する校長。……すんません、オレの体から豚をあぶってるようなニオイがしてきたんで、もう薪を入れるのは止めて下さい…。

「それにしても、こういうストーブって味があってイイもんスねぇ〜」

なぁ、シンボ君。オレと場所代わってみっ。なぁ、代わってみいいいっ!!


次は「日光十二支軍団」!? あの……溶けていいっスか

わずか60センチほどの距離で、さらに火力を増す鉄のストーブ。オレが今、どんな暑さに耐え忍んでいるのかというと、もし、ココにカツオの切り身を置いといたら2分で土佐造りとなり、司会者の草野仁を座らせたら「ええ、ええ、なるほどおっしゃる通りです」と言いながら40秒後にはインタビューを無理矢理終わらせてしまうことだろう。

が、そんな過酷な状況の中、さらに熱が入ってくる校長の話。

「カミさんとチリ紙交換屋を始めた時なんざ、2人の全財産を合わせても6000円しかなかったべさ。でも、俺はヘリコプターを買う、カミさんは城のような家に住みてえ…っていう夢を持っててな。それを必ず手に入れるって、人にホラ吹きまくってた。それを成し遂げるまでは…なんて黙ってる奴は成功しないの。だから、ほれ、俺もカミさんも今はちゃんと夢が現実になってるべ。俺なんかヘリの免許も取っちゃったしな。とにかく、人にどんどん言っちゃった方が成功率は高くなるんだぁ」

「つまり、言っちゃったモンプチ……え？（いかんっ、頭が回らなくなってきたっ!!）」

「でも、天は二物を与えてくれねえな。夢が叶《かな》ったと思ったら、ハタチになったばかりの一人息子が交通事故で持っていかれちゃったべ……」

（息子さんを亡くしてるのか……。あっ、もしかすると……）

「ところで、なぜ、日光アイスバックスに年間5000万円もの大金を提供しようと思ったんですか？」

「ココから少し離れた所にキャンプ場と温泉を作ったんだけどな。2年前にソコ行ったら、筋肉隆々の若者たちがションボリしながら湯に浸かってるべさ。で、自分らはアイスホッケーの選手なんだけど、チームが運営費を払えなくなっちゃって廃部寸前なんです、なんて言うべ。そんで、話を聞いてるうちに、死んだ息子もスポーツマンだったからよぉ、何だかダブって見えてきちゃったんだな」

（やっぱり……）

「でも、俺は金持ってると思われてるけど、どんどん遣っちゃうから、そんなもんないべさ。しょうがねえから故郷の埼玉県の越谷《こしがや》にレストランを作るつもりだった金と、あとは銀行から借りて用立ててやったべよ」

（ただの成金親父じゃなかったんだ……。何だか、ガリンペイロと宮城まり子を足して、さらにそれを3倍速で動かしてるような人だよなぁ〜〜）

「ちなみに、『お猿の学校』の次に考えてるプランとかはあるんですか？」

「鳩を数百羽飼い始めたべさ」

「え、ということは……レースを？」

「それもあるけど、ほれ、猿の手から鳩がエサを貰《もら》ったら面白いべ。でも、あまりにもデカい鳩小屋を作っちゃったから困ってんだよなぁ」

「こんなに広い敷地があるんですから、別にいいじゃないっスか」

「いや、あんまり小屋が大きいと鳩がビックリして風邪ひくべさ、ガハッハッハッハッ！」

「…………（すんません、呆れるほど面白くないんスけど…）」

「あと、猿軍団の次は干支の動物を全部集めちゃって『日光十二支軍団』だな。…でも、トラは食われちゃうし、タツなんてどう芸を仕込むんだぁ、ブハッハッハッハッハッハッ!!」

「……さ、そろそろお暇《いとま》しましょうか。…ね、シンボさん」

「アハッハッハッ！　芸を仕込んだとしても、タツノオトシゴじゃ観客席から見えないですしね。あと、ヘビも…」

だきゃら、シンボ君。もうボキは限界なんれす……。それ以上話を続ける気なら、席代わらんかいいいいいいいいいっ!!

MJ近づき度……4%↓

次の偉人は……………………

15秒もあれば、人を自分の世界に引き込んでしまう話術の達人が登場。しかし、遠いいいなぁ〜、MJは……

第7偉人 石山勝巳さん

初代ムックの声をやっていた名リポーターの話術に呆れる

今回の偉人は、名リポーターの石山勝巳さん。前回の間中さん曰《いわ》く「言葉で雰囲気を作ることができる数少ない人で、話の持っていき方の天才」だとのこと。ちなみに、2人は日光猿軍団の取材を通して知り合い、10年来の仲だという。

つーことで、日テレの2階のサ店で名刺交換をしたと同時に、間中校長の話を延々30分。で、「今日は石山さんのことを伺いに来たんですが…」と言うと、今度は自身の児童劇団員だった頃の話だけで延々40分。しかも、石山さんは子供時代にレコード会社にスカウトされたこともあるらしく、話の途中で「♪ワニがぁ泳ぐぅ〜〜〜〜、カバがぁ泳ぐぅ

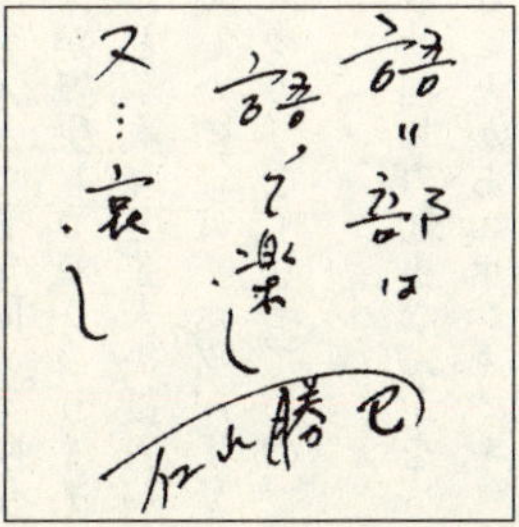

「この意味わかるね?」と聞かれたので「ええ」と答えたが、実は見当もつかなかった……

Ishiyama Katsumi
'39年、東京都生まれ。俳優、リポーター。映画、舞台、TV、ラジオ等に多数出演。アダ名は「もみあげパンダ」。『ルックルックこんにちは』でも活躍した

日テレの前で石山さんと。最初、パンダの特殊メイクを施したオッサンが近寄ってきたのかと思った……

〜〜〜〜〜〜」といった唱歌を次々と繰り出しながら当時を再現する始末。すんません、心の中のもう一人のオレが辛くて泣き始めてるんですけど……。

「まぁ、そんなこんなで大学を卒業してね、そしたらすぐに結核にかかっちゃって3年間の入院生活ですよ。その頃にTVが誕生してね。こりゃチャンスだと思ったんだけど、次々と芸人や役者が出てきちゃってね。退院した頃には、ボクがTVに入り込む余地なんてスッカリなくなってたの」

「悔しいですね、それ」

「ま、それでもTVのドサ回りの仕事なんかをやってるうちに、ひょんなことから『ポンキッキ』のムックの声を担当するようになったりさ」

「ええっ、アレって石山さんの声だったんスかぁ⁉」

「そうだよ。それから、『トラック野郎』への出演が決まった愛川欽也さんの代役でラジオのパーソナリティの仕事が回ってきたりね。で、そのラジオ番組が終わった頃、今度は『ルックルック』

のディレクターに声を掛けられて、それ以来、リポーター生活20年ですよ。……ところで、ボクが大嫌いな言葉って何だかわかる？」

「う～ん……『冬将軍』とかですか？（答えんなよっ、オレも！）」

「努力・辛抱・根性…その3つなの。ボクの生き方は、柳の枝のように流れに逆らわないの。力まず柔軟に構えてて、来た仕事は何でもやっちゃう。ま、のんびり屋というより器用貧乏なんだね（笑）」

「そういえば、テレショップの司会なんかもやってましたよね」

「うん。でも、ウソがつけない体質というか、アレなんかも自分で実際に使ってみて納得できる商品じゃないと、白々しくて宣伝できないんですよ。だからボク、芸能リポートはやらないんだよね。あくまでも個人的な意見だけど、下半身のクセが悪い奴とか、パンツに麻薬を隠して飛行機に乗っちゃうような非常識な人が歌ったり芝居するから面白いんだよ。それを片っ端からタレントのYが歌手のMのマンションに…なんてやっちゃうから、スケールの大きい奴がますます出てこなくなっちゃうの。昔、ボクが芝居をやってた頃なんか、舞台の脇でキンタマを握ってくるような女優さんもいたんだよ。そういうシャレが通用してた頃は、みんな生き生きしてたね」

この後、石山さんの口からは昔の芸能界のとんでもない話が次々と出てきた。思うに、石山さんはサービス精神が異常に旺盛《おうせい》で、しかも、実は〝努力の人〟なんじゃないのかなぁ……。

「しかし、石山さんの声をこうして生で聴いてると、温かいというか、何だか囲炉裏《いろり》にあたって民話でも聞いてるような気分になりますね」

「アハハ……。スプライトっていう炭酸飲料があるでしょ。昔、それのラジオのスポットCMの声を頼まれたんだけどね。何百回も『スプラァ〜〜イト！』って発声させられた挙句、結局その仕事はNGになっちゃったの。温かすぎたんだって、ボクの『スプラァ〜〜イト！』は（笑）」

インタビュー終了後、ふと、あることを試したくなった。

「シンボさん、さっきの『スプラァ〜〜イト！』って言ってみて下さいよ」

「何の必要性があってですか？」

「いいから、一回だけ『スプラァ〜〜イト！』って言ってみて下さいよっ」

「いや、板谷さんと遊んでる暇はないんですよ。次の取材先に向かわなきゃならないんで、ボクはこの辺でとっとと失礼します」

「じゃあ、オレが持ってるバースのサイン入りバットをあげるきゃらっ！」

「……………」

「トラキチなんでしょ、シンボさんはっ。バースのサイン入りバットですよっ!!」

「……………スプラァ〜〜〜イト！」

やっぱな……。シンボさん、アンタのスプライトって凍ってるよ。

MJ近づき度……5%↓

次の偉人は……

名前にも猛烈なインパクトがある〝元祖・毒舌男〟が登場。どうでもいいけど、無事に取材できんのか?

第8偉人
毒蝮三太夫さん

Dokumamushi Sandayu
'36年、東京都生まれ。俳優、タレント。ラジオ、TVで活躍。『ウルトラマン』のアラシ隊員、『ウルトラセブン』のフルハシ隊員役で有名。著書『老人学』

あの「アラシ隊員」は〝丈夫で安くてヒマ〟だから誕生した!?

「正面にチンピラが座ってきたと思ったら、えっ、君が書くの!?」

「ええ…まぁ、そうなんですけど……」

「じゃあ、そっちはいるだけか？」

「ええ…まぁ、そうなんですが……」

しょっぱなからカマされ、ダメな兄弟ロボットのようになるオレとシンボさん。ヤバいっ、何でもいいから早く質問しなきゃ！

「ど…毒蝮さんの公式ホームページを見たら、子供の頃から舞台に立っていた…と書いて

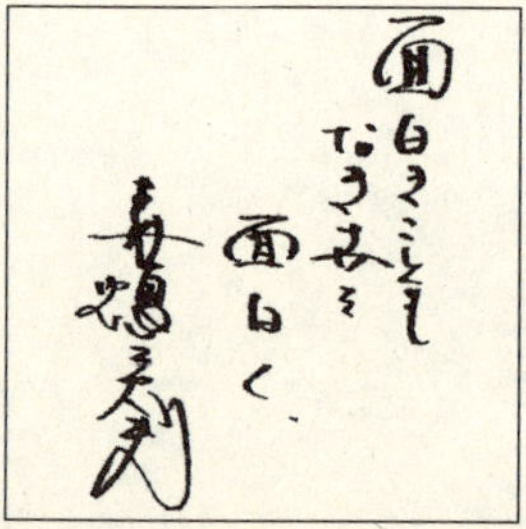

最初、座右の銘のスペースに「火の用心」と書き込んだので、その色紙は2秒で破棄した

あったんですが」

「あのホームページって隠し番号があるの知ってる？　裏で麻薬の取り引きをやってんだよ」

「アハッハッ、またまたぁ〜〜〜（いよいよ飛ばしてくるなぁ〜、おい……）」

「いや、俺が小学生の時にね、GHQの命令で戦争で親を失った浮浪児たちの不良化を防止するためのドラマが作られたの。浮浪児って知ってる？　〝みなしごハッチ〟とか、キュッチとか、ジュッチとか？」

「…………」

「で、その芝居の子役を募集してて、オーディションに受かっちゃったんだ。つまり、それがデビューなの」

「なるほど……。ところで、毒蝮さんときたら、まず頭に浮かぶのが『ウルトラマン』のアラシ隊員なんですけど（笑）」

「あのね、昭和39年に東京オリンピックがあってさ。体操のウルト

毒蝮さんにがぶり寄るオレ。山奥に松茸を採りに行き、そのまま戻ってこない老人のような匂いがした

ラCとか何とかで、とにかく〃ウルトラ〃って言葉が流行《はや》ってたんだよな。で、東宝にいた円谷《つぶらや》さんが、まず『ウルトラQ』っていうのを作って、その2年後に『ウルトラマン』を作ることになったの。そんで、科学特捜隊を演じる役者が5人必要だってことになって。3人は東宝から、あとの2人はTBSから出すことになったんだよ。要するに、国会でもやってる組閣人事みたいなもんだな。で、俺はTBSのドラマに出てた縁で、その5人の中に入ったんだけどね。採用された理由は〃3点セット〃なんだよ。丈夫で、安くて、ヒマ。ガハッハッハッハッハッ、バカヤロ――」

「で、演じててどうでした?」

「恥ずかしかったに決まってんじゃねえかよっ。30にもなってオレンジ色の制服を着せられてよぉ、仲間からは『あんなジャリ番組に…』なんてからかわれるし。とにかく、当時は円谷プロに1週間に10日通ってたな。しかも、特撮がらみだったから演技の注文も大変だったよ。光線銃の先の位置を動かさないまま倒れてくれ、とか、怪獣から目を離さずに3人のチビッコを素早く抱き起こしてくれ…なんて言われてさ。俺はゴム人間じゃないってんだよっ」

「プハッハッハッハッ!」

「そんなことばかりやってたから、撮影が終わったら決まって隊員たちと車で飲み屋をハシゴして回ってて。でも、あの当時だからそんな無茶ができたんだな。今だったらすぐにとっ捕まって『科学特捜隊、飲酒運転で丸ごと御用!』なんて見出しが各紙面で躍ってるよ。…で、そのうち街を歩いてると『あっ、アラシ隊員だ！』なんて小汚ねえガキにまとわりつかれるようになってさ。だいたい地球を守ろうって大仕事に、何で隊員が5人しかいねえんだよっ⁉」

「ブハッハッハッハッ！（ラジオのまんまだわ、この人って）」

「ところで、ウルトラマンのタイマーって何で3分間なのか知ってる？」

「つまり、子供がTVの前で集中して座っていられる時間が3分……」

「そう。あと、特撮ってお金がかかるだろ。だから、そういう設定にしとかないと予算がもたないんだよ。…しかし、円谷さんは凄《すご》い人だね。当時、その特撮技術をスピルバーグとかルーカスが見に来てたらしいよ。それに、俺が出てた『ウルトラマン』と『セブン』の頃はドラマの部分もシッカリしてた。各隊員の家庭の話なんかも取り入れて、脚本だって市川森一さんとかが書いてくれてたんだから」

「そうだったんですかぁ……ん⁉」

いつの間にか、遠巻きにオレたちのことを見ている大勢のババア……。

ねぇ、毒蝮さん。とりあえずあの人たちを何とかして下さい。しかも、何でどいつも瞳《ひとみ》が濡《ぬ》れてんだよっ⁉

毒蝮三太夫という芸名は談志さんに付けられたんスか!

「ところで、『毒蝮三太夫』という芸名は、なんか…こう、血まみれの青竜刀と同じぐらいのインパクトがあるじゃないですか……。自分で付けたんスか?」

「便所コオロギが自分で便所コオロギって名前を付けるかよっ。…俺はもともと落語が好きでさ、寄席なんかにもちょくちょく通ってたんだよ。で、ある人の紹介で立川談志さんに会ったら、『笑点』で座布団運びをしてくれって頼まれてさ。そしたら、会場に『ウルトラマン』を観てた子供たちが来るようになっちゃったんで名前を変えようって話になったの。それまでは石井伊吉《いよし》って本名でやってたんだけど、談志さんが中心になって考えてくれて、それで『毒蝮三太夫』という芸名が誕生したんだ」

「でも、『毒蝮』って名前は嫌じゃなかったですか?」

「嫌に決まってんじゃねえかよっ。しかも、最初は『どくばらみたお』なんて読まれちゃってよ。そんで、恥ずかしいから家族に改名したのを黙ってたら、半年ぐらい経ったある日、カミサンに『あんた、ヘビになったんだって。ヘビは脱皮するけど人間も脱皮できるのかねぇ〜〜』って言われちゃってさぁ、まいったよ。…でも、それからは毒のあることを言っても『マムシに言われたんじゃしょうがねえや』って周囲が変に納得するようになったな、ガハッハッハッハッ!」

「…で、毒蝮さんがラジオ番組で放つ例の毒舌ですが、初めからあのノリだったんですか？」

「いや、最初は普通に話し掛けてたの。でも、そんなのホントの自分じゃないからストレスは残るし、下町の同級生とかにカッコつけてるように思われんのが一番嫌でさぁ。そのうち、もともと人気なんかねえんだから、守ろうとするより地を出して失う方がいい…って決心してさ。『何だよ、ババアが上げ潮のゴミみたく集まってきやがって』とか『ウルセーな、このくたばりぞこないが！』って、それを言って潔く辞めてやろうと思ったんだ。ところが、それがウケちゃって、ただの罵詈《ばり》雑言《ぞうごん》じゃないって理解してくれたの。……ま、今でも抗議してくる野暮な奴はいるんだけどさぁ」

ちなみに、毒蝮さんは数年前から聖徳大学に頼まれて福祉コミュニケーション論の講義なんかもしているらしい。そう、あの毒舌を〝老人福祉の実践〟として認めている学者もいるのだ。

「とにかく、江戸っ子っていうのはさ、地雷原を歩くスリルを楽しむっていうか、権力や権威を冷やかしたりからかったりするのが基本なんだよ。だから俺、カリスマなんていうのにはなれないの。白々しいウソなんかつけねえからさ」

「でも、ほら、アッチを見て下さいよ。さっきから毒蝮さん目当てにババアが破竹の勢いで集まってきてるんですけど……」

「えっ……アハハ、ホントだ。ちょっと待ってろ、あとで壺《つぼ》を売ってやるから！」

（……あ、ババアたち喜んでる）

「そういえばこの前、作家の林真理子と巣鴨に行ったんだけど、もう年金ギャルが佃煮《つくだに》みたくなっててさ。『大丈夫でしょうか…』なんて林真理子がビビってるんだけど、ああいう所に行けば俺の天下なんだよ。いいねぇ〜〜、ああいうハイテクに煩わされない空間は。ババアがイキイキしてるもんな。ところで、赤ババって知ってる？　今、ババアの間では赤い下着が流行ってんだよ。それが赤ババ。赤ババと40人の盗賊たち」

……さ、シンボさん。もう帰ろう。

MJ近づき度……6％↓

次の偉人は……………

意表を突いてスポーツ関係の偉人が登場。当然、「ＭＪ近づき度」も大幅アップ。久々に雪解け水の音が……

第9偉人 堀内恒夫さん

Horiuchi Tsuneo
'48年、山梨県生まれ。野球解説者。'66年、巨人入団。開幕13連勝し、新人王に。V9時代のエースとして活躍。'72年にはMVPを獲得。通算成績203勝139敗

巨人の寮でインスタントラーメンを作って売ってた「悪太郎」

目の前に腰を下ろした元エース、その首筋には確かにトレードマークの大きなホクロがあった……。

「堀内さんといえば、巨人のV9時代を支えた輝かしい功績がある反面、『悪太郎』というアダ名を付けられたりして、なんか…こう、曲者というイメージがあるんですが……」

「ま、1年目に活躍したからマスコミに叩《たた》かれるんですよ。特にボクは新聞記者にはウケが悪かった。っていうのは、相手が全然勉強しないで話を聞きに来る。で、そんな初歩的なことは聞くな、って1年目から言っちゃうからウケが悪くなるわけ。野球界っていうのは面白いことに、正論が通らな

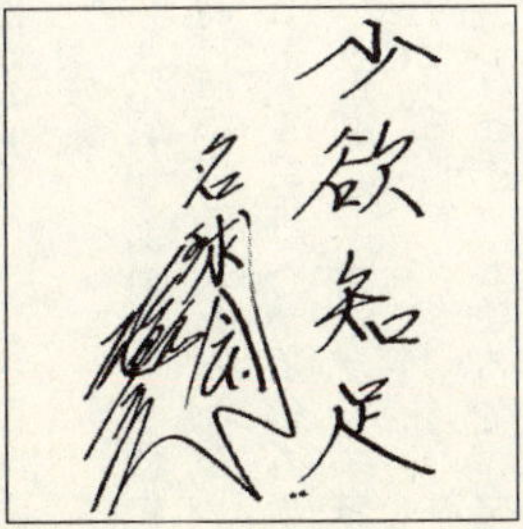

あまり欲張らないで、その分、知識を高めろ………ってことかぁ？　教えて、メカドックー

い世界なんだよ。自分じゃ当たり前のことを言ってるつもりなんだけど、それが変わってるって書かれちゃうんだ」

「しかし、新人投手で開幕13連勝っていうのは凄いですよね」

「あの頃は、打たれる気がしなかった。だって、長嶋さん、王さんていう一番いいバッターが巨人にいるんだから、あとは2番目以下だと思って投げてたからね」

「ぶっちゃげた話、やっぱ長嶋さんて天然ボケの人なんスか？」

「うん、まったくあのまま。特に選手の時は誰にも注意されなかったからヒドかった。今でも悩みなんてないと思うな。常にプラス思考の人だから」

「なるほど（笑）。ところで、マウンド上でも野次とかってハッキリ聞こえるもんなんですか？」

「聞こえる聞こえる。…昔ね、神宮球場で雨の時に投げてたの。そしたらヤルクトファンで声が通るオヤジがいるんだよ。それで、そ

元巨人の大エース、堀内さんにピッチングフォームをチェックしてもらうオレ。案の定、メチャメチャ褒められた

のオヤジが『堀内――っ、お前、首のところに泥がついてるぞ〜〜〜』って言うからズボンのポケットに入れてたタオルを出して拭《ふ》いたんだよ。そしたら『ああ、ホクロだった』って…。もう球場全体が大笑いだよ（笑）」

会う前は〝大物感を前面に出してくる人〟かと思ってたけど、堀内さんて意外と気さくなんだなぁ……。

「あと、オレは日本のプロ野球は嫌いじゃないんですけど、あの太鼓を叩いたりトランペットを吹いたりっていう応援の仕方がどうも……。しかも、外野席なんかに座ると、それに合わせて応援しないと、なんかプチ反逆者というか、後ろめたい気分にさせられるんですよね」

「まぁ、ファンあってのプロ野球なんだけど、鳴りモノはなしでやった方がいいよな。野球って凄《すご》いんだよぉ〜っていう〝音〟が、みんな消されちゃうし。アメリカはイイ場面になると静かになる。でも、日本じゃのべつまくなしにやってる。だから、日本の外野手は大変だろうね。本来なら打球音を聞いて前へ突っ込むか後ろに下がるかを判断するのに、それが消されちゃうんだからね」

「ちなみに、堀内さんが娘さんに引退することを話したら『パパ、やめたら何になるの？チャルメラやってよ』と言われた…って何かで読んだことがあるんですが、チャルメラって？」

「ボクはインスタントラーメンが好きでね。合宿所にいた頃、コンロを持ち込んだのはボクだけなんだよ。で、夜中に腹減るからコンロと鍋《なべ》でラーメンを作るんだけど、それを他の選手にも売ってたの」

「そんなことしてたんですか(笑)。……あの、具とかは?」

「入れますよ。キャベツとかネギとかね」

「あと、焙《あぶ》りチャーシューとか、特製のワンタンなんかも?」

「そんなモノまで仕込んでたら、野球をやる時間がなくなるよっ(笑)。で、まぁ、家でも子供たちにインスタントラーメンを時々作ってやってたから、引退したらラーメン屋になると思ったんだろうな」

「アハハ…。ったくガキっていうのは単細胞というか(おいいっ!)…あ、そ…それから、お…お城の写真を撮るのが趣味だそうですけど……」

「ボクの地元の山梨には城がなかったから、憧《あこが》れてたんだよね。で、オープン戦で熊本や姫路に行ったりすると、そこに必ず城があるじゃないですか。でも、カメラを持ってくと荷物になるなぁ〜と思ってたら、球場にはカメラマンがいるじゃない。だから、ソレを借りて撮ってたね。ちなみに、一番好きなのは彦根城」

「…その他の趣味は?」

「ボクはねぇ〜、プラモデルも好きなんですよ。軍艦だけでも家に100隻近くありますよ。あと、ボクは見た目より細かくて設計図みたいなのが好きなの。だから、軍艦の設計図をそのまま写し取ってみたりとか。それと、ボクに細かい地図を描かせたら抜群だよ。

描き始めたら1週間ぐらい部屋から出てこないけどね」
堀内さん、やっぱアナタって変わってるわ……。

MJ近づき度……18%↓

次の偉人は……
次回もスポーツ関係の偉人が登場。となると、「MJ近づき度」もさらにアップか。そのまま行ったらんかい！

第10偉人 横山忠夫さん

元巨人投手・横山さんの運命を変えた真犯人は"ミスター"!?

「ドラフト1位で巨人軍に入団して、あまり活躍できずにクビ。……相当な挫《ぜ》折《せっ》ですよね。オレなら、その反動で時々手品をするオカマとかになっちゃうと思うんですけど」

オレの初球、それは明らかなデッドボールだった。が、今回の偉人は穏やかな表情を一つも崩さず、しみじみと当時を振り返ってくれた。

「巨人にはイイ選手が大勢いたでしょ。だから、相当な力を出さないと1軍には上がれないんですよ。で、結果を出さないとすぐ2軍に戻される。それを繰り返すと、面白くないから酒やギャンブルに走って消えてく人が結構多いんですよ」

Yokoyama Tadao
'50年、北海道生まれ。元巨人投手、うどん屋「立山」店主。立教大から'71年ドラフト1位で巨人入団。'75年にはチーム2位の8勝マーク。通算12勝15敗

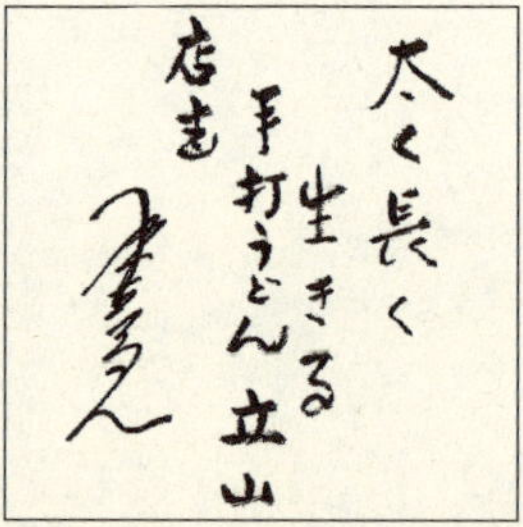

座右の銘を奥さんと一緒に15分以上も考えていた横山さん。スゲー真面目な人なんだなぁ……

横山さんのうどんは関西風でお世辞抜きにウマし。で、オレの箸を持つ手も思わずポッチャリー

「横山さんも……」

「ええ。…でも、入団3年目になるとさすがに危機感が湧いてきて、キャンプの時から酒もやめて懸命にやったんですよ。それで認められかけてた時に鹿児島実業から定岡が入ってきて、1軍メンバーの発表の際に俺と定岡が入れ替わっちゃって。……まぁ、球団にもいろいろ事情があったんでしょうけどね」

「向こうがそう出るなら、横山さんも馬の生首かをサダ坊のベッドに放り込んで宣戦布告してやればよかったんですよっ」

「でも、その年は1軍で8勝できたんですよ。それで自分でも少し意地を見せられたかな、っていうのがあって。ところが、そのシーズンは長嶋さんの監督1年目で最下位だったんだけど、イースタンの方は優勝争いをしてたんですよ。その関係で2軍で投げてくれと言われたんですが、俺はあと2つ勝ちたかったんです。8勝投手と10勝投手では全然聞こえが違いますからね。で、割り切れない気持ちでイースタンで投げたら負けちゃって……。そんな気持ちのまま次のシーズンを迎えたのがトドメでしたね。…ま、そういう意味では性格がプロ野球向きじゃなかったのかもしれませんね」

「で、その後、なぜうどん屋さんに……？」

「野球関連の仕事をすると未練が出てきて、逆にうまくいかないような気がしたんです。で、先輩の堀内さんに相談したら、たまたま知ってる方がうどん屋の社長をしててね。その店でうどんを食べさせてもらったら、（こんなに旨《うま》いものなのか…）って感激があって。結局、丸3年修業させてもらいましたよ、その店で」

「そんで、独立して自分の店を持って……ちなみに『立山』っていう店名の由来は？」

「横山っていう苗字《みょうじ》を店名にしちゃうと、俺が巨人にいたことに気がついちゃう人もいると思ったんですよ。そういうのを引きずってやるのは嫌だったの。で、その時に考えたのは、『立山』っていう日本酒の大好きな銘柄があってね。その名前を使いたいと思ってたのと、ほら、横山だと店が横になっちゃう気がして、ずっと続けるには立ってなきゃいけないでしょ（笑）。そういう下らない理由で『立山』にしたんですよ」

「なるほど（笑）。でも、野球をやめた後、飲食店をやって失敗してる人って多いでしょ。その中で、こうやって自分のお店を長年繁盛させてるって立派ですよね」

「一応、俺はドラフト1位で巨人に入って、契約金が1000万だったんですよ。けど、酒飲みだったし、野球をやめた時はスッカラカンだったの。仮にちょっとでもお金が残ってたらね、安易な気持ちでスナックとか焼き鳥屋でもやってみようか…ってことを考えたかもしれないんですよ。その当時だったら、100万円ぐらいあれば小さな店なら借りられたと思うし。でも、俺の場合は何もなかったんで、イチから修業するしかなかったわけですよ……。今考えると、それがよかったんじゃないかな」

要するに、元巨人の選手だってことを表に出さず、黙々と味だけで勝負してきたから成功したんだなぁ……。

「野球をやめて5年ぐらいは意固地になってTVでナイターも見なかったけど、そのうち母校の立教大学からピッチャーを見てくれないかと頼まれて、それを引き受けるようになってからは心にも余裕が出てきてね。今じゃ現役時代以上に野球が好きになってますよ(笑)」

エエ話やなぁ〜〜〜。なんか、そのまま水島新司さんの漫画になりそうな感じだもんな。

「ところで、やめる時に長嶋さんを一発ブン殴ってやろうって気には……?」

「とんでもないっ。あの人は、次元の違う人なんだよね。だって、身近にいた頃だって、面と向かえば素直に(カッコいいなぁ〜〜〜)って思っちゃうんだもの。だから、たとえコーチだって何も言えないと思いますよ」

でも、それじゃあ監督には死ぬほど向いてないと思うんですけど……。

MJ近づき度……12%↓

次の偉人は……………………
予想もつかなかった偉人が指名され、当偉人伝が別のレールに乗る予感が……。吉と出るのか、凶と出るのか⁉

番外編

偉人がつかまらない！ 緊急事態につきケンちゃん&セージ登場!!

水曜の夕刻、担当のシンボさんから電話が入った。最初の「もしもし」から声が裏返っていて、その時点で、これから不吉なラップを繰り出してくることがわかった。

「だから、今回の偉人はメチャメチャ多忙で、ど〜〜〜してても今週は時間が取れないらしいんスよっ」

「だって、取材しなきゃコッチだって……」

「しょうがないでしょ！　このページは予定調和とかヤラセを一切抜きにして、しかも、ギリギリの進行でやってんだから、こういうことだって当たり前に発生しますよっ！」

「はい、わかった。で、どうするんスかっ!?」

「とにかく書いて下さい、ガキの頃のように」

「だから、何を…？」

「た、例えばですよ………もしも明日が晴れならば…とか」

「マジメに答えんかいっ、ワレはあああっ!!」

「とにかく、お願いしましたからっ。締め切りは今夜の11時。後ろから前から、よろし

無限大に前へ出てこようとするオレの親父と弟。この直後、シンボさんに電話して真顔でギャラを要求

く！」

――ガチャン――

おい、どうすんだよ、オレ…………。

「何だ、ケンカか？」

振り向くと、ケンちゃん（親父）がミニ鯉のぼりを腰に差して立っていた。

「いや、次の偉人がつかまらなくてさぁ、まいったわ……」

「んだったら、俺のことをいろいろな角度から書きゃいいだけの話だろ」

「はい、与太祭りはそこで終わりっ。とにかく、これから途方に暮れなきゃなんないから話しかけないでくれ」

「で、今の電話の相手って誰だよ？」

「スタスキー＆ハッチかっ、オレたちは！　そんなこと親父に関係ねえだろっ、『ＳＰＡ！』の編集者だよ！」

「編集者っていうと、本を平らにしたりする奴か？」

「……なぁ、頼むからアッチに行っててくれよっ!!」

「あれっ、ケンカ？」

最悪である……。弟のセージが仕事から帰ってきた。

「いや、このデブがよぉ、偉人がつかまらないってカリカリ梅なんだよ」

「偉人？……肩に鷹《たか》を止めてる人のこと？」

ネタではない。苦し紛れのギャグでもない。つまり、この2人はバカの黒帯なのである。

「…まぁ、俺の知ってる範囲で偉い人っていったら、2丁目に住んでる森安さんあたりだろうなぁ〜」

今度は、己の偉人伝を勝手に展開し始めるケンちゃん。

「あの人が勤めてる工場によぉ、フォークリフトが3台あってな。で、ほら、それぞれに呼び名を決めとかねえと、誰々がどのフォークリフトを使ってる…って報告をする時なんかも不便でしょうがねえだろ。だから、森安さんがその3台に名前を付けたら、社長も大喜びで金一封を出したって話だぜ」

「えっ、どんな名前を付けたの？　教えてよっ、早くっ、早くっ、早くううううっ!!」

そう言って、ケンちゃんのシャツの裾《すそ》をグイグイ引っ張るセージ。ちなみに、奴は今年で32である……。

「えーとぉ、何て言ってたっけなぁ…………ああ、そうそうっ。1号、2号、3号だ」

(ダメだっ、コッチまで頭がイカれる！　とっとと2階に上がらなきゃ)

「ねぇ、お兄ちゃん。偉い人だったら俺も知ってるよ。俺の後輩に関田って奴がいるんだけどさ、ソイツって背中の赤いカブト虫のミイラを何個も持ってるよ」

ねぇ、シンボさん……。

「それから、前の会社にいた岡モッちゃん、こいつは口笛も吹けないくせして台湾のリスと話ができるし……」

アナタは連載開始時に、半年以内にジョーダンに会えますよ…なんて言ってボキをダマくらかしましたね。

「あと、俺の親友のベッチョなんて、中学の時に新体操の秋山エリカをオリンピックの3週間前に思いっ切りチャリンコでハネちゃってさぁ」

でも、それはダマされる方が悪いんだし、ボキはもう怒ってません。

「しかも、ハネ飛ばした直後に自分も軽トラにハネられてんだよねっ、プハッハッハッハッハッハッ!!」

だから、これで堪忍して下さい……。

MJ近づき度…… 0%↓

次の偉人は……

今度こそは目標の偉人に確実にアタック！　はたして、無頼派直木賞作家の口からはどんな言葉が……

第2章

chapter 2 : fukazume artist ★★★★★★★★★★★★

深爪アーティスト

第11偉人 伊集院静さん

貴族とエアコンが合体したような このペンネームの秘密とは⁉

今回の偉人は、作家の伊集院静さん。前回の横山さんとは立教大学の野球部の同期で、2年の時には既に4番を打っていたという。

「で、横山さんによれば、伊集院さんは野球部の寮で詩なんかをよく書いてて、皆から（変な奴だなぁ〜）って思われていたということですが……」

「大学の野球部っていうのはね、例えば部員同士で新宿に映画を観に行っても、看板を指さして『あ、荒野のやりょうけん！』って言う奴がいて、野良犬って漢字も読めないのよ」

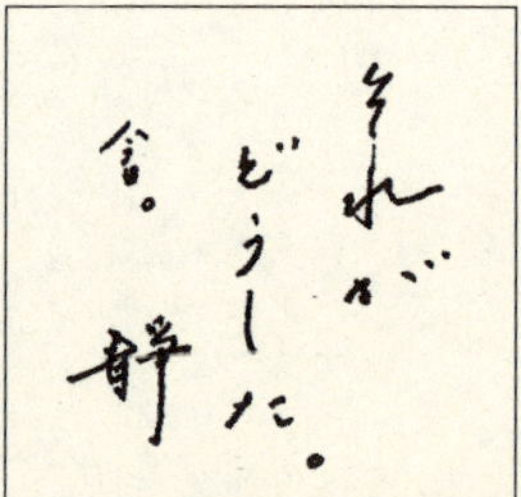

オレも一度でいいから原稿を落とした後に、この言葉をシンボさんに向かって吐きたい……

Ijuin Shizuka
'50年、山口県生まれ。立教大学文学部卒。CFディレクターなどを経て作家に。'92年『受け月』で直木賞、'02年『ごろごろ』で吉川英治文学賞を受賞

「プハッハッ、それってホントなんスかぁ?」

「それと、野球部の試験っていうのは、『He is a boy』程度の英文を疑問形に直すんだけど、150人中130人は全然できないの。つまり、そんなんだから寮に文学全集とか詩集を持ち込んだ奴は、それまでいなかったわけだよ」

「だから、OBのミスターも……。でも、ところで、伊集院さんは2年の時には既にレギュラーだったそうですが、そんな実力を持ちながら何で途中で野球部を辞めちゃったんですかぁ?」

伊集院さんとチンチロリン。しかし、こう見ると親分に優しく脅されてる不良ダルマだな、オレって……

「私は、2年の終わりの、明日から は先輩たちに殴られません…って日に辞めたの。そしたら、同期の部員から『バカじゃないの、お前』って言われたんだけどね」

「そりゃ勿体《もったい》ないっスよ。うちの暴走族でいえば、今まで『いちまんえん』って書いてある白い紙で買い物をさせられてたのが、今度は自分らの代が好きなだけその小切手を後輩に切れるって時にですよっ」

「辞めるのは半年前から決めてたんだ。４年までいても自分は伸びないな、っていうのがあってね。肘《ひじ》を壊してるっていうのもあったんだけど……。このままだと野球バカで終わるような気がしたんだよね」

野球部の寮で詩を書いてたっていうから繊細な人ってイメージがあったけど、実際に目の当たりにしたら凄《すご》みはあるわ、かと思えばカラッとしてるし不思議な人だなぁ〜。

「ところで、貴族とエアコンが合体したような名前スよね、『伊集院静』って。このペンネームの由来は？」

「広告をやってる時にね、いくつかのプロダクションでアルバイトをしてたんだ。で、ちょっと本名が出るとマズい仕事があって、プレゼンの前に社長から『これ使ってくれ』って名刺を渡されたら『伊集院静』って書いてあんだよ…。それで、『これは漫画みたいでダメですよ』って言ったらね、『いや、これは漫画から取ったんだよ』って言うの。その社長、そういう珍しい名前を付けて覚えてもらおうって考えの人だったんだよ。そしたら、私の企画が通っちゃって。それからズーッと伊集院あての仕事が増えちゃったんだよね」

「途中で変えようとは？」

「まぁ、そりゃ考えたけど、小説を書かないかって話が出てきた時に、うちの事務所の女のコが『伊集院静』って名前を占い師に観てもらったら『ひどい末路になる』って言われたらしいんだよ。で、へー面白いじゃん…と思って、そのまま使うことにしたんだよね」

……思うに、『ドカベン』の殿馬級のヘソ曲がりなのか、この人は。

「伊集院さんは、小説家になる前はマッチの歌の作詞なんかもやってたんですよね。…普通、出てきそうで絶対出てこないっスよ。〝ギンギラギンにさりげなく〟なんてフレーズは」

「作詞はねぇ……（※ここで伊集院さんの頭から何かのスイッチが入ったような音が聞こえる）とにかく、21ぐらいまでは金持ってたんだよ、私は。競馬のノミ屋をやってたりしたからね。で、社会人になって嫁もらって、そこからズーッと借金なんだ。要するに、借金が切れたことがないの」

「………………」

「なまじ金があると不安になっちゃうんだね。早くコレを使わなければ、っていう気持ちになる。作詞なんか30分ぐらいで書いてウン千万円、ウン億円って入ってくるからね。そりゃあ、やっぱりよく遣ったよ。そりゃ、よく遣った…。だってねぇ、今は競輪は電話で遊ぶぐらいしかやらないけど、それでも去年でねぇ、日本では3番目ぐらいじゃない、電話投票にブチ込んだ額では。いやぁ〜〜、よく遣った。つくづく、よく遣った……。それから競馬の方はねぇ…」

先生っ、どこ行っちゃうんですかっ、先生ぇぇぇぇ〜〜〜っ!!

結婚した直後に「先に慰謝料を払わせてくれ」って言ったぁ!?

「それでさ、京都でバクチの旅行をしてる頃に芸者に引っ掛かっちゃって。これがまた金がかかっちゃってね、出版社に金を借りる羽目になってさ」

バクチ&借金の話に突入してから30分。オレは、宜保愛子に手錠を掛けられて霊魂との対話を特等席で傍聴させられているような気分になっていた。そう、伊集院さんの目はオレをコンドルのように捕らえて離さなかったが、オレを見ているわけではなかった……。

「で、その彼女と別れる時に嫌な思いをしたから、今度の女房(女優の篠ひろ子さん)と結婚した時にはね、先に慰謝料を払わせてくれって言ったんだ」

「…………」

「そしたら『仙台に家を買った』って言うんだよ。で、見に行ったら、それがビックリするようなデカい家なの。それで、出版社にまた金を借りに行ってね。それ以降、どこの出版社もお金を貸してくれなくなってさ」

「でも、伊集院さんの場合、本を出せばすぐに返せるんじゃ…?」

「ところが今ね、本がパターッと売れなくなったんだよ…。昨日もね、私が書いた小説『ごろごろ』を寿司屋のオヤジに持ってってやろうと思って、TBSの脇にある本屋を覗《のぞ》いたんだ。で、そこは私の本を割と置いててくれるから『ごろごろ1冊くれるか』って言ったら、『ごろごろ?』って聞き返されちゃってね。あ、私もこりゃ終わりだと思ってさあ」

「しかし、ズーッと借金生活なのに、どうして誰もが羨《うらや》むような〝いい女〟ばかりにモテるんですか? 秘訣《ひけつ》とかあるんスか?」

「方法なんかないんだよ。一番いい女のところにまっすぐ行っちゃえばいいんだよ。…私はね、お金がある時でも欲しいものがないの。個人的に必要なのは、タバコ代とタクシー代だけだから。食べ物屋はみんなツケだしね。だからバクチをやっちゃうんだね。この前もねぇ…」

(ヤバイっ、『ロード第8章』に入ろうとしてるっ! 早く何か質問しなきゃ!!)

「あ…あの、伊集院さんは在日韓国人2世で帰化されてますよね。で、伊集院さんの仕事やバクチに対するエネルギーってハンパじゃないでしょ。つまり、若い頃に差別みたいなものがあって、月並みな言い方なんですけど、それに対する憤りがエネルギーの一つの噴射口に……」

「うん、要するに3通りしかないんだよね」

伊集院さんの表情、それが急に締まってきた。

「一つはね、強い奴についていく……。もう一つは、逃げる……。三つ目は一人で闘う……。で、一回謝ったらズーッと謝り続けるしかない。逃げるっていっても逃げる場所はない。……親父とも約束したんだけどね、ガキの頃に彼に言われたんだよ。『若い時にこういう差別を受けたとか腕を折られたとか、俺が何でそういう愚痴を一言もこぼさないか知ってるか？　それはな、嫌なことは俺んとこで止めようって決めたんだよ。やられた同士がピーピー言ってちゃダメだ。だから、お前も止めとけ。そうすれば、お前の子供はそういう目にあまり遭わずに済むかもしれないだろ』って。……ま、だから『いろいろあったでしょ？』って人から聞かれても『いや、何もなかった』って言うようにしてるんだ」

（ハチャメチャだけど、やっぱ器がデカいわ、この人……）

「で、この前も京都のレースにね…」

先生、今からボキは仮死状態に入ります。終わったら起こして下さい。

MJ近づき度……15％↓

次の偉人は……………………………
思ってもみなかった人物が指名されて、死ぬほどビックリ。今から言っとく。次回はかなり荒れんぞ……

第12偉人 鴨志田穣さん

Kamoshida Yutaka
'64年、川崎生まれの札幌育ち。カメラマン、文筆家。『小説現代』などで連載。著書に『アジアパー伝』、『酔いがさめたら、うちに帰ろう。』など。'07年没

いきなり「貴様のインタビューは全然ダメだ!」って言われても

とにかく驚いた……。本編に入る前に説明しとかねばなるまい。

オレは、この3〜4年の間に紀行本を3冊書き下ろしている。で、そのための海外取材にコーディネーター兼、通訳兼、カメラマンとして毎回同行してくれる人物がいるのだが、その男というのが、重度のアル中で、ド短気で、一晩中寝言を繰り出し、猜疑《さいぎ》心《しん》が異常に強く、出会う者の97%を2秒で敵とみなし、若者に60代のオヤジのような粘っこい説教をし、幼い頃からハチに手の平を刺されるのが趣味なのだ。そして、あろうことか、その男が今回の偉人として指名されたの

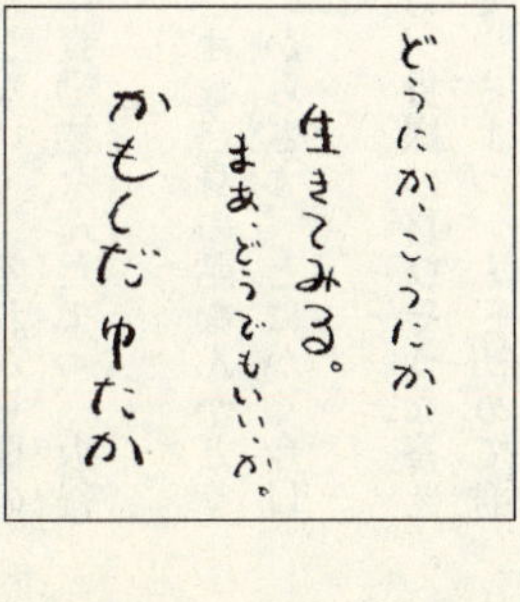
どうにか、こうにか
生きてみる。
まあ、どうでもいいか。
かもしだゆたか

なかなか感慨深い座右の銘。もう一つ言う。カッコつけてんじゃねえっ、バッキャロウ!

である。しかも、あの伊集院さんに……。

指定された吉祥寺の焼き鳥屋に行くと、『カモちゃん』は既にベロベロになっていた。

「遅いんだよっ、和製エンゲルバーグ！　ところで、毎週読んでるけど貴様のインタビューは全然ダメだな。食い物に喩《たと》えるならノリ弁に入ってる、あの温かいピンク色のシバ漬けぐらいダメだっ。どうして牙《きば》を隠す…。どうして相手を丸裸にしない…。それが貴様のリズムだからか？　否っ。結局は…うぷっ！　…ハッタリ印の草食動物なんだよっ、板谷君は!!」

焼き鳥屋で泥酔するオレと荒くれスナフキン（今回の偉人）。あろうことか、相棒が指名されるとは……

「いや、オレ自身の話なんかどうでもいいからさぁ、とにかく今日は……」

「じゃあ、貴様の喜びそうな答えを返してやるよっ。……初めて射精したのは小学5年の時で、場所は自宅の2段ベッドの上。オフクロが下でガーガー掃除機をかけてたけど、どうしても止まらなかった、この右手が。オカズにしたのは林家パー子っ。文句あるかっ⁉」

（ダメだ…。悪霊に一方的に話しかけられてるみたいで、このままじゃインタビューが成立しない……）

正面に視線を移すと、シンボさんと目が合った。そして、小さく肯《うなず》いた彼は、その直後、ビールの大瓶を8本オーダー。20分後、それらを破竹の勢いで摂取したオレは、ようやく敵と同じ空間にたどり着いた。

「カモっ、何で直木賞作家がおメーを指名するんだよっ⁉」

「つまんないっ。一度でいいから俺を唸《うな》らせるような質問をしてみろ‼」

「言ったな、こらぁ！……………………か、カモちゃんは、1月の何日までが正月だと思うんだよっ？」

「プハッハッ、やっぱり本物のバカだっ、板谷君は。グハッハッハッハッハッ‼」

「うるせぇっ！世の中にはな、難しいことを言われたりすると、オレみたいに頭の中に綿アメがどんどん出てきちゃう奴が大勢いるんだよっ。みんな一応肯いたりしてんけど、10人中6〜7人はそうなんだよ！」

「それじゃ日本は終わりなんだよっ‼」

「違うねっ。外国人の6〜7割の頭にだって綿アメ機が付いてんだから、それでバランスが取れてんのっ。で、その6〜7割の人間は難しいことを考えない代わりに、ボードの先に犬を乗せてパイプラインをくぐり抜けたり、巨大パフェの完食に失敗したり、カンガルーと軽い気持ちでボクシングをして肋骨《ろっこつ》をへシ折られたりして世界をホンワカさせてやねえかっ！」

「……なぁ、板谷君って挫折《ざせつ》したことなんかねえだろ？」

「ねえ、なに言ってんの、雇われ侍みたいな顔して…。じゃあ、教えてやるよっ。つい3日前も…っぷ！…親戚《しんせき》のババアに『前から思ってたんだけど、コーちゃん（オレ）って舌っ足らずでしょ？　だから、声が口の中で反響しちゃって何を言ってるのか時々わからないのよね』って言われたんだよっ。お前にわかるかっ、オレのその時の気持ちがあああっ!?」

「そんなのは挫折のうちに入らねえんだよっ、この養豚場が！」

「はいっ、次の偉人を早く紹介してくれっ。何だったら偉くなくてもいいから！　生きてりゃいいから！」

「プロとして、俺にまともな質問を3つしろっ。それまでは紹介せん!!」

ねえ、シンボさん…。こんなこと言ってますけど……。


カモちゃんの今後の肩書きは「カメライター」！


「カモちゃんて札幌育ちだったよね。さ、札幌市の人口は…？」

「それを答えてどうするんだよっ！」

「じゃあ…………………ら、来日したスピルバーグの案内役になったら、まず、どこに連れて…」

「いい加減にしろや!! まともな質問をするまでは絶対に次の偉人を紹介しねえからなっ、この豚野郎!」

まいった……。今回は相棒が相手なので質問を全く考えてこなかった上に、オレもアルコールがかなり回っていて頭が全然働かない…。

「とにかく…うぷっ! …板谷君は今回で連載を終わりにしろっ。質問ができねえインタビュアーなんて聞いたことがねえよ!」

くぅのクソガキャアアア〰〰、もうガマンできいいいい〰〰〰んんっ!!

「はいっ、アメリカと中国の関係はこれからどうなってくと思うっ?」

「な、何だよ、ヤブから棒に……」

「時は金なりっ。即、答えろ! はい、次の質問。この質問って最初から数えて何問目っ?」

「はぁ……?」

「『タイムショック』でも必ず出題されんだろっ、バカタレ! はいっ、近いうち内戦が起こりそうな国はっ?」

「う〜ん、そうだなぁ………現時点では可能性は低いけど……」

「可能性が低いんなら答えんでもヨシ! はいっ、カメラと並行して文章も書き始めたカモちゃんの今後の肩書きは？」

「いや、俺は基本的にはさぁ…」

「答えは、カメライター！　はいっ、次の質問。カモちゃんの好きな…」

「ちょっと待たんかいい〜〜〜っ!!　何で貴様が答えるんだよっ！」

「あえて言うなら、そういう世代だからっ。逆に言えば、そこに山がなかったからっ。はいっ、戦地を取材してて最もハラハラしたエピソードはっ？　また、その時に頭に浮かんだのは父親？　母親？　それとも、なめ猫ブーム？」

「ちょ…ちょっと待てや！」

「はい、待たないっ。なぜなら、アンタの答えを消化する余裕が今のオレの頭には1ミリもないからっ。はいっ、カモちゃんてナニ派っ？」

「……ナニ派って……」

「旧ジョイナー派っ？　もしくは、隠れ欽ちゃん派っ？」

「…………」

「はいっ、人間って水なのっ？　西部警察ってドコにあるのっ？」

「…………」

「平成の裕次郎って、今ドコで何してんのっ？　気になって眠れなくないっ？　賞金1億円の遣い道はっ？」

「…………」

「はいっ、アンタが紹介してくれる次の偉人って誰っ⁉ 誰えええっ⁉」

「わきゃったよっ‼ 今から俺んちに行くぞっ。次の偉人は、もう待機してるから！」

やっぱし、そうきやがったか……。

「結局、板谷君は俺をバカにしてんだろ……。頭がオカしいと思って、そんな質問しかしなかったんだろ…」

「なに言ってんの、カモちゃん……。アンタは、とにかく凄《すご》い奴なんだよ。酒さえ飲み過ぎなきゃ、数年後にはそれが証明されるんだよ、ホントに」

「板谷君……。次の偉人のインタビューが終わったら朝まで飲もうか」

断る。


【追記】鴨志田穣さんは'07年3月に亡くなりました。御冥福をお祈りします。

MJ近づき度……3%↓

次の偉人は……つーことで、次回はカモちゃんのカミさんで、しかも、オレの旧友でもある偉人が登場。……まいった

第13偉人 西原理恵子さん

Saibara Rieko
'64年、高知県生まれ。漫画家。武蔵野美術大学卒。『ぼくんち』で文春漫画賞受賞、映画化もされる。代表作『ゆんぼくん』『鳥頭紀行』『できるかな』など

この世で唯一頭が上がらない偉人。今さら何を訊けばいいんだよ⁉

ある程度、予想はしていたが……。今回も本編に入る前に説明しとかねばなるまい。

オレは18の時、絵の予備校で高知から出てきたヤンキー上がりの女と友達になった。女は、連日のようにオレんちに来ては勝手に冷蔵庫を開け、バアさんがジイさんより大切にしていた梅酒を片っ端から飲み干し、最後は必ずウチの畑から作物をテイクアウトして帰っていった。

1年後。女は板谷家の栄養分で美大に合格し、オレはチンピラになっていた。さらに3年後、女は漫画家になり、オレはヤクザの構成員になる決心を固めていた。ところがそん

すみませんがこの二人をよろしくお願いします。
さいばらりえこ

何十万人というファンがついている絵……。全国のマンガ教室、直ちに店仕舞いせよっ!

ドン・サイバラオーネの書棚の前で。最初、オカッパの海亀に肩を組まれたのかと思った。しかし、まさかサイバラを経由するとは…

な矢先、オレは女にいくつかの出版社に連れていかれ、結局、そのままフリーのライターになってしまったのだ。

で、それ以降も女はオレを各出版社に売り込み続けてくれ、そして現在に至っているのである。

つまり、この世でオレが唯一頭が上がらないのがその女で、それが今回の偉人、サイバラなのだ(前回のカモちゃんとは'96年に結婚、'04年離婚)。

つーことで、今さら何を質問すりゃいいんだよ、おい……。

「サ…サイバラはさぁ、何で漫画家になろうと……」

「じゃがあしいっ！　今まで黙ってたけど、なぜ私をイの一番に指名しなかった!?　お前にとって、私以上の偉人がいるのかあああっ!?」

「いや、そ…それはそうだけどさ……」

「ところで、もう奥歯は入れたのか？」

「え…？」

「何度言ったら入れるんだっ!! 貴様はシンナーの吸い過ぎで奥歯が一本もないだろっ。50前に死にたいのかっ、それも奥歯が原因で!」

「いや…だ…だからね、来月には…」

「あと、『ゲッツ板谷』なんていうド恥ずかしい名前をいつまで使う気だ!? いい加減、本名で勝負せんかいっ!!」

「でも、オレの最初のペンネームの『金角《きんかく》』はアンタが…」

「やかましいっ、水デブ! それから、何で毎回腑《ふぬ》抜けた質問しかできんかっ、お前はあああっ!? しかも、そんなフニャ腰にもかかわらず、何で偉人の前でサングラスにジャージ姿なんだっ!! 貴様のやってることはなっ、ダボシャツ姿で『朝まで生テレビ』に出演して、自分の前のジュースをこぼしただけでビックリして帰っちゃうようなもんなんだよっ!! この恥さらしいっ!!」

まいった……。写真撮影の時はニコニコしてたのに、またしてもインタビューが成立するような土壌じゃなくなってきた。……帰っちゃうか?

「とにかく板谷君はダメだよっ。新聞も生まれてから5回ぐらいしか読んだことがないみたいだし」

いきなり横から口を出してくるカモちゃん。二重にまいった……。この2人はオレを前にすると『サイバラ&カモファンクル』という難癖デュオ化し、50代の管理職でも約2分半で泣き出してしまうような波状口撃を仕掛けてくるのだ。

「オ…オレのことは置いといてさ、そろそろサイバラのことを…」

「お前に話す話など1ミリもない！」

「とにかく板谷君はダメだよっ。去年まで韓国の板門店《パンムンジョム》のことを巨大な中華屋だと思ってたし」

「しかも、この男はハタチの頃まで棟方志功のことを肩もみ名人だと思ってたんだよっ。何で単なる肩もみ名人が歴史に名を残すんだよ！」

「……すんません。お酒ない？」

「お前に出す酒などない！　ウチの子供用に買ってあるフルーツ牛乳でも飲んどけっ」

数分後、サイバラが冷蔵庫から持ってきた『マミー』の1ℓパックを一気飲みするオレ。

（クックックッ……。ボキに乳酸菌を与えたね。ボキは、お酒より乳酸飲料の方が8万倍ぐらい好きなんだよ。しかも、あまりに美味《おい》しいからトリップしちゃうんだよ。しばらくの間、怖いものなしだよ、ボキは。キヒヒヒ！）

「とにかく、アンタのインタビューは突っ込みが足りな…」

「しゃらくせえっ、クソアマがあああっ!!」


おメーだって『デュラン・デュラン』とか聴いてたじゃねえかっ！

「おうっ、オレに乳酸飲料を与えたのが間違いだったな！　グへへへ…。今のオレは燃料が満タンになったクレイジーコンボイなんだよっ。もしくは、故・美空ひばりについてコメントを求められた時の中村メイコなんだよっ！」

サイバラに対する気後れ、それが『マミー』の一気飲みによって吹っ飛んでいた（※みんなもやってごらん、銭湯とかで隣り合った刺青《いれずみ》さんの背中を平気で指でなぞれるようになったりするよ）。

「わけのわからんことをホザくなっ、ダメ人間！」

「黙らっしゃい!! そうやってオレのことを漫画でも散々ブッけなした挙句、ラスト3コマ目あたりで、また優しいラインの山を描くんかいっ！ そんで、その山肌に1回だけダメ人間をかばうようなコメントを書きつけて読者をホロリとさせちゃうのかいっ!?」

「私の漫画を貴様に批評される筋合いはない！」

「るせえっ！ しかも、そんなダメ人間に描かれた上にシールにまでされんのかいっ！で、おメーのファンに『ゲッツなんてどうでもいいわ』とか言われて、その赤ん坊にオレのシールだけグシャグシャに握りつぶされたり、公衆トイレの便器に貼りつけられたりするのかいいいっ！」

「……なぁ、アンタって自分のことを実はダメ人間だと思ってないだろ？」

そう言って、まじまじとオレの顔を見るサイバラ。

「オレ全体をクリスマスケーキだとすんなら、確かにチョコレートの家の部分ぐらいはダメだと思うよっ、自分でも！ けど、あとはわりかしマトモなんだっつーの、犬だってちゃんと散歩させてるしいいいっ!!」

「マトモな36歳っていうのは、自分宛にきた手紙でも『親展』って書いてあると読まずに親に渡しちゃうのかっ⁉ 部品が10個しかないプラモの茶店さえ組み立てられないのかっ⁉ 未だに自分ちのバアさんに散髪代を出してもらってんのかっ⁉ アホンダラっ、お前はどこをどう切っても金太郎飴《あめ》のようなダメ人間だろっ!」

「黙らんかいっ!! 今は漫画家の先生だかハチの頭だか知らねえけど、おメーだって東京に出てきてスグの頃は『デュラン・デュラン』とか聴いてノッてたじゃねえかっ! しかも、鉢植えのベンジャミンを己の部屋のド真ん中に置いて最先端ぶってただろうがあああっ!!」

「ウ…ウソをつくなっ!!」

「あ…トボける気だよ、このお侍さんは…。じゃあ、ツメ切りを借りようと思ってテメーの鏡台の引き出しを開けたら『たのきんトリオ』のコンサートの半券が出てきたのはどう説明するんじゃいいいっ!!」

「やかましいいいっ!! よぉ〜〜〜し、次はとんでもない偉人に飛ばしてやるから覚悟しとけ!」

「上等だよっ。乳酸飲料さえ携帯してれば、これからは大統領にだって印象に残った名FUCKのこととかを堂々と尋ねてやるよっ!!」

「よしっ、その意気だ」

（えっ……？）

「最後に読者のみなさん。この板谷宏一をこれからもよろしくお願いします。この『わらしべ偉人伝』をよろしくお願いします」

「な、何をいきなり……」

「唯一のメジャー誌での連載なんです。どうか見捨てないでやって下さい。お願いします。そのうちまともな文章を書き始めますから。みなさんを幸せにしますから」

漫画の持っていき方と同じじゃねえかよっ。ズルいぞっ、サイバラ！

MJ近づき度……4%↓

次の偉人は……………………………

予告通り〝刃物のような〟偉人が登場。でも、しょっちゅう外国に行ってるみたいだし、ひょっとしたら……

第14偉人 高須克弥さん

Takasu Katsuya
'45年、愛知県生まれ。美容外科医。高須クリニック院長。世界的にも有名な斯界のドン。著書『バカにつける薬』『らくにワキガを治す本』『ブスの壁』ほか

有名美容外科医の原体験は立派な人体実験だった……

「ボクは、昔からサイバラさんの熱烈なファンなの。『ぼくんち』あたりから迫力が出てきたよね、彼女の漫画は。でも、実はあの頃から、いい家庭の主婦をやってて、逆に鬱積《うっせき》してると思うんですよ。で、それが爆発するから面白いの。読んでてスカーッとしちゃうの。いや、ボクもホントは漫画家になりたかったんだけどね」

漫画のノンストップ講義が始まってから40分。この人は、本当によくテレビCMに出てた、あの高須先生なのだろうか⁉ 止まると死んじゃう虫のように常にせわしなく、オタクのような喋《しゃべ》り方で、しかも、笑うと吉幾三のような顔にな

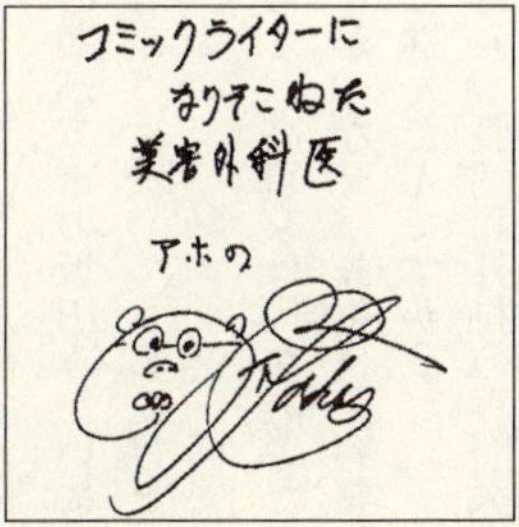

サインの中に豚がいるのは、ガキの頃「白豚」と呼ばれていたから……とのこと。合格です！

るし……。

「この後、手術がいくつも控えてるんですよね。時間もないことですし、そろそろ先生自身のことを…」

「いいのっ、患者なんか待たせとけば。…あ、そうそう、サイバラさんて家を建てたでしょ。だから、お祝いに白熊の毛皮を贈ったんですよ」

先生、それって車の雨避けカバーになってて、しかも、白熊の顔がアホの坂田みたいに既にボコボコになってましたけど……。

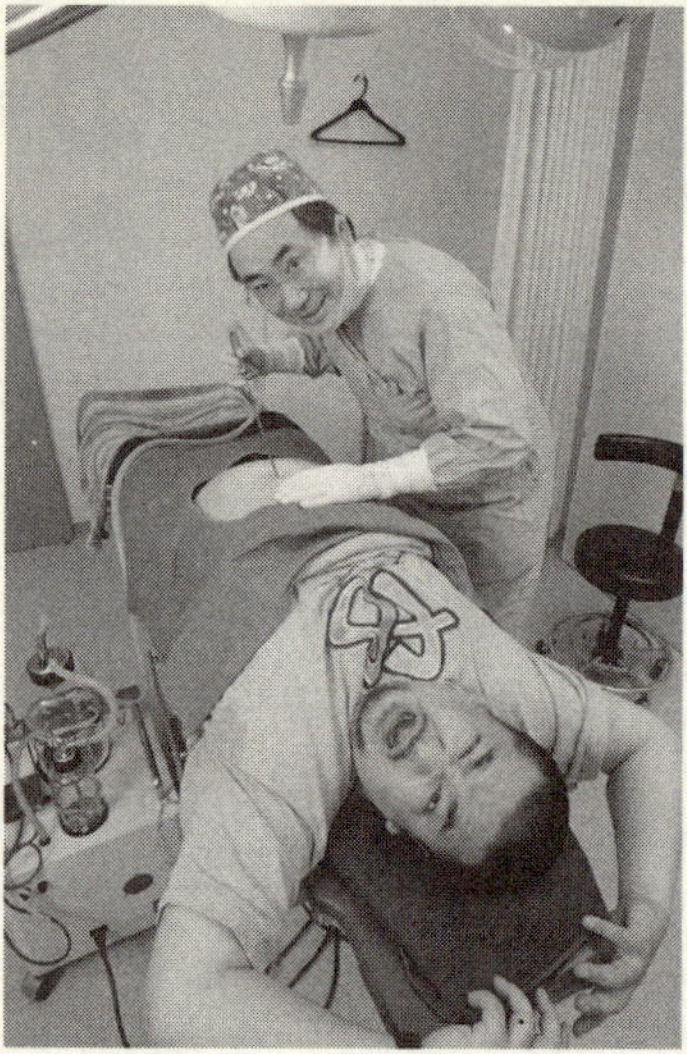
高須の克ちゃんに腹の脂肪を抜か……おいいいっ、ホントに作動してんじゃねえかよっ、この変なマシーン!!

「ところで、高須家は代々医者だそうですが、なぜ、先生は美容整形の方に進んだんですか?」
「最初はね、股関節《こかんせつ》外科の専門医になって、大学の教授になろうと思ったんです。それで、ドイツに留学したら、そこで美容整形をやってるのを見て(面白れえなぁ〜)って思ってね。日本に帰ってきたらソレをやる奴がいないのね。

で、一人しかいないと杉田玄白《げんぱく》みたいなもんで、その世界の第一人者になれるんですよ。だから、この分野だったら牛耳れるなぁ〜と思って。だって、当時の美容整形医なんてアホばっかりだったもん（笑）」

「目を糸だけで二重にする手術法を開発したのも先生ですよね。どこからヒントを…」

「大学院にいる時に思いついたの。で、実際やってみるのに普通はネズミやウサギを使うんですよ。でも、そんなの人間にやらなきゃ効果がわからないでしょ。だから、研究会を作って大学生たちを集めてね、タダでやってやるって言って片っ端から手術しちゃったの。それが原体験だったの」

原体験というより、立派な人体実験だろ、それ……。

「そういえば、先生は自分で自分に若返り手術を試してるんですよね。…しかし、こうして見ると、先生って56歳なのに36歳のオレとタメぐらいに見えますよね、実際の話」

「その気になれば18歳の少年にだってなれますよっ。いや、あと3年貰《もら》えれば11歳ぐらいの小学生にだってなれるの」

首から下はどうすんだよっ！

「例えば、シワ取りなんかもね、昔は皮膚を切って伸ばしてたんだけど、そうすんと傷ができるじゃない。ところがね、シワを動かす筋肉を6カ月間止めちゃう注射があるんですよ。そうすんとね、おデコとか怒りジワとかみんな消えちゃうの。で、患者には6カ月経ったら、また注射を打ちに来て下さい、って言うのね」

「つーことは、その注射を打っても6カ月経てば元のシワシワに……」

「そうじゃないの。打つ度にちょっとずつクセが取れてくの。で、ボクも自分で4回打ったら眉間《みけん》のシワがキレイに消えちゃってね。そしたら、アホみたいな顔になっちゃって、助手の女のコたちに怒っても全然怖がらないの」

「ブハッハッハッハッ！」

「で、ヤバイと思って1年がかりで必死で作ってんの、眉間にクリント・イーストウッドみたいなシワを。最近、やっとできてきた」

「でも、他の美容整形の先生って、自分の顔はいじらないでしょ？」

「美容整形の偉いさんたちってねっ、自分でこういう商売をしていながら、それを誇りに思ってないんですよっ！　バッカみたい！　何様だっ！」

「…………」

「そういう奴らは朽ちればいいんだっ！　ぬんぎゅううううっ〜〜〜〜〜〜〜っ!!」

おい、誰か来てくれえええっ!!

マイケル・ジャクソンのアダ名は「ロシアン・ルーレット」⁉

「あのねっ、美容整形の医者って2種類いるんですよっ。ボクみたく大衆的でマスプロダクションを目指してるのとね、偉そおお〜〜にやってる大学教授のグループがあるのっ。

で、その大学教授の方がボクたちの悪口を言ってるのっ。しかも、それを学会誌に載せてんのっ!!」

チーン！　チーン！　チーン！

突然、机の上のベルを乱打したかと思うと、部屋に現れた助手の女のコにその学会誌を持ってくるよう指示する高須先生。……姉さん、大変です。オレは、何かとてつもないモノに火を点《つ》けちゃったような気が………南無三。

「ねっ、ここに書いてあるでしょ！　『我々は寿司職人。チェーン店の方は回転寿司のようなものだ。唐突に回転寿司が良いと言われても納得はできない』だって。アッタマ来ちゃうよねっ！」

「ええ……」

「それと、医者の世界にはカースト制があってねっ。内科、外科ときて、骨と筋肉だけを扱う整形外科は末端なんですよっ。で、それより下なのは、どっこも悪くない人のシワ取ったり鼻を高くしてる奴で、だから、美容整形医の中には『ホントは脳外科をやるつもりだったんだけど…』なんて言ってイジケながらやってるのが多いのっ。バッカみたい！」

「で…でも、そんな変にプライドの高い人たちより、先生のクリニックの方が現に何百倍もの患者さんに…」

「そうなのっ。バブルの時に儲《もう》かり過ぎちゃってさぁ〜。ところが、税務所に突然踏み込まれちゃって……過去20年ぐらいの申告漏れが…さ、30億円ぐらい出てきちゃったのあらら、急に大人しくなっちゃったぞ、おい……。

「だって、ボクは毎日忙しく働いてただけで、あとは税理士に任せてたからわかんなかったんだも〜〜〜ん。で、過去5年分の2億円の罰金を取られて、それに加えてビルとか買って金を借りまくってたから今は借金王ですよ。………一時は日本全体を買えると……ブツブツモゴモゴブツブツ」

危ないっ、話題を変えなきゃ！

「と…ところで、マイケル・ジャクソンの顔というのは……」

「うんっ。あれはね、実はボクの友達が2人関わってるんですよっ。マイケルには『ロシアン・ルーレット』ってアダ名が付いててね。自分がデザインした理想の美しい少年のような顔というのがあって、それは鼻が皮膚の強度にギリギリ耐えられるぐらい高かったりね、ちょっと白眼が出ちゃうぐらいの大きな目だったりするの。ところが、医者はそんなことやったら危ないからやりたくないんですよ。だから彼は、貧乏で金で転びそうな奴んとこに行くんですよ。大先生の第2助手ぐらいのところにね。で、小切手書いて相手がNOって言うと、マルをもう1つ付け足したりしてね。でも、それが成功しても彼はもう1ミリ鼻を高くしたいって、また別の医者のところに行くでしょ。で、どっかで積み木崩したみたいにダーンと…」

いかんっ、また『ノンストップ高須トレインモード』にギアが切り替わっとる！

「せ…先生っ、そろそろ次の偉人を…」

「いいのっ、患者なんか半日待たせといたって死にゃあ……誰を紹介しようか？　ボクが親しくしてる人って、みんな刑務所に入ってるか逃亡中なんですよね。……あ、エストラーダ元大統領にしようかっ。彼には整形を頼まれてたし」

その人も牢屋《ろうや》に入ってんだろっ。しかも、フィリピンの！

MJ近づき度……16％↓

次の偉人は……
大阪は〝鶴橋のキムタク〟と呼ばれる人物が登場。そんなにイケてんの？　ホントにカッコいいの？

第15偉人 高 柄烈さん

キムチの宅配で急成長、だから「キムタク」って、駄ジャレかよ!

今回の偉人は『鶴橋のキムタク』こと高柄烈《こうへいれつ》さん。なぜ、40代も半ばにさしかかったオッサンが「キムタク」と呼ばれているのか?

大阪の鶴橋で在日韓国人2世として生まれた高さんは、15年間勤めた銀行を退職。これから何をしよう……。迷った挙句、たどり着いたのが鶴橋の地場産業で、母の味でもあるキムチを全国に広める商売だった。

最初は家賃2万円のボロアパートが事務所だったが、翌'94年、考案した「キムチの宅配便代理店システム」が話題となり急成長。要するに、キムチの宅配を略して「キムタク」

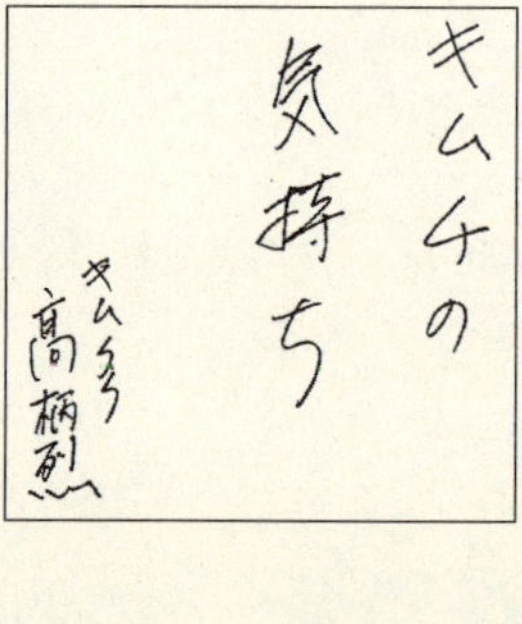

座右の銘まで駄ジャレか……と思いきや、実はキムチに対する熱い思いが込められているのだ

Kou Heiretsu
'54年、大阪府生まれ。コーシン物産社長('02年に有限会社ニシハラに改組)。'93年にキムチ宅配便をスタートし、急成長。通称「鶴橋のキムタク」

なのだ。……おいっ、駄ジャレだったんかい！

「高さんの会社では、キムチの他にもサムゲタン（高麗人参やモチ米をニワトリ1羽の腹の中に入れて煮込む料理）や冷麺《れいめん》なども宅配していると聞きましたが？」

「ええ、サムゲタンは'96年から始めたんやけど、病床の勝新太郎さんから注文が来てビックリしたりね」

「か…勝新からですかぁ!?」

特製のキムチを頬張るオレ。あまりにウマかったので、反射的に高さんの胸に飛び込んで頭をグリグリしそうになった

「そうなんですよ。で、勝さんの息子さんから『親父はサムゲタンを食べて元気になってます』なんて電話が入ったりして。ま、その2カ月後に亡くなっちゃいましたけどね、ガハッハッハッハッハッ！」

「……………」

「あと、ボクは昔から落語が大好きなんやけど、ある方を通して立川談志さんとお会いできて。その時に談志さんは喉頭《こうとう》ガンだったんですけど、『お前んとこのサムゲタンを食ってガンが治ったら〝立川サムゲタン〟って名前をやるから30万よこせ』って言われましたわ、ガハッハッハッハッ！」

「なんか、業の深い侍みたいな名前ですね……」

「あっ、ウマい!! あと、これはあまり人には言ってないんだけど、2年前に3カ月間だけボクサーの徳山昌守がウチでバイトしてたんですわっ」

「うえええっ!! 在日ボクサーとして初の世界チャンピオンになった、あ…あの徳山選手がですかっ!?」

「YES！ でね、私んとこで働いてた時は時給900円やったんだけど、彼がチャンピオンになった去年（'00年）の10月に無理言ってサイン会をあるキムチ屋さんでやってもらったんですよ。その時のギャラがね、3時間で30万……。つまり、私んとこで使い走りしてた時の110倍ですわ。ガハッハッハッハッ、大逆転!!」

すんません、近所の一家と頻繁に屋上の樽形風呂《たるがたぶろ》に入りたがるカナダのハイテンション父さんと話してるような気分になってきたんですけど……。

「しかし、キムチの宅配といい、高さんの火事場のアイデア力には感服しますけど、一番の成功の秘訣《ひけつ》って何だと思いますか？」

「人脈を大切にすることですね。人に世話したら、大抵見返りはきますわ。ま、それを期待して何かをするわけではないんやけどね。でも、ある人と一回会ったら、それを機に関係が続いていくようなマメさ。それが大事やと思うんですよ。ま、ボクは人が好きなんですよね、ガハッハッハッハッ！」
ねえ、高さん。テンションが異常に高いのはいいんだけど、発言と必ずワンセットにな
ってくるその笑いって、かえって逆効果だと思うんスけど……。
「ちなみに、この会社の沿革のところに書かれているコレは何ですか。毎年10月4日（ト
ウガラシ）を『キムチの日』にする…って？」
「ガハッハッハッハッ！　だって、キムチってゴロ合わせできないじゃないですかぁ。
だからトウガラシにしちゃったんですよ」
「それにしても強引すぎますよっ（笑）」
「でも、4年に1回の2月29日はニンニクの日でしょう。それから8月29日はヤキニクの
日。この2つは何とか日本中に広めようと思ってるんですわ。あとは……9月29日がキュ
ウ（牛）肉の日、8月4日が（鶴）橋の日、毎月19日が徳山の日、それと……」
ねぇ、高さん……。オレの友達に己の電話番号の下4ケタ「8194」を「仲間がバイ
クで死んだのさ」って強引に読ましてる奴がいるけど、後半はそれ以上のレベルだっつ
――の！
「とにかく、今一番の目標は2002年の日韓共催ワールドカップのスポンサーになって、
ウチの鶴橋冷麺を会場のお土産売場に置かせてもらうことですね。何なら、北朝鮮と韓国
の冷麺をセットで売って、ネーミングを南北統一冷麺にしてもいいですしね、ガハッハッ
ハッハッハッハッハッハッ‼」

普通に考えたら無理だけど、この人ならとてつもないゴロ合わせを連発して結局は売っちゃう気がするぞ、おい……。

MJ近づき度……5%↓

次の偉人は……………………………
作品もさることながら、その人自身のキャラの方が数百倍も面白い漫画家が登場。乞う、ご期待！

第16偉人 高 信太郎さん

芸人口調で10秒に1回はギャグを飛ばす漫画家って……!?

Kou Shintaro

'44年、愛知県生まれ。漫画家。春風亭蛾昇の高座名も持つ演芸通で、コメンテーターとしても活躍。著書『まんがハングル入門』『おもろい韓国人』など

前回の偉人が紹介してくれたのは漫画家の高信太郎さん。ウワサによると、漫画よりも本人のキャラの方が何十倍も面白いらしい。また、落語や漫才にも造詣《ぞうけい》が深く、演芸評論家としても活躍しているという。

「昭和19年生まれの漫画家って10人いたけど、そのうち9人は死んじゃっていないんですよ。残ってるのはボクだけなの」

「漫画家さんは、身体を酷使するから早く死んじゃうんですかね？」

「そんなことはないですよ。杉浦幸雄先生なんか、90いくつで末期ガンなんですよ。でも、

高さんが韓国を代表する漫画家から受け継いだ言葉で「自分に合った満足度を持て」との意味

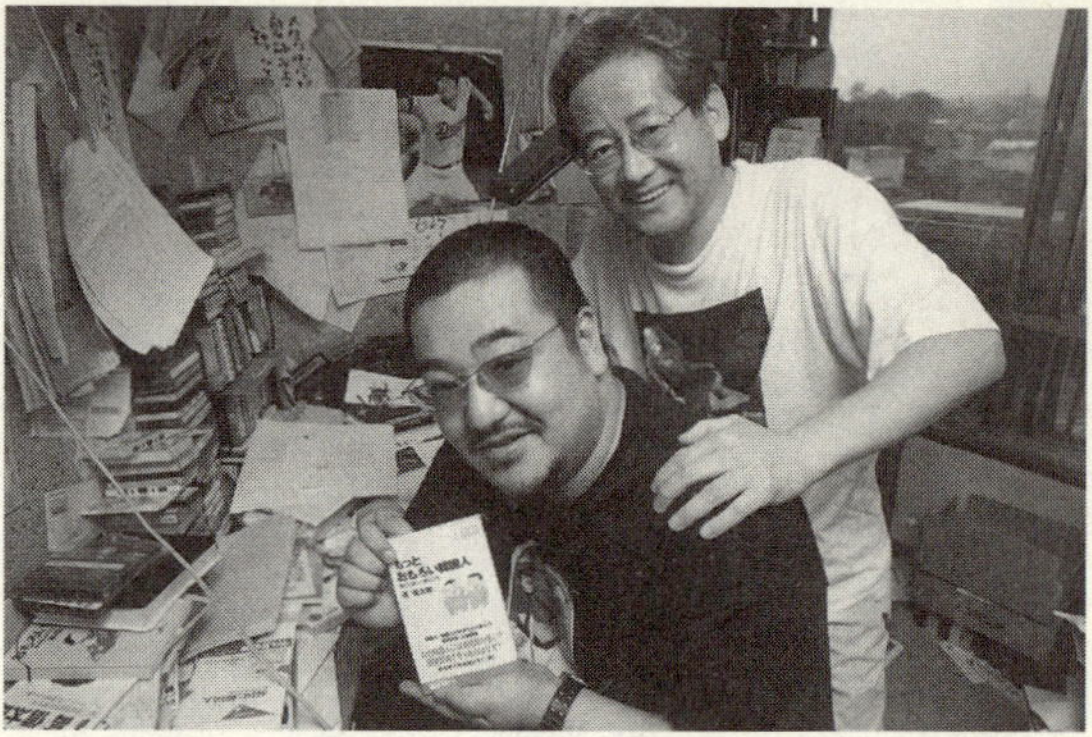

高さんの仕事場で。この時、なぜかオヨネーズによる『ペチカ』が頭の中に流れてた。最近、まったく自分をコントロールできん…

告知されてからもう20年ぐらい生きててね。要するに、ガン細胞の方があまりに弱っちゃってるから前に進まなくなってんの。だから、杉浦先生なんか奥さんをもらう度に、そっちの方が次々と死んじゃってんだから。看病してる方が次々とくたばっちゃって。そんで、当人は今でも週刊誌の連載をやってんだもの」

のっけから飛ばしてくるなぁ〜。老ラッパーか、この人は……。

「ところで、高さんは最近では韓国通としても知られていて、韓国に関する本も多数書かれていますけど……」

「キッカケはね、映画監督の崔《さい》洋一ですよ。彼に新宿のゴールデン街で殴られたの。コッチは全然そのつもりはなかったんだけど、韓国と韓国人を差別したって。それで悔しかったから韓国語を覚えてね、次に会った時に韓国語で『お久しぶりですね。お元気でしたか？』って話しかけたら、ナント、彼は自分の母国語がわからなかったわけ（笑）」

「しかし、殴られて言葉を覚えちゃうっていうのも凄《すご》いですよねぇ」

「だから、この話を聞いた浅草キッドの水道橋博士が『そんなに簡単に覚えちゃうなら、ドイツ人とかアラビア人とか世界中の人に殴られたらいいじゃないですか』って言ってきましたよ。…とにかく、韓国人というのはラテン系アジアンなんですよ。ネアカで、すぐに熱くなるし、心にあることもすべて言っちゃうし、謝らないしね。例えば、向こうの喫茶店に入って柚子《ゆず》茶を頼んだら人参茶を持ってきてさ。注意したら『こっちの方が体にいい』ってヌカすんだよ。あと、待ち合わせをして時間に遅れてきても『申し訳ない』とは言わないからね。それを怒ると『会えたのに何で怒るんだよ⁉』って向こうも怒るしな（笑）」

「実はオレも4〜5日前に韓国取材から帰ってきたばかりなんですけ…」

「それから、今の日本は不景気だっていうけど、韓国なんかＩＭＦが入ってさらに深刻な状況じゃないですか。ところが『ＩＭＦ定食』とか『ＩＭＦ結婚式』なんて、ＩＭＦという言葉が〝出血サービス〟って意味で使われてて、街中がＩＭＦだらけで元気なんだ。あとね、向こうの新聞に『ハングル習えば韓国見える』ってタイトルでボクの記事が載ったんですけど、それを読んだ韓国人が新聞社に問い合わせると、ボクの電話番号や住所を勝手に教えちゃうんだよっ。それで、そういう人たちが直接ボクのところにガンガン来ちゃうわけ。で、『確かに日韓の架け橋になりたいとは言ったけど、お前との架け橋じゃないんだから！』って怒鳴っても、次々と『今、新宿にいます』なんて電話が掛かってきちゃってさぁ」

「プハッハッハッハッ！（さっきから全然喋《しゃべ》ってねえじゃねえかっ、オレ）」

「で、中にはボクの元で漫画の修業をしたい、なんて言って嫁さんと子供を連れて来ちゃう奴もいて。そんで、どんな貧乏人かと思ったら、大韓航空に勤めながら新聞の連載をいくつも持ってる売れっ子漫画家でね。『俺の方が君と替わりたいよ！』って言って追い返してやりましたよっ」

「韓国人って（コイツは仲間だ）と思うと唐突に『弟を8年ばかし預かってくれないか』とか平気で頼んで…」

「要するに、（同じような顔をしてるから中身も同じだ）と思うから腹立つわけで、イタリア人が喋ってると思えば腹も立たないんですよ。とにかく韓国人は面白いですね」

「ちなみに、オレも韓国に行った時、向こうの人と毎日のようにケンカを…」

「だからね、日本に対する想いが良くも悪くも熱いんですよ。そういう視線なの。ところが日本人はね、何か言われるのが面倒臭いんですよ。でも、一旦《いったん》わかっちまえば、あんな楽な民族はいないですよ。日本人の方がよっぽど腹が読めませんよ」

……完璧《かんぺき》に芸人口調だし、10秒に1回はギャグを飛ばさなきゃ気が済まないみたいだし、確かに漫画より本人の方が面白いって言われるのもうなずけんな。でも、人の話は1ミリも聞いてねえだろっ、アンタ！　透明人間かいっ、オレは!?

MJ近づき度……9％

↓

次の偉人は…………………………

きたあ〜〜〜〜〜っ!! ついに20代の女の偉人にバトンが……。よお〜し、景気づけに今日から断食だ！

第17偉人 神田ひまわりさん

アニメの声優になろうと思ってたのに講談師になっちゃった!?

今回の偉人は神田ひまわりさんという講談師で、しかも26歳の女性である。講談つーのは、滅多に息つぎをしない落語というか……すんません、よくわかりません。で、「講談」という言葉を辞書で引いたところ、「軍記、武勇伝、人情話などを調子をつけて語る一種の演芸」と書いてあった。つまり、今の心境をオレ的に語ると、自分の床屋に初めて若い女性客が来た。で、ドギマギしながら「どんな髪型に?」と尋ねたら、「フビライ・ハンみたくして下さい」と注文されたようなもんなのである。

「板谷さんですか?」

講談って知ってます?
意外におもしろいですよ。
神田ひまわり

絵も結構イケてるひまわり嬢。君の花言葉は「要りません、石坂浩二の特製カレンダー」に決定

Kanda Himawari
'75年、広島県生まれ。講談師。'94年、神田山陽に入門し、前座修行。'98年、二ツ目に昇進。「古典を基軸とした芸を現代の人にもわかりやすく」がモットー

この2秒後、通行人のオッサンに「あれっ、シャネルズのトランペットか?」と真顔で尋ねられた。今度言ったら殺す……

気がつくと、黒い着物をビシッと着こなした美人が目の前で微笑んでいた。この人が……。

「昔から講談には興味があったんですか？」

「いえ、この世界に入る1年前までは講談という単語も知らなかったんですよ。私は高校までずっと広島にいて、東京に出てくるキッカケが宮崎駿《はやお》さんの作品だったんです。『天空の城ラピュタ』とか、大好きで（笑）」

はぁ、アニメかよっ……!?

「で、そういう作品に関わるには絵を描くか声優だな、と。それで、絵は描けないから、東京の声優の専門学校に入ったんですが、すぐ挫《ざ》折《せつ》しちゃったんですよ」

しかし、さすがは講談師だけあって喋り口調がハキハキしとるなぁ～。挫折話なのに武勇伝に聞こえるぞ、おい……。

「そんな時に学校の授業で講談を聞く機会があったんですけど、（こんな仕事があるんだなぁ～）

ぐらいにしか思わなかったんです。でも、その後、学校から講談の会の招待券をもらって、何となく聞きに行ったりして。気がついたら周りの人よりは講談との距離が近くなってたんですよ。で、神田一門会っていう講談の会に行った時に、神田山陽っていう80代半ばの師匠がいて。その時(こんな年取ってもできる定年がない職業っていいな〜)って感動して」

「講談に感動したんじゃないんスか…?」

「アハハ……。また、その師匠が『この仕事は楽しくて仕方がない』みたいなことを言うんですよぉ。で、その言葉の魔術にかかったっていうかぁ…。それ以後は自主的に講談の会に通うようになって、ある日、山陽師匠が『若い後継者がいないんだよねぇ。自分の好きな講談がなくなっちゃうのが悲しい』っていう話を私にしてくれたんですね。で、その時、飛び込んでみようと決心したんです」

「思い切ったことをしましたよねぇ。オレがひまわりさんの父親だったら、ショックでカウンタックとか買っちゃいますね、きっと」

「あの師匠の人柄に惚《ほ》れたんですね。もし、師匠が山陽じゃなかったら、入門してなかったかもしれませんね」

「『神田ひまわり』という名前は、やっぱり師匠が命名したんスか?」

「ウチの一門の芸名は『すみれ』『紫』『紅』『茜《あかね》』っていうふうに、花とか色が多いんですね。で、入門していきなり『〃みどり〃って名前が余ってるんだよ。ただ、みどりだと今の時代に合わないから〃グリーン〃にしよう』って師匠に言われて……」

「プハッハッ！　ゴレンジャーじゃないんだから…プハッハッハッ！」

「それで、勇気を出して『グリーンというのはいかがなものでしょうか』って言ったら、ムッとしてるんですよ。その後で『好きな花は何だね？』って聞かれて『ひまわりとかすみ草です』って答えたら、師匠が『かすみ草は芸人としてはちょっと売れないような気がする』って却下になって、残ったひまわりとグリーンの一騎討ちだったんですよ。危ないところでした（笑）」

「で、あの……その大好きな師匠が亡くなられたと聞きましたが…」

「私が入門して2年目に、ケガで入院したのがキッカケで動けなくなっちゃって。亡くなったのが昨年（'00年）の暮れです。だから、病院でのやり取りの方が長かったんですよね」

「ま、ウチの親戚《しんせき》も自宅の1階の屋根をペンキで塗ってて、滑り落ちて死にましたから……」

「…………」

はい、やっちゃいました、オレ……。


前座修行をやってて逆にデブっちゃう人も珍しいっスよね

「ところで、今後も講談を残していくためには若者にも興味を持ってもらう必要があると思うんスけど、何か作戦とか考えてます?」

インタビュー後半。オレの質問に26歳の女講談師の表情が硬くなった。

「正直、今やってる古典をそのままやってるようじゃ若い人は呼べないと思います。ただ、これから何十年も一講談師として立っていくためにはシッカリと基礎をやらねば、とも思うんです。それさえ身につければ何でもするつもりはあるんですけど……」

「早い話、暴走族とかの抗争を講談に取り入れちゃえばいいんスよっ。アッという間に寄席が永ちゃんのコンサート会場みたくなっちゃいますから。で、登場した早々、コップの水とかを口に含んでソレを客席に吹きつけたりすれば完璧《かんぺき》っスよ!」

「アハッハッハッ! そうですね。いや、実は私、啖呵《たんか》の切れる講談師になりたいんですよっ」

「えっ、講談の啖呵っていうと…」

「やかましいわい! テメーらなっ!!」

「…………」

「って感じなんですけど、女が啖呵切るのって難しいんですよぉ(笑)」

すんません。今、このサ店中の人が固唾《かたず》を呑《の》んでこのテーブルを見守ってるんですけど……。

「や…やっぱり、女の講談師というのは少ないんですか?」

「いいえ。今、講談師が全部で60人ぐらいいて、半分近くは女の人ですよ」

「ええっ、そんなに多いんスか…⁉」

「そうなんです。だから、逆に若い男の人が少ないんですよ。本来、講談っていうのは男のものですから、講談を廃らせないためにも若い男の人に入ってきてもらいたいんですけどね」

「でも、やっぱり入門したての頃の修行って厳しいんでしょ？」

「そう言われてますけど……私、性格が体育会系で、しかも、小さい頃から人に何かをして喜んでもらうのが大好きだったんです。そのせいか、お茶を入れる時でも各師匠が好む温度と濃さを覚えてて、飲んだ時に（…ん！）って顔してくれると楽しくて。だから私、前座修行をやってて逆にデブっちゃったんですよ（笑）」

一種のマゾか、この人は……。でも、本当のデブっていうのは、大笑いするとオレみたいに頬の肉で受話器の㊗のボタンを押しちゃうんだよっ！　そんなに甘くないよっ、デブ道も！

「ところで、地元のクラス会で『私、講談師をやってるの』とか言ったら皆に驚かれません？」

「その前に実家にも帰れなかったんですよ。見習いから前座の間って一日も休みがないですから…。で、広島の友達に『じゃあ、どうやったら帰れるの？』って電話で聞かれたから、『地元で営業の仕事があれば帰れる』って言ったんですね。そしたら、友達の何人かが町民文化センターでの寄席を企画してくれて、チケットも近所を一軒一軒回って売ってくれたらしいんですよ。それで芸人になってから初めて里帰りができたんです」

「へえ〜〜っ、エエ話っスねぇ……」

「で、それがキッカケになって田舎に残ってる友達同士が再び会うようになったらしいんです。それで、その中に『アンタは私たちに何もしてあげられないって言うけど、実は掛け替えのないものを貰《もら》ったんだよ』みたいなクサいことを言う友人がいて。私はまた、それを聞いて泣いちゃったわけですねぇ（笑）。……あれっ？」

彼女の視線をたどると、その先で編集のシンボさんが泣いていた……。

なぁ、オフクロ。とりあえず子供の頭ぐらいのヒョウが降ってくるかもしれんから雨戸閉めといて下さい。オレも急いで帰ります。

MJ近づき度……3%↓

次の偉人は……………………………
その道では第一人者の偉人が登場。みんなも彼の分身を絶対どこかで見たことあんぞ。さて、誰でしょう…？

第18偉人 石田卓也さん

粘土アニメ界の巨匠……のはずだけど、なんかヘンだぞ、この人

Ishida Takuya
'56年、東京都生まれ。粘土アニメーター。東京学芸大学教育学部中等美術科卒。8ミリの自主制作からスタートし、CM、子供向けTV番組などで活躍する

「石田さんって人は、ポリンキーのCMや劇場版『クレヨンしんちゃん』のオープニングタイトルなんかを手掛けてる、言ってみれば日本の粘土アニメ界の第一人者なんですよ。
……ドキドキしてきたな、俺」

今回の偉人の作業場に向かっている途中、そんな言葉を吐いてくる担当のシンボさん。……やいっ、このインテリヤクザ。実はアンタって、アニメオタクの顔も持ってたんかいっ!? 怖いよっ、オカリナを吹きながら人の内臓を買い叩《たた》く男と歩いてるみたいで!

オレのTシャツのサイを見ても爆笑し、こんな絵を描いた石田さん。実は凄い人なのに……

「粘土アニメって、粘土でキャラを作って少しずつ動かしながら、その度に撮影していく

なぜか笑いと攻撃的な発言が止まらず……。この後、作りかけの粘土をいじってたら殺されかけた

わけですよねぇ。……何でそんな面倒なことをやろうと思ったんスか？」

「『おかあさんといっしょ』って番組の中にイタリアのアニメコーナーがあって、粘土アニメの他にも砂に絵を描いたり、折り紙を動かしたりとか凄《すご》かったんですよぉ。とにかく、それに魅せられちゃって……。あと、その頃、日本では粘土アニメなんか誰もやってなかったんで、これはいいかなぁ～ってことで始めたんですけどね」

ホワ～ンとした少年みたいな人だなぁ。喋《しゃべ》り方もジャンプの原田みたいだし……。

「で、とにかく粘土探しに時間がかかったんですよ。で、いろいろ探したら、アメリカ製の『モデリング・クレイ』とスペイン製の『ジョビ』って粘土が特に彩度が高いってことを発見しまして、その2つが遂にたどり着いた粘土というか…。で、トン単位で買ってるんですけどね」

トン単位!? 多分、粘土の消費量じゃ日本一だろうな、この人……。

「最近では、日本でも粘土アニメをやる人って増えてきてるんスか？」

「『ピングー』の影響が大きいと思うんですけど、最近は若い人が東急ハンズで粘土を買ってきて、それで作ったモノをパソコンに取り込んだりして。そうすると編集とか特殊効果とかもできるじゃないですか。で、そういう人たちがサイトとかを作ってるんですよね」

「日本には粘土アニメを教えてくれる学校って、まだないんですか？」

「ええ。アメリカやヨーロッパにはもちろんありますし、韓国にも学校があるんですけどね。だから粘土アニメに関しては外国の方が全然進んでるんですよ」

「ところで、ＣＭ用に15秒ぐらいのモノを頼まれたら、作業時間はどのくらいかかるもんなんスか？」

「モノによりますけどぉ……3日ぐらいですかね。ちなみに、今やってるＴＶ番組用のモノは1秒の間に10コマ撮ってるんですけど、1時間の作業で大体2秒分ぐらいですね。だから、1日やると20秒ぐらいはいくはずなんですけど」

「根気がいる仕事ですよねぇ……。オレが同じことをやる羽目になったら、半日もしないうちにイライラして自分の乳首とかを嚙《か》み切っちゃいますよ」

「以前、ＣＭの仕事であらゆるところからビルがニョキニョキ出てくるヤツがあって、その時は36時間ブッ通しで作り続けましたね。でも、ボクが作った何々を見た、なんて言われて仕事を頼まれたりすると最高に嬉《うれ》しいわけで、そうなるとタダでもいいや…とか思っちゃうんですよね」

「ちなみに、そんな大変な作業が終わった後、現場にいたスポンサーが平気な顔で直しを要求してきて、それにキレちゃって粘土とか投げつけたことってないんですか？」

「そんなのやったことないですよぉ〜。いくら何でも…。フハッハッハッ！　そりゃ面白いっ。フハッハッハッハッハッ！　凄い、それっ。フハッハッハッハッハッハッハッ！」

（あらっ？　オレって何か変なスイッチ押しちゃったか……）

「でも、実は何回かキレそうになったことはあるんですよ。なんかね、言われたように直していくでしょ。ところが、そのことを言った本人が忘れちゃってて、『これのドコが面白いんだい？』なんて言うんですよぉ（笑）。自分たちはお金を払ってるから何か言わなきゃ損…っていう感覚なんですよ。自分たちの力を誇示してるんだっ。最悪だよっ。だってさぁ、自分たちが作れないから頼むわけじゃないですかっ!!　フハッハッハッハッハッ！」

（すいません。オレ、この人のことが急に怖くなってきたんですけど……）

15分後。写真撮影のためにピッタリと体を寄せ合うオレと石田さん。

「おいっ、板谷！　なぁ〜〜んて言っちゃったりして、フハッハッハッハッ!!」

「…………」

さらに10分後――――。

「じゃあ、最後に座右の銘を色紙に……」

「『打倒、板谷!』とかじゃダメですか? フハッハッハッハッハッハッハッ! しょ、初対面なのに……フハッハッハッハッハッハッハッハッハッハッ!!」

ねぇ、シンボさん。近いうち、弾みで誰かを刺すよ、この人……。

MJ近づき度……5%↓

次の偉人は……………………

国際的に活動するメディア・アーティストが登場!

……ところで、メディア・アーティストって何?

第19偉人
岩井俊雄さん

Iwai Toshio
'62年、愛知県生まれ。メディア・アーティスト。筑波大学大学院芸術研究科修了。'85年、現代日本美術展大賞を最年少で受賞。国内外で幅広く活動する

世界的メディア・アーティスト
……って、つまり何をする人？

インタビュー5時間前。茶の間でシンボさんから送られてきたFAXに目を通していると、不意に親父が声を掛けてきた。

「おい、今回の偉人は誰だ？　……夏だから新沼謙治か？」

「今、データを読んでる最中だから話しかけんなっ。…今回は岩井さんていうメディア・アーティストだよっ」

「何だ、メデア・アーテストって？」

「うるせえなぁ〜。だから……多分、TVとかで演奏する人だよっ！」

懐かしの『ウゴウゴルーガ』風イラストが素敵。よし、このテレビ君を「新・暴力山脈」と命名

「なんだ横森良造みてえなもんか。…で、マイケル・ダグラスにはまだ会えそうもねえの

か？」

「マイケル・ジョーダンだよっ!!　とにかくアッチに行っててくれよっ!!」

で、その後、データを読み進んでいくうちに頭の中が真っ白になっていくオレ……。どうやら岩井さんという人はコンピュータを使った芸術作品を次々と発表しているらしく、海外でも個展が開催され、しかも、あの『ウゴウゴルーガ』のCGを担当した人でもあり、数年前には坂本龍一と組んでコンサートなんかもしちゃっているのだ。

　おい、こんな最先端の人に37年間アナログで通してるオレが何を尋ねりゃいいんだよ……。

「あ、あの……ル、ルーガちゃんて大きくなりましたよね、アハハ……」

「そうそう（笑）。去年かなぁ～、テレ東の『開運！　なんでも鑑定団』を観てたらレポーターか何かをやってて、うわ～っ、この無個性なキャラは何!?…って驚きましたよ（笑）」

岩井氏開発の『音楽のチェス』に興じるオレ。こんなに集中したのは『ドカベン』の18巻を万引きした時以来。生きてるっ、オレ！

この人ってホントに岩井さん…？　こうして実際に会ってみたら、コロッケを少しだけ知的にしたような感じじゃねえかよ……。

「しかし、あの『ウゴウゴルーガ』はセンセーショナルでしたよね」

「作ってたコッチも面白かったですよ。ほら、TV業界って特に閉鎖的でしょ。たかだか40年ぐらいしか歴史がないのに上下関係とか、凄い体育会系のノリがあるんですよ。ベテランの照明さんとかが怒鳴り散らしてたりとか。でも、ボクがそこにパソコンというものを持ち込んで勝手なことを始めちゃったら、ウルサ型の人もパソコンのことなんかチンプンカンプンだから、口の出しようがなくてね（笑）。だから、変な上下関係が崩れて、割とみんなで楽しくやってましたよ」

「ところで、岩井さんて既に10代でアート関連の賞とか取っちゃってるでしょ。何ですか、その人生のスタートダッシュの早さは…？」

「いや、10代でデビューしたいと思って頑張ってたんです。その辺は人生設計したいと思ってたんですよ。あと、20代で海外生活経験アリとか、30ちょっとで著書があるとか…。ま、年齢的にいろいろあるじゃないですか。自分と同い年ぐらいの活躍してる人と比べて、ああ、この人よりは上だとか下だ、みたいな（笑）」

やっぱ、早くから世に出てる人つーのは目標が高いなぁ。オレなんて24ぐらいまではSEXと『いちごカプリコ』のことしか考えなかったもんな……。

「で、岩井さんの肩書きって『メディア・アーティスト』になってるんですけど、ぶっちやげた話、オレには何なのか全然わかんないんスけど」

「肩書きっていうのは、次々と新しいモノが出てくるというか…。だから、NHK教育で『あなたもメディア・アーティスト』って番組ができた時は、この肩書きをやめる潮時ですね（笑）」

「なるほど、DJと同じで何だかわかんない頃が旬の肩書きなんスね……。ちなみに、うちの近所に『ワンだふるだニャ～』って店ができて、みんなで何だろうって首を傾げてたら単なる犬猫病院だったんですよ。で、3カ月で潰《つぶ》れてましたけどね」

「アハッハッハッ、それやり過ぎ！　ま、ボクが実際にどんなモノを作ってるか口で説明してもわかりにくいと思うんで、今からお見せしますよ」

そう言って上着を脱ぎながら立ち上がる岩井さん。

ねぇ、シンボさん……。「点滅する乳首」とかってオチじゃないよね？

このウォークマンみたいので〝光の音〟が聞けるんスか⁉

「光が出してる音って……。えっ、このウォークマンみたいのでソレを聞けるんスかぁ⁉」

「ええ。『サウンド・レンズ』と命名したんですけど、とにかくそこのライトにレンズを当ててみて下さい」

岩井さんに言われるままヘッドフォンを装着し、それとつながっている丸いレンズを半信半疑でライトに近づけてみると…、

ピポパ、パ、パ、パ、パ……ピポパ、パ、パ、パ、パ、パ……♪

おいっ、何の冗談だよ……。

「つまり、光の変化や速度を音の周波数に置き換えるカラクリなんです」

つーことはだよっ、コッチにある普通の蛍光灯にレンズを当てても……、

どぅおんばあああああああ〜〜〜〜っ♪

うわっ、怖わ!! 狂暴に吠《ほ》えとるぞ、おい……。

「ちなみに、コレを持って外出すると夜中なんか数百メートル離れた自販機の光の音も聞こえますし、この前、大きな電器屋さんに行った時なんか、一つだけ凄《すご》くキレイな音を出してるライトがあって思わず買いそうになりましたよ（笑）」

街中の光が聞こえるウォークマン……。すんません、どエラい発明品のような気がしてきたんですけど……。で、お次はタコ焼きのプレートのようなポコポコした穴、それが表面にたくさん開いているテーブルの前に座らされるオレとシンボさん。

「コレは『音楽のチェス』というモノなんですけど、この穴にガラス玉を並べていくんです。ま、一種の楽譜みたいなもんで、一番気持ちのいいポイントを探っていくというか…。とりあえず、トライしてみて下さい」

んで、言われた通りにガラス玉をランダムに置いてってみると…、

ポコポコ、スポコココッ……ポコポコ、スポコココッ♪

「うわっ、メチャメチャ面白れ～！」

「で、パソコンで操作すると、ピアノやバイオリンの音にもできるんですよ。やってみますね…」

スカスカポンキャラ、スカスカポンキャラ、スカスカポンキャラ♪

げげっ、インテリヤクザのシンボさんが上半身でリズムを刻んどる！　プハッハッハッハッ!!　接触が悪くなったロボットみてーじゃねえかよっ、プハッハッハッハッ!!

「コレって、セックスレスの夫婦なんかに貸し出したら前戯代わりになって毎晩のように猛セックスを誘発するようになりますよっ。3軒に1軒が大家族になりますよっ」

「アハッハッハッ！　ちなみにコレ、音のスピードも変えられるんですよ。ちょっと早くしてみましょうか……」

キャン、キャン、キャン、キャン、キャキャキャキュン、キャン、キャン♪

岩井さん、早くしちゃダメっ。おしどり夫婦でさえ殺し合うぞ、これ……。

「しかし、こんなに楽しめたのって、己の両乳首を擦り合わせることができるって気づいた4年前以来ですよ」

「日本で個展をやると、よくオモチャ会社の人なんかに『これは何かに使えそうですね』って言われるんですよ。でも、コッチとしては作品として完成させてるわけだから、何かに使えそうって言われてもねぇ（笑）」

「でも、この2つを商品化したら多分、岩井さんは億万長者に……」

「そういう欲がボクにはあまりないんですよ。しかも、飽き性だから一つのことを突き詰めるより、次々違うことをやっていきたいんですよね」

新しいモノを生み出す知恵とセンス、それがズバ抜けてんだろうなぁ〜、この岩井さんは…。ま、それはそうとシンボさん。アンタの人相って、さっきから完璧《かんぺき》に〝なにわの商人〟になってるんですけど……。怖いよっ、すぐさま物騒な動きをしそうで。

MJ近づき度……15%↓

次の偉人は……………………

不思議、かつ、プリティな作品を次々と……要するに、若き発明王が登場。そう、次回も最先端!

第20偉人

八谷和彦さん

ポストペットの開発者は、いわば〝21世紀の子門真人〟だった！

ピンク色のクマが電子メールを運んでくれる『ポストペット』。今回の偉人は、そのソフトを開発して一躍有名になった八谷和彦さん。

ちなみに、八谷さんの肩書きは前回の岩井さんと同じくメディア・アーティストとなっているが、ポスペの他にも『視聴覚交換マシン』『エアボード（ジェットエンジン付きのスノボー）』といったドラえもんがポケットから出してきそうな装置を次々と開発しているらしい。要するにドクター中松ならぬ、オシャレ中松なのか、この人って？

Hachiya Kazuhiko
'66年、佐賀県生まれ。メディア・アーティスト。九州芸術工科大学画像設計学科卒。主な作品に「視聴覚交換マシン」「ポストペット」「エアボード」など

中庸って「ほどほど」って意味だったのか……。ソースの好きな濃さを書いたのかと思った

ポスペギターで弾き語るオレ。八谷さんに贈ったのはオリジナルソングの『スケルトン忠臣蔵』。5年後、同曲で紅白狙うっス！

「えーとぉ……八谷さん呼んできてくんないかなあ？」

同氏の仕事場のドアを開けた途端、親戚《しんせき》か何かが夏休みで遊びに来ているのか、目の前で中学生がウロウロしていたのでそう声を掛けてみると、

「あの、ボクが八谷ですけど……」

「あのね、君のオジさんに用があるんだよ。理屈はいいから早く呼んできて。時は金なり。ほらっ。ダッシュ！」

「多分、ボクがその八谷だと思うんですけど…」

「…………………あ…あの……て、展示会の時にエ…エアボードが暴走したってホントですか？

（おいっ、ホントにこのチョコボールみたいな人が八谷さんなのかよ!?）」

「ええ、死ぬかと思いましたよ。エンジンかけた途端、ノズルの部分が真っ赤になって、もの凄い音をたてて暴走を始めたんですよ」

そう答えながら、オレたちを応接テーブルに案

内してくれる八谷さん。すんません、まだショートドッキリに引っ掛かってるような気がしてるんですけど……。

「ちなみに、そのエアボードは地上から1センチぐらいしか浮かないそうですけど、最終的には『バック・トゥ・ザ・フューチャー』に出てくる未来のスケボーみたくするつもりなんですか？」

「アレはアレでいいかなと思ってるんですよ。だって、浮いて滑れたとしても道路ではまず乗れないし、曲がることも止まることもできないって気づいたんですよ」

作る前に気づけよ、おい……。

「ところで、ぶっちゃげた話、ポストペットが大ヒットしてメチャメチャ儲《もう》かったでしょ？」

「なんか、ボクがビルを持ってるとかってデマも流れてたみたいですけどね。あと、ラジオを聴いてたら『ポストペットを作った人は学生で月収1億』なんて話をしてたり（笑）。まぁ、ソフトの発売元は儲けてるとは思いますけど、ボクんとこは全然そんなことないです。あと、ポストペットの関連グッズとかもいろいろ出てるんですけど、それらもロイヤリティ契約をしてないんですよ」

「ううえっ、そんじゃあ21世紀の子門真人じゃないですかっ！」

「いちいち契約してるとチェックするだけでも大変ですからね」

「いちいち契約してないことの方が１００万倍大変ですよ！　何やってんですかっ！」

「ま、グッズも結果的に売れたから毎月定額を発売元から貰《もら》うようになりましたが、それをひっくるめてもボクの去年の年収って、エアボードを作るのにかなりつぎ込んじゃったから1000万にも満たないですよ」

しかし、飄々《ひょうひょう》としてる人だよなぁ。どこかの星のプリティな王子と話してるような気がしてきたぞ、おい…。

「でも、八谷さんて美術と科学を融合させて、それをちゃんと商売に結びつけてるというか、一般の人にも使えるモノを作ってるというのが他のアーティストと違うところですよね」

「とりあえず、食っていけるモノを作ろう…と思ってますからね。でも、その一方で商品にならないバカなモノも作っていきたいんですよ。例のエアボードもポストペットの作業が終わりに近づいてた頃に作り始めたんですけど、要するに、コンピュータの仕事って基本的にはチマチマしてるでしょ。で、その反動で人が死ぬような野蛮なモノを突然作りたくなっちゃったりするんですよね（笑）」

なるほど。でも、ソレでイの一番に死ぬのは八谷さん自身のような気がするんですけど……。

ケンカも売れる車のシッポって、それ死者続出ですよ！

インタビュー後半。オレは、八谷さんの発明品の中でも最も気になる装置について尋ねてみることにした。

「『サンクステイル』っていう〝車のシッポ〟を作るプロジェクトが進行中だと聞きましたが……？」

「アレは、ポストペットがダメになった後の食いぶちにしようと思ってるんですけどね。ところが、いろいろな人に『いいアイデアだ』って言われるんですけど、メーカーに持ってくと結構ダメだったりするんですよ。どこかの企業が商品化に乗ってくれないかと思うんですが…。一応、〝全車標準装備〟を目標にしてるんで（笑）」

「早い話、道を譲ってくれた運転手なんかにシッポを振って（うれピー！）って気持ちを伝える装置なんスか？」

「まぁ、そうですね。ほら、車関係のアイテムっていろいろ足りてないじゃないですか。目立ったり速く走るためのパーツはいっぱいあるんですけど。…で、ドライバー同士が和やかに意思の疎通ができる装置が必要だなぁ〜〜と思ったんですよ」

「確かに車の内装や付随するアイテムって、メタル系やヒョウ柄とかの安っぽいお色気系の要素が多くて、ハンドルを握ってると知らぬ間にテキサスの攻撃的な単細胞みたいな精神状態になってますもんね」

「そうですね（笑）。だからサンクステイルの動きは可愛くするつもりなんですけど……でも、意地悪をされた時なんかはシッポがピン！と上がって（この野郎！）って表現もできるようにしようかと思ってるんですよ」

「死者が続出しますよ……。プリティな挑発って、余計腹が立ちますから」

「でも、両方の動きが入ってて当たり前だと思うんですよ。だから、ポストペットも可愛く作ったつもりなんだけど、相手から送られてきたペットを殴れる機能も付けたんです」

おい、この人って自分自身がペットのような顔してるけど、実はムシャクシャすんと近くの小学校のウサギを全滅させたりしてんじゃねえか……。

「しかし、八谷さんて常に様々なアイデアが頭の中にストックされてるんじゃないッスか?」

「いや、アイデアはそんなにたくさん持ってないんですよ。…っていうか、普通の人が思いつくようなことしか思いつかないんだけど、もし、普通の人と違うところがあるとすれば、それは〝執念深い〟ところですね。大抵の人は、面白いアイデアを思いついても友達と話し合ったりするだけで終わりますよね。でも、ボクはソレを作らないと気が済まないというか…。あと、発明の特許だけ押さえとくっていうのも好きじゃなくて、それが出来上がってどんな気持ちになるのかが知りたいから作る、っていうのがあるんです」

〝あきらめない才能〟かぁ……。

「だから、あんまり多くは作れないなぁ〜〜と思うんですよ。一生で20個ぐらいできれば…とか。で、作品がそのうちの3分の2ぐらいで、残りが売り物になればいいんですけどね」

「八谷さん…。実はオレにも前々から温めてた超高校級のアイデアがあるんですよ。『泣きメロ』って名付けたんスけどね。ほら、赤ん坊の泣き声って人をメチャメチャ嫌な気分にさせるでしょ。ところが、その泣きメロを赤ん坊のノド仏の位置に装着しとくと、泣き声が清流の音や宇多田ヒカルちゃんの新曲なんかに変換されるんスよっ、それも乾電池2個で！　一緒に開発しません⁉」

「アハハ……結構笑えますね、それ」

はい、消えたぁ〜〜〜。……オフクロ、ボキが生きてる理由がまた一つ減りました。

MJ近づき度……10%↓

次の偉人は……カリスマ的な人気があり、当連載史上〝最もわかりにくい〟偉人が登場。早い話がピンチです、オレ……

第21偉人

飴屋法水さん

Ameya Norimizu
'61年生まれ。現代美術家、役者、演出家、フクロウ専門店オーナーなど、多彩な顔を持つ。著書に『キミは動物（ケダモノ）と暮らせるか？』などがある

劇団、アーティストを経て フクロウ専門店……わからん！

まいった……。今回の偉人はフクロウ屋を経営している飴屋さんという人で、この東京でフクロウを専門に売っていることだけでも相当浮世離れしているのだが、同氏の経歴というのがこれまた難解なのだ。

'84年、知る人ぞ知る『東京グランギニョル』という劇団を結成した飴屋さんは、そこで脚本、演出、音響、舞台美術などを手掛けて熱狂的なファンを多数つかむも、たった2年で同劇団を解散。で、'90年からはアート系のユニットを結成して斬新な作品を次々と発表するも、5年後には突然『動物堂』なるペット屋を開店。さらに4年後には、そのペット屋

色紙を渡したら、いきなりフクロウの絵を……。ふと、この人に拳銃を渡してみたくなった

みなし子ハウスに営業に来たデブの漫才コンビか、オレたちは……。そんでもって、ギャラは千羽鶴か？　もしくは、葉っぱのお金か？

をフクロウ専門店に改装して現在に至っているのだ。

つまり、そんなスナフキンみたいな人に一体何を聞きゃあいいんだよ、おい……。

「……………」

予想以上のシチュエーションだった。10畳ほどの店内、そのド真ん中にある小さなテーブルで飴屋さんと向かい合ったはいいが、周囲は大小様々なフクロウがいる檻《おり》で、絶えずギャ！　ギャ！という鳴き声が響いており、おまけに放し飼いにされている一羽のハヤブサが檻の上からオレのことを仲代達矢のような眼で捉えている始末。……なぁ、オレは森の代表者に「この近くに高層マンションを建てたいんですが…」と伺いを立てに来て、後で動物たちに総攻撃を食らう建設会社のパシリかよっ!?

「あの……が、学生の頃から演劇とかには興味があったんですか？」

「はい。……高校の時に演劇部とか、美術部とか、生物部とか、応援団とか、あとは……野菜を育てたりして大体一通りやってたんですけどね」

『さわやか万太郎』かよ、おい……。

「で、演劇に関しては、ボクが高校の頃はアングラとかが末期ぐらいの時代で、そういうのにかぶれてたんで真似した感じでやってましたね」

「ということは、それが『東京グランギニョル』につながったと思うんですが、人気があるのに何でたったの2年でやめちゃったんですか？」

「…………アパートの契約って2年で更新しますよね。そういうサイクルが誰しもあるんじゃないかと思って。……特に劇団内の人間関係って割と密じゃないですか。だから、そんなもんですよ」

う〜〜ん、いきなりわからん……。

「その後、アートをやってて菌を使った作品を発表したと聞きましたが、具体的にはどんなモノなんですか？」

「その個展はメキシコでやったんですけどね。………シャーレを土俵に見立てて、ボクの菌とか日本の鳩や猫の便の中に入ってる菌をシャーレの端っこにつけて、反対側の端っこにはメキシコの鳩の便の中に入ってる菌とかをつけるんです。そうすると菌はシャーレの中で成長していくんですけど力関係があるから、それで勝ち負けが決まるっていう……まぁ、菌に相撲を取らせただけですけど」

メキシコでやった…って時点から既にわからん……。しかし、ホントにつかみ所がないというか、ポリシーのある夢遊病者と会話をしてるような気がしてきたんですけど……。

「水戸芸術館でやった展覧会の時には、芸術館との参加契約をめぐって交わされた大量のFAXをそのままダ――ッと壁に並べて、それ自体を作品にしたということですが…」

「……基本的にボクは他人のフンドシで相撲を取るタイプなんで、自分では何もできないんですよ。お芝居とかもそうじゃないですか。舞台で頑張ってるのは役者さんで、さっきの菌とかも菌が頑張ってるだけですし……。で、水戸の時も出品してくれって頼まれたけど何か作るのが嫌だったから結局はゴネてるだけなんですよ」

う〜〜んんん……やっぱしわからん。

「しかし、そういう芸術関連のことを長年やってて、どうしていきなりフクロウ屋になったんスか?」

「…………………人間関係に疲れちゃったのかなぁ〜」

なるほど。でも、飴屋さんの周囲にいた人たちもそれに負けないくらい疲れちゃったと思うんですけど……。


この人、地球が逆立ちしても儲かるわけないわ……

「最初はイロイロな動物を売ってたのに、どうしてフクロウを専門に扱う店にしたんスか？」

インタビュー後半、話題をフクロウに絞ることにした。そうしないと和製のレクター博士と会話してるみたいで、しまいにはオレの精神が異常を来し、隣にいる担当のシンボさんをオタマジャクシ型の短いムチのようなもので何度も叩《たた》いてしまいそうな気がしたのだ。

「劇団の時と同じで、2〜3年でモチベーションが落ちてきちゃって……。そんな時に猛禽《もうきん》類のことに詳しい面白い人に出会ったんで、それが刺激になってコッチの方専門になったんです」

なるほど…。ようやくわかりやすい答えが返ってきたぞ、おい。

「で、実際どうなんスか、フクロウって？」

「……フクロウは現金な生き物というか、メリットがあるから付き合う…って感じでハッキリしてるんです。で、常にメリットとデメリットを秤《はかり》に掛けてて、デメリットの方が少しでも上回った瞬間に離れていくというか……。だから、ボクと似ててやりやすいんですよ」

「でも、日本でフクロウを飼おうって人はあんまりいないと思うんですが……」

「いろんな飼い方があります。いろんな人がいます…。その極端な例は、庭の木とかに勝手に住まわせとくんですよ。だけど、ちゃんとペア関係は結ばれてて……。ちなみに、フクロウの雄って発情すると雌に大抵フードプレゼントをするんですけど、この木に勝手に住まわせとく飼い方を鎌倉に住んでる人がやってて、鎌倉って台湾リスがたくさんいるじゃないですか。で、家に帰るとリスの死体が窓枠とかに大量に置いてあったりするらしいんですよ」

う〜〜ん……。仮にオレが放し飼いにするとしたら、近くのスーパーから鈴カステラとかコアラのマーチを破竹の勢いで運ばせんだろうな。そうすりゃ月4〜5万円にもなる菓子代が丸ごと浮くし……。

「それにしても羨《うらや》ましいのは、アートとか演出をやったりして、つまり、飴屋さんはいろんな才能があるじゃないですか。その上、そのどれもが認められてるのに、よく次々と商売替えをする気になりますよねぇ〜」

「ちょっと……こう、反復っぽい感じになってくるとダメなんですよ……。何をやっても軌道に乗ってくるとやめちゃうんですよね」

それじゃあ地球が逆立ちしても儲《もう》かるわけがないっつーの!

「だから、中途半端なだけなんですよ。芝居やってもそうだし……。やっぱ、鴻上尚史クンとか野田秀樹クンとか、ちゃんとやってるじゃないですか。ボクは、ああいう風にできる能力がなかったから結局は途中でやめちゃったんだろうし……」

「ちなみに、フクロウ屋の次はコレがやりたい…っていうのは現時点で何か浮かんでます？」

今回のインタビューで初めて質問を繰り出すシンボさん。……ああっ!!

「ずっと東京にいたから、そこから出てみようかなぁ〜〜っていうのはありますけど。

……散歩が凄《すご》い好きなんですよ。多い時には自転車で一日8時間ぐらい走ってるし。で、どういうわけか途中で人が倒れてることが多くて、それを介抱したり、時には救急車を呼んであげたりして……散歩って仕事にならないかなぁ〜?」

答えは、ならないっ！　それからシンボさん、さっきからアンタの頭に店内で放し飼いにされてるハヤブサが高級車のエンブレムのように留まってるよ…。しかも今、面白いようにブリブリ糞タレてるよ……。

MJ近づき度……5%↓

次の偉人は……予想もしなかった「お隣さん」が登場！　……のはずだったが、これまた予想外の事態が勃発。……凄いよ

番外編

今回は中原昌也さんのはずだったが 1時間以上待っても、偉人現れず……

前回の飴屋さんが指名したのは、奇遇にも『SPA!』連載時に隣のページで映画評を書いていた中原昌也さんだった。つーことで、待ち合わせ場所のJR田町駅に向かってみたのだが……。

「おかしいなぁ……。念のため、仕事場に連絡を入れてみますね。ちゃんとアポ取ったんだけどなぁ」

約束の時刻を30分も過ぎているのに中原さんが現れず、急に焦り始める担当のシンボさん。

「留守電になってますね……。ココに向かってる途中なのかなぁ〜〜」

「……シンボさん、実はさっきから気になる男が一人いるんスけど」

その男は、40分以上も前から近くの花壇の縁に腰掛けており、一心不乱に文庫本を読んでいた。そして、そのポッチャリとした容姿が写真で見た中原さんに激似だったのである。

「あの……な、中原さんですか?」

オレたちを代表して声を掛けるシンボさん。

JR田町駅で中原氏を待ち続けるオレ。この時の気持ちを東スポ風に表現すると「明菜号泣」

「……違いますけど」

さらに待つこと20分。依然として中原さんは現れない……。で、とりあえずオレたちも花壇の縁に腰を下ろし、キオスクで先程買ったスポーツ紙に目を通してみると、ナント、あのマイケル・ジョーダンのNBA復帰が濃厚になってきた…という記事が目に飛び込んできた。……おい、ホントかよっ⁉

「練習してる写真も載ってるし、現役復帰説はホントみたいっスね」

「ところで、シンボさん。オレたちって今まで20人以上の偉人に会ってきたでしょ。でも、相変わらずジョーダンに会える気が全然しないんですけど、正直どう思います…?」

「……時々、『小学校の近くにラブホテルを建てるな！』なんて署名を集めてる主婦がいますよね」

「…ええ」

「でも、結局はラブホテルは建つんです。そういう風に考えて板谷さんも大人になったらいいじゃないですか」

何を言っとるのだろう、このインテリヤクザは……。ダメだっ、余計に不愉快な気分になってきた。

さらに待つこと15分。やっぱり中原さんは現れない……。

(どうして来ねえんだよ!? 畜生っ、現れやがったら長い棒で上手に突き倒して、その顔面を……そうなんだよ……。この連載のオレの立場ってメチャメチャ弱いんだよなぁ…。第一、手なんか出しちゃったら次の偉人を紹介してもらえねえし、そうなるとこの連載は自動的に打ち切りになってジョーダンに会える可能性も完全に途絶えちゃうし……)

「板谷さん……。やっぱ、あの人って中原さんじゃないっスかね?」

ふと我に返り、シンボさんの指さす方に視線を向けてみると、駅の改札付近で先程のポッチャリした男がウロウロしていた。……確かに怪しい。が、もし、あの人が中原さんだったら、とんでもない高等戦術を使う男である。どうするっ、オレ!?

「あの……………あ、ある意味、中原さんじゃないっスか?」

意を決して声を掛けてみるオレ。

「何ですか、何度も……」

「何度だって聞きますよっ。中原さんでしょ!? 昌也さんでしょ!? 幼なじみ風に言えばナカッチでしょ!? あるいは、マサゴンかあああっ!?」

「け、警察呼びますよ！」

「どんな種類のおおおおっ!?」

——その日の深夜、オレが風呂に入ってる時にシンボさんから電話が掛かってきたらしく、ウチのケンちゃん（親父）が伝言を言付かった。案の定、話にならなかった……。

「フクロウ社のトンボって人が、ナカ…ナカ……ナカニシ？　いや、ナカポンタス？　とにかく、その人がうっかり忘れてたらしいぞ」

「童話の世界から電話が掛かってきたのかよっ!?　正確に伝えろや!!」

「だきゃらっ、フクロウ社のトンボが平家ガニ……じゃなかったっ、ナカ何とかに忘れられてうっかりスイマセンだよっ！　その前に何だっ、親に向かってその口の利き方はああっ!!」

ねぇ、シンボさん。オレんちに電話を掛けた時に親父か弟が出たら、次からは諦《あきら》めて切って下さい。オレの友達の間じゃ常識になってます……。

MJ近づき度……０％↓

次の偉人は……………………
今度こそ中原さんが登場。関係ないけど、今、国内で最もインタビューしたい人は「21世紀の裕次郎」っス

第3章

chapter 3 : tongari ukyo ★★★★★★★★★★

トンガリ右京

第22偉人

中原昌也さん

銀行に2万円しか残高のない三島由紀夫賞作家の生活とは!?

さて、今日は前回の仕切り直しで再びJR田町駅にいるのだが、あろうことか、待ち合わせ時刻を30分以上過ぎているのにまたもや中原さんが来ない……。

「オレ、久々に人の内臓とかを破裂させたくなってきたんですけど……」

そんな予告を隣にいるシンボさんに伝えかけた次の瞬間…、

「すいませんっ。二度も待たせちゃってホント、申し訳ありませんっ」

背後から中原さんが登場。……ま、そう素直に謝られちゃ怒れねえわな。しかも、予想

Nakahara Masaya
'70年、東京都生まれ。作家、映画評論家。「暴力温泉芸者」などで音楽活動も。'01年『あらゆる場所に花束が……』で三島由紀夫賞受賞。著書『エーガ海に捧ぐ』ほか

インタビュー場所となった『ルノアール』を称える中原氏。けど、紅茶飲んでたじゃん……

しかし、地味な背景やなぁ〜。これじゃオレたちが守ってるのってキャンプの薪か何かだぞ、おい……

に反してフレンドリーな感じの人だし…。つーことで、ようやくインタビューがスタート！

「しかし、紹介者の飴屋さん同様、中原さんも小説、映画評論、音楽、デザイン…と、よくイロイロなことができますよねぇ。オレなんか駄文を書くこと以外には白味噌《しろみそ》仕立てのトン汁ぐらいしか作れないんで、ホント羨《うらや》ましいですよ」

「でも、それぞれが中途半端だったり出来損ないだからイイって類《たぐい》のもので、キチッと腰を据えた良さってモノじゃないから、誰にでもできるんじゃないですかねぇ。しかも、いろんなジャンルに手を出してる奴って儲《もう》けがより少ないと思うんですけどね。……ま、俺だけかもしれないですけど」

「前に何かで読んだんですけど、中原さんてホントに金ないんスか？」

「ホントにないっスよ。さっき銀行に行っても2万円しかないし……。あと、実家が青山にあるから金持ちだと思われてるんですよね。でも、青山って2パターンあって、金持ちの住む青山は南青山5〜6丁目で、基本的にそれ以外の地区の人は貧乏ですよ。団地もいっぱいありますし、ウチなんかも4チャンネルしか映らないTVで何年も過ごしてましたからね」

「ちなみに、オレんちの冷蔵庫も30年選手で、冷凍室なんか白熊が死んだようなニオイがしますからね。しかも、夜になると小型犬張りにガタガタ震え始めて、翌朝見ると5センチぐらい動いてるんですよ」

「ムハッハッハッ！　そりゃ凄《すご》い」

「ところで、三島賞を受賞した小説『あらゆる場所に花束が……』を読みましたけど、すべての行から血が滲《にじ》んでるみたいで、とにかく斬新なバイオレンスですよね。でも、その中に一種の〝照れ〟みたいなモノが…」

「照れというか、嫌いな世界について書いているという意識が強いんで、ああいう風になっちゃうんですよね」

「でも、よくあんな濃く書けますよね、自分の嫌いな世界を」

「いや、無理して書いたんですよぉ〜。自殺寸前でしたよ。1年以上もかかって、あんな下らないモノを……」

謙虚だか傲慢《ごうまん》だかわかんねえな、この人って……。しかし、そんなんで賞を貰《もら》えたらいいよなぁ〜。オレも下らねえ文章を10年近く書いてるけど、賞にはまるで縁がねえし、未だに遠い親戚《しんせき》が来たりするとバアさんに「隠れろ！」とか言われるしなぁ…。

「ところで、中原さんが一番やりたいことって映画を作ることなんスか？」

「まぁ、作りたいですけど、素直にソレをやれるかっていったら簡単にはできないですねぇ〜。やっぱ、一番思い入れがあるモノだし……。だから、思い入れのない音楽とかをやったりしてるんですけど、もし、映画をやることになっても後で思い入れがないから撮った…とか同じことを言うかもしれませんけどね（笑）」

つまり、クラスのマドンナとはSEXできないけど、近くの席のブスたちには気軽にブチ込めて、でも、マドンナとSEXしても特に嬉《うれ》しくはないっていう……ダメだっ、頭の中が狂ったショーン・コネリーみたくなってきたあああっ!!

「でも、そうやって一回チャラにしとかないと今の時代は何もできないんですよ。ほら、信じてるからヤル…みたいな人ばっかりじゃないですか。でも、過去にいろいろな偉い人が偉いことをやっちゃってて、そんなのに自分が並べられるはずがないわけだし」

なるほど…。ところで中原さん、アンタが今パクついたロールケーキってボキのなんですけどね……。

何でお化け屋敷とか島耕作のクッシタの話になってんの⁉

特に映画に対する思い入れが強いという中原さん。後半は、そこをさらに突っ込んでみることにした。

「映画は週何本ぐらいのペースで観てるんスか？」

「いや、全然観てませんよぉ〜。映画マニアだったら当然観てるようなモノも意外と観てないし……。ただ、本を読んだり音楽を聴いたりっていうバランスを取りながら、ある程度は観てますけどね」

なるほど…。要するに、オタク的な見方はしてないってことやな。

「ちなみに、日本のここ10年ぐらいの映画は？」

「最近の黒沢清の映画は面白いですよね。『回路』とか。あとは……あんまりピンときませんけどね…。板谷さんは映画はお好きなんですか？」

「オレは横溝シリーズだけですよ。でも、ガッカリしたのは2度目の『八つ墓村』ですね。監督が市川崑だっていうから、首都高の料金所で千円札を出して釣りを受け取らずに走り去る…っていう一人前夜祭までやったのに……。オレの地元のダチの間では『浅野ゆう子と中山美穂が出演する映画やドラマは必ずダメ』っていう定説があるんですけどね」

「鋭い人たちですね〜〜。ま、今のホラー全般に言えることなんだけど、作為的なモノが見えちゃうと、もうダメですよね。それなら田舎の寂れた遊園地の方がよっぽど怖いですよ」

「あっ、比叡山《ひえいざん》の山頂にあるお化け屋敷は怖いですよ。ジイさんが一人で手動式の仕掛けを操作してるんですけどね。ヒモを引っ張ったり壁にタックルをしたりして、全盛期の千葉ちゃん並みの活躍なんですよっ。アレで客が100人ぐらい連続して入ってきたら心筋梗塞《こうそく》か何かで倒れちゃって、しまいには本物の幽霊になって出てきますよ、あのジジイは」

「ムハッハッハッ！ 俺も何年か前にウィーンにある遊園地に行ったんですけど、そこのお化け屋敷も世界一怖くなくて凄かったけど、その隣にあった子供用のゴーカート場がさらに凄いんですよ。だって、そこに設置されてるスピーカーから『2ライヴ・クルー』の何とかプッシー、かんとかプッシー♪っていうド下品な曲が爆音で延々と流れてるんですよぉ（笑）」

「グハッハッハッハッハッ！ …しかし、どうして今の日本映画って面白くないんスかね？ 『シベリア超特急』とかは、別の意味で面白いですけどね」

「『シベ超』は貴重ですよ。だって、あんなにいっぱい映画観てんのに、こんなしょーもない映画しか作れないって、こりゃ考えなきゃアカンと思うでしょ。映画ファンってだけで映画を作ろうと思ってる人たちは（笑）。でも、日本映画をダメにしてる元凶は、やっぱ大衆ですよ。自分の知ってるモノにしか興味が持てない、っていうバカばっかりですよね。『ドン・キホーテ』とかで買い物してる奴見てると死ぬほど嫌な気分になりますよっ。…いや、俺も買いに行っちゃうんですけどね」

グハッハッハッ！ やっぱり謙虚だか傲慢だかわかんねえや、この人って。

「だって、『課長 島耕作』のクツシタとか売ってるんだけど、絵柄とかが一切入ってなくて、ただ脇の方にKOUSAKU SHIMAって筆記体で書いてあるだけなんですよ。昔、原宿で『松田聖子』って文字が入っただけのエンピツが売られてたけどアレ以下ですよっ。

とにかく、日本はダメですよ。それはシミジミ思います。もう一発、東京か何かに原爆を落としてもらえばいいんですよっ」

ところで、中原さん。スクラッチを混ぜながら言います。アンタが今、口をつけたココアもボキ、ボキ、ボキキッ、ボキのなんですけどね……。

MJ近づき度……5%↓

次の偉人は……よく見るとメチャいい男だが、何となくオオカミ魚にも似てる偉人が登場。当てたら500円やる！

第23偉人 ピエール瀧さん

ホントに受けてたんスか?阪神の入団テストを……

さて、今回の偉人は『電気グルーヴ』のピエール瀧さんなのだが、今のオレは己の予知能力に感動すら覚えている。というのも、実は当連載が始まった時に「ある2人」の名前が直感的に頭に浮かび、その2人と必ず会うような気がしたのだ。で、そのうちの一人が他ならぬ瀧さんだったのである(ちなみに、もう一人はボディビル界の百恵ちゃんこと、西脇美智子さん)。

つーことで、勝手に運命的なモノを感じつつインタビューがスタート。

「しかし、瀧さんて、こうして生で見るとやっぱりガタイいいっスね~~~」

Pierre Taki
'67年、静岡県生まれ。ミュージシャン。電気グルーヴのフロントマンのほか、バラエティ番組などでも活躍。著書に『ピエール瀧の「屁で空中ウクライナ」』

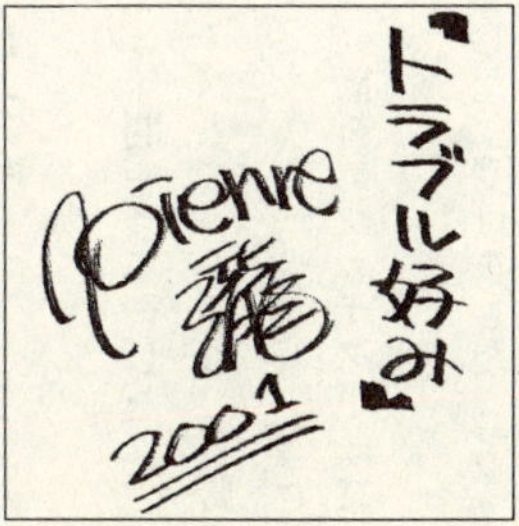

トラブルが大好物だという瀧さん。……じゃあ、オレんち来て下さい。一年中食べ放題だから

「アンタに言われたかないっつーの（笑）。でも、身長は180センチだし、そんなに太ってる感じでもないでしょ？」

「いや、デカさにもイロイロあって、瀧さんの場合は骨格が日本人離れしてるというか、ポーランドで黙々と魚獲ってる人の体つきですよね。黒い中型犬だけが友達っていう」

「骨格デカいってソフィスティケイトされてない感じがしますよね（笑）」

「高校時代は野球部だったとか？」

2体1セットのホモ用ダッチか、オレたちは？　もひとつオマケに刀で額をバッサリ縦に斬られたみたいっス、瀧さんの髪型って

「ええ、3年間やってましたよ。5番ファーストで、がさつに外野フライ打てばいいって感じで（笑）」
「しかも、阪神のプロテストまで……」
「受けました、受けました（笑）。高校3年の夏の大会が終わってダラダラ遊んでたんですよ。そしたら、ピッチャーだった奴に『おい、瀧。阪神の入団テストあるぞ。場所は甲子園だから行ってみねえか』って言われたんで、それは合法的に甲子園のグランドに立てるからイイなぁ〜〜って、それのみの目的で（笑）」

しかし、初対面だっつーのに、この人の団子の包装紙のような親しみやすさって何なんだよ、おい……。

「で、球場に行ったら250人ぐらい来てて。甲子園組とかもいて驚いたんですけど、その中に混じって50人ぐらいオッさんがいるんですよ」

「グハッハッハッハッ！ つまり、年に1回のイベントなんスね」

「そうそう（笑）。で、さらにその中に、阪神の入団テストだっていうのに南海の緑のユニフォームを着てるオッさんもいるんですよ（笑）。で、一次テストの50メートル走のボーダーラインが7秒5ぐらいで、南海のオッさんが走ったら12秒6。『はい、帰れえええっ！』っていう（笑）。…でも、結局その年の合格者はゼロだったんですけどね」

「やっぱ厳しいんスね〜、プロは」

「ええ。で、コッチも受かる気なんかなかったから『いや、気持ちよかったぁ〜〜』って言って、ベンチの前で大きなバッグに砂を7キロぐらい詰めちゃって（笑）」

「欲しいっスよね、甲子園の砂って。オレも『ドカベン』読んでたから…」

「あっ、『ドカベン』といえば、水島先生の息子の新太郎と練習試合で一度対戦したことがあるんですよ。彼は堀越学園のピッチャーだったんですけど、その頃の堀越って野球部の強化プロジェクトが始まってて、とにかく凄いんですよ。ウォーミングアップの時も部員が軍隊みたいな帽子かぶってて、スパイクじゃなくて地下足袋はいてるんですよぉ（笑）」

「地下足袋ぃ…!?」

「で、何をやるのかと思ったら、全員バットとボールを持ってグランドの端まで行って、自分で思いっきりボールを打った瞬間にその打球を全力疾走で追うんですよぉ。しかも、試合中に俺が打席に立ったら、監督がマウンドの新太郎に向かって『くぉらあああっ、投げた後にもっと右足をキャッチャーの方に向けろって言ってんだろうがっ!!』とか延々と怒ってるんですよ。で、俺はその間、(まだかなぁ〜〜)って打席で待ってて(笑)」

「試合じゃないですよ、それ(笑)」

「で、その何年か後に『スターボウリング』で新太郎に会って、その時の話をしたら覚えてましたよ(笑)」

それにしても瀧さん……。『電気グルーヴ』を知らない年配の人とかがこのページ読んだら、アンタのことを社会人野球か何かのひょうきん者だと思うよ、絶対。


ヨーロッパでは『ホースガイ』って呼ばれてたんスか!?


「しかし、現在の瀧さんは音楽活動以外にも、映像やゲームの制作、役者…といった多彩なジャンルで、しかも、妹が不治の病にかかったような勢いで仕事してますよね」

野球のことばっか尋ねてたら、周囲にいるレコード会社の人が徐々に不機嫌な表情になってきたので、後半は仕事のことを中心に訊《き》くことにした。

「結局、俺はキャッキャ遊んでんのが大好きで、どうにかソレを仕事に変換できないか、っていう悪知恵を働かしているというか……ま、現代のモンキービジネスですね（笑）」

「でも、瀧さんはキャラからして、腰を据えて役者をやったら大成すると思うんですけど、大抵がパッと出てきて瞬時に悲惨な殺され方をして終わり…っていう役ですよね（笑）」

「死ぬ役ばっか選んでるんですよ。だって、面白いじゃないですか。あとね、将来的にはヒーローものの『おのれ、何々レンジャーめ〜〜っ！』っていう敵のボスとか凄《すご》いやりたいんですよ。悔しがらせたら日本一っていう（笑）」

「プハッハッ！ところで、ピエール瀧という芸名の由来は？」

「俺、『電気グルーヴ』でメジャーデビューする前は『畳』って名前でやってたんですけど、ある日、スポーツ新聞を広げてたら芸能欄に『ノッコ、シャケと婚約!!』って見出しがあったんですよ（笑）。で、こりゃ芸名には本名を入れとかないと訳わかんねえや、と思って、まず、瀧を入れることにして。で、当時はフレンチの名前とかの奴が全然いなかったんで、その前にピエールって付けたんですよ。……ちなみに、『ゲッツ』の由来は？」

「しかし、やっぱり瀧さんといえば、ライヴでドイツ人の度肝を抜いたという、あのケンタウロスの着ぐるみですよね。翌日の地元新聞のトップを飾ったそうじゃないですか（笑）」

「……そうですね。今でもヨーロッパとかに行くと、相棒の卓球は各地でDJをやってるから向こうのみんなも知ってるけど、俺のことは最初はわからないんですよ。ところが、誰かが『あっ、コイツってドイツで馬の格好をしてた奴だよ！』って言うと一発でわかってくれて、『ホースガイ!』とか『ホースメン!』って声が次々と飛んでくるみたいな。完全に馬としてインプットされてるんですよ(笑)。……で、『ゲッツ』って?」

「巨根の持ち主みたいですね、ホースガイって(笑)。…ところで、どういう経緯で『電気グルーヴ』は海外でも認められるようになったんスか?」

「まぁ、卓球がDJやりに行って、向こうのミュージシャンとのコネクションをどんどん広げてったのが基本なんですけど、結局は図々しさですよね。ズカズカ入ってったから認められたというか…。あと、大切なのはハッタリですよね。俺ら、セミプロ時代にソニーの人に声を掛けられた時なんか、まだ4回しかライヴやったことないのに『ライヴは……20〜30本はやりましたかねぇ』とか、オリジナルの曲も実は4曲しかなかったのに『まぁ…形になってないのも入れれば40〜50はいくよなぁ〜』とか答えてましたもん。でも、それで契約にこぎ着けましたからね(笑)」

図々しさとハッタリか……。ま、オレも初めて出版社に行った時なんか『拒食症の魚介類を主人公にした小説を書いてまして、あとは翻訳とか……』って平気でウソついてたもんな。

「で、『ゲッツ』の意味って?」

「……………ゆ、夢を…………」

すんません、ここから先はマジで勘弁して下さい。何だったら、目の前で泥とか食べますから……。

MJ近づき度……8%↓

次の偉人は……………

中原さんに続きまたまた『SPA!』で連載中の偉人が登場。ハンカチ落としやってんのかいっ、この連載は!?

第24偉人 天久聖一さん

Amahisa Masakazu
'68年、香川県生まれ。漫画家、イラストレーター。『NEWパンチザウルス』でデビュー。著書に『バカドリル』(共著)、『バングラデシュ日本』などがある

拘置所の看守時代は、チンポに埋まってる真珠の数を数えてた!?

今回の偉人は、『SPA!』の『バカはサイレンで泣く』でお馴染《なじ》みの天久聖一さん。つーことで、投稿の選考会に現れる同氏を編集部で待ち受けているのだが、今のオレは低周波のドキドキ感に包まれている。というのも昨夜、友達とのある賭《か》けに負けたオレは、10万円払うか、本日のインタビュー中のすべての会話の語尾に必ず「まんだら」という単語を付ける…という二者択一を迫られ、悩み抜いた末に後者を選択してしまったのである……。

「前回の瀧さんから聞いたんスけど、天久さんは漫画家になる前は神戸にある拘置所の看

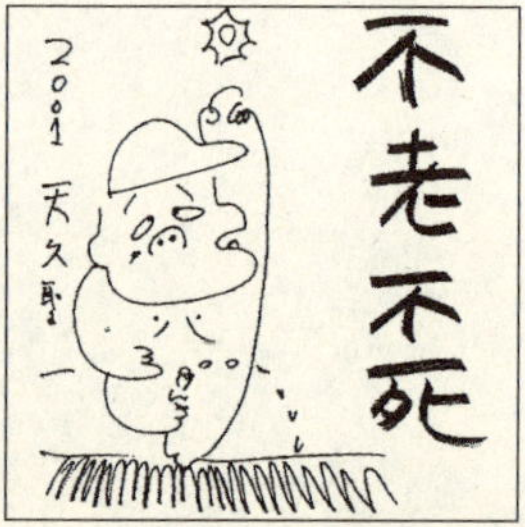

曜日も年号も己の年齢さえわからなくなってきたという天久さん。次は性別と国籍だね♥

特別に『バカサイ』の選考会に参加させてもらうオレ。個人的には、天久さんが着てる東大Tシャツに6P！

守をやっていたそうですね。……ま（腹くれっ!!）、まんだら？」

「へっ？……あ、そうなんですよ。高校を出てスグに東京へ出ていきたかったんスけど、母子家庭だったもんで心配かけるのも何だから一応就職しなきゃと思って。…で、ボクの中では拘置所って怖いってより、ただ見張ってりゃいいんでしょ…みたいな楽そうなイメージがあって（笑）。しかも、ボクは角っこに行くのが好きなんですよ、部屋でも教室でも社会でも。そっちの方がα波出そうみたいな。要するに、角っこ願望ですよね（笑）」

う〜〜ん、確かにこの人の風貌《ふうぼう》や雰囲気って、滑り台やブランコで遊ぶっつーより、公園の角っこで変な羽虫をプチプチ潰《つぶ》して楽しんでるような感じだもんなぁ……。

「で、実際に看守になってみてどうで…ま、まんだら？（すんませんっ、すんませんっ、すんませんっ！）」

「一応、監視カメラで独居房とかをずっと見張ってるんですけど、とにかく眠たくてぇ。いつも居眠りして怒られてたんですけどね（笑）」

「怖い体験とかは……ま、まんだら？」

「ヤクザとかは入る前に先輩からレクチャーを受けるんで結構マナーは良かったんですけど、一番タチが悪いのがヤク中の人がキレた時ですね。一回、夜中に見張りしてた時に異常に臭い房があって、そこを懐中電灯で照らしたら、中の人が顔に自分のクソをソルジャーのように塗りたくってて。しかも、暗闇の中で目だけがギラギラしてるんですよ」

「うわ〰〰っ、まんだらああああっ！」

「それが一番ショッキングでしたね。…あと、入所してくる時にペニスに真珠を入れてる人が多いから、それが何個入ってるか検査しなきゃいけないんスけど、それをボクがやってたんですよ」

「えっ、それは天久さんが一本一本つかんで……まんだら⁉」

「いや、それは自分で持ってもらって（笑）。で、一日中、真珠の数を数えてる日もありましたよ」

「…………。あの、逆にイイ話とかは…まんだら？」

「万作っていう色白の小男がいてぇ。リスみたいに可愛いオヤジなんスけど、やっぱり人とかガンガン殺してるんですよぉ。で、ソイツの日記というか手紙みたいなのがすっごい字が汚くて、もう小学生の作文って感じでイイ味出してるんですよ。それ読むのが当時一番の楽しみでしたね」

一番の楽しみって……。しかし、10代の頃から妙な冷め方をしてるというか、ま、それがあのシュールな漫画につながってんだろうなぁ……。

「あと、拘置所にも運動会があって、段ボールの箱を懲役囚が体にかぶって走る『ロボットレース』っていう種目があるんですけどね。犯罪者がそんな格好で全力疾走してるのって滅多に見れないから、それはイイ光景でしたよ（笑）」

「それって、ブレイクダンスをする石井館長を目撃するぐらい稀少《きしょう》な体験ですよね……。で、そういう仕事をやりつつ漫画を描いてまんだら？」

「そうですね、もともと漫画家になりたいな〜っていうのはあったんですけど、実際に描き始めたのは例のクソを塗りたくってる奴を見てからですよ。（ココにはもう居れない！）と思って、無我夢中で描き始めましたね（笑）」

おい、今回はこの人でホントに良かったぞ。「まんだら」が霞《かす》んじゃってるもの……。

つまり『バカサイ』って、ファミコンしたくてやってんの⁉

死ぬほどビックリした……。話は10秒前にさかのぼるが、インタビューが後半に入ってもオレが依然として語尾に「まんだら」を付け続けていたところ、突然、担当のシンボさんが己のメガネを床に叩《たた》きつけて粉々にしてしまったのである……。つーことで、もう「まんだら」は付けません…。

「ところで、天久さんは『バカはサイレンで泣く』のハガキ選考ってどういう感じでやるンスか？　やっぱ、今夜のようにスタッフの3人が編集部に集まって…」

「一応ファミコンしたくて集まるんですけどね（笑）。で、その合間に何とな〰〰く自分が毎週担当してるコーナーを見て。まぁ、『タモリ倶楽部』っぽいヌルい感じでやってるんですけど」

なるほど、確かに肥満児スクールの昼下がりのようなヌルさが誌面にもエエ感じで漂ってるもんなぁ……。

「あの、実はオレも『パチンコ必勝ガイド』っていう雑誌で10年ぐらい前から『パチバカ天国と地獄』っていう投稿ページを持ってるんですけどね」

「あ、『バカサイ』を立ち上げる時に、ボクは結構その『パチバカ』を参考にさせてもらったんですよ（笑）」

「ええっ、そうなんですか!?」

「『パチバカ』の初期の頃って無茶苦茶なパワーがありましたよねぇ（笑）」

「今でも時々思い出して笑っちゃうんですけど、確か……立ち上げて3回目の選考会の時に編集部の近くで記憶喪失の青年を拾ってきちゃって。そんで、打ち合わせに参加させて、また、ソイツも自分の名前も言えないくせに読者の各投稿に対して、それは○、これは×

…とか審査しちゃってんですよ（笑）」

「フハッハッ！　無茶苦茶ですね」

「あと、常連の投稿者を集めて何度かイベントをやったんですけど、最初の江戸川区の健康ランドでやった時なんか、何もやることがないからバスケットリングを買ってきてダンク大会をやったら、骨折して右腕がPの字になった奴がいて、救急車とか来て大変だったんスよ。で、2回目はキャンプをやったんですけど、20畳ぐらいあるバンガローで酔い潰れてたら至近距離でシックスナインをおっ始めたカップルがいて（笑）」

「ボクらも年末に読者を集めて忘年会をするんですけど、第1回目の時にエラい背の高い女を連れてるマオカラーの服着たヤクザがいると思ったら、最年長の投稿者だったんですよぉ（笑）。で、その人はホテトル系の仕事をずっとしてて、摘発されては逃げて、ばっかりやってるんですけど、この前もその人から『スナックを開いたから一度遊びに来て下さい』って連絡があったんで店へ行ったら、何でか知らないけど女装してるし（笑）」

「グハッハッ！　常連投稿者の中に必ずいるんですよね、そういういつまで経っても自分に収拾がつかない人って（笑）。でも、投稿コーナーを長年やってるって実感するのは、最初は全然つまんなかったのに6年目ぐらいから急に投稿が面白くなった奴がいて、ソイツ、今ウチのエースですからね（笑）」

「そんな人間ドラマを見せられてもコッチも困るんですけどね（笑）」

「ちなみに、シンボさんは何かに投稿したことってありますぅ?」

「板谷さん……。俺ってメガネ外すと、こんなに眼がデカいんスよ…。だから、もう少し真面目にやってもらえませんかっ!」

前略おふくろ様。インテリヤクザが本気で怒ってます。近いうち、また呆《あき》れるほど暇になると思うので、年始の家族旅行は「参加」にしといて下さい……。

MJ近づき度……3%↓

次の偉人は……………………………

一度見たら一生忘れない顔を持つ超個性派の偉人が登場。ちなみにMJからはますます離れてます……

第25偉人 温水洋一さん

Nukumizu Youichi
'64年、宮崎県生まれ。俳優。'88年、大人計画に入団。'94年の退団まで主要な公演に出演。独特のキャラクターで舞台、映画、TVドラマなど幅広く活躍

高校生の頃のアダ名は「ヌラリヒョン」だったんですかぁ……

さて、今回の偉人は俳優の温水《ぬくみず》洋一さん。前回の天久さんとはイラストレーター兼ソラミミストの安齋肇さん（『バカサイ』の題字も担当）を通して知り合い、天久さんに芝居の原案をお願いしたこともあるらしい。つーことで、稽古《けいこ》前の時間を貰《もら》ってインタビュー開始！

「オレが初めて温水さんを認知したのは大正製薬の『ゼナ』のCMだったんスけど、一度見たら一生忘れられない顔ですよね。なんか、こう……子泣きジジイというか、雨ざらしの無縁仏というか（笑）。あのCM以降、街を歩いてると頻繁に指をさされたりするようになったんじゃないですか？」

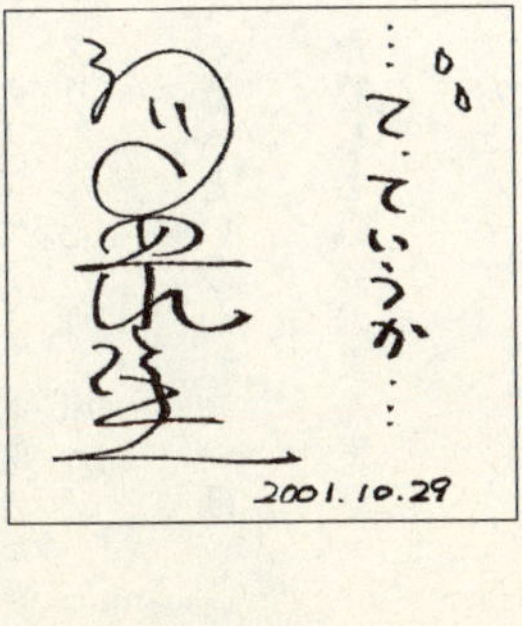

温水さん自身が名前になってるこのサインは、ソラミミストの安齋さんが考案したとのこと

温水さんの演技を超至近距離で鑑賞。将来、この人は牛骨がらみの事件に巻き込まれ、その結果、パイプカットをするような気がした

「な、名前は、あの……わ、わからないにしても、あのゼナの人だっていうのは、え――、時々さされるようになりましたねぇ……ええ」

「で、その後、温水さんの名前を初めて知ったのが某バラエティ番組でだったんですけど、容姿と苗字《みょうじ》が何でこんなにピッタリなんだろうと思って(笑)」

「ヌルいとか、ヌからくる響きというかねぇ。ほ、本名なんですけどね」

おい、このオドオドした感じも容姿のまんまじゃねえかよ……。

「演劇は高校の時から始めたとか?」

「え…あ…まぁ、始めたというよりも、そ…その頃はちょうどMANZAIブームだったんで、だから演劇というよりもそういうパフォーマンスみたいなとこから入ったんですけど、発表する場もなかったんで、何となく演劇部に入り浸るようになって…」

「じゃあ、もともとはお笑い志望で？」

「いや、ほ…本格的にお笑いをやろうっていうんじゃなかったんですけど、な…なんか学校の先生のモノマネをやったりとかぁ……。まぁ、他でやっても誰も知らなくて全然ウケなかったんですけど……ええ」

「あの……なんていうか、その頃から老け顔だったんスか（笑）」

「今より老けてましたけどねぇ……」

「マジっスかぁ⁉（……あ、この人、オレの大声に本気で震えてるっ！）」

「あ…あの、と…というか、く、暗かったんですよ…。もっと……あの、今は頰とかにも肉が付いてますけど、昔はゲッソリとコケてて、あの…髪も伸ばし放題で……。だから、当時のコントも根暗なことで笑わしてたというか……いや、だ…誰も笑わなかったんですけどね」

今でもガリガリなのに、さらに瘦《や》せてたのかよ⁉　しかも、長髪つーことは、兵糧攻めを食らった上で切り落とされた生首じゃねえかよ……。

「ちなみに、当時のアダ名とかは？」

「そうですね、あの……（約20秒経過）……名前がヌから始まるので、あの…ヌラリヒョンとかヌーボーとか、そ…そういうヌメーっとしたアダ名が多かったような気がしますけどねぇ」

「でも、そんな根暗青年が今じゃ大勢の人前に出る仕事をしてるんですから、温水さんて実は気性は激しいんじゃないですか？　フタを開けてみたら、ヌラリヒョンってアダ名を付けた奴とかにラジコンのヘリを使って変なバクテリアをかけちゃって、それ以来、ソイツはノドに金属の棒を当てないと喋《しゃべ》れなくなったとか」

「いや、あの……見たまんまの小心者ですよ。ただ、ボクはお酒を飲むとよく喋るんですけど、そういう時って、なんか酔っ払って覚えてなくて……」

「で、気がついたら直立したまま右手で三拍子のリズムをゆったりと刻んでて、周囲の人たちが全員血だらけで倒れてるとか（笑）」

「そ、それじゃあレクター博士ですよ……。で、あの、記憶を失くした翌日、ケータイの発信履歴を調べたら10人ぐらいの名前が出てきたり…」

「どんなことを話してるんですか？」

「あの、パターンとしては凄《すご》い愚痴っぽくなるみたいですね。『あ、俺ダメだ…。俺ダメなんですよぉ〜〜』とか言ってるみたいで。…あと、時々『寒い…。寒いんですよぉ〜〜』とか甘えてみたりもするみたいで……」

う〜ん、この顔で「寒いんですよぉ〜〜」とかにじり寄られたら、母性本能をくすぐられてオレでも乳首とか吸わせちゃうかもな……。

中華屋のバイトで志村けんさんに出前を届けてたんスか⁉

「で、温水さんは大学でも演劇部だったということですが、プロの役者になったキッカケは？」

「あの……大学4年の時に今『SPA！』でも連載やってる松尾スズキ主宰の『大人計画』に入っちゃったんですよ。は…旗揚げ前に実験的なコントっぽいものをやってて、それをたまたま見て……凄い面白かったもんで……ええ」

「じゃあ、入団してからは毎日のように舞台に立つことに？」

「そ…そうですね。その頃は『大人計画』も人数少なくて、男3人、女4人ぐらいでやってたんですけど……」

「で、現在は舞台以外にもTVドラマとか映画にも出演なさってますけど、一番緊張する仕事ってなんスか？」

「バラエティ番組ですね…。ただいるだけでイロイロいじくって下さるから安心してればいいんですけどぉ……でも、なんか…何か喋んなきゃいけないのかなぁ、とか凄いドキドキし…しながら…」

おい、その時のことを思い出して本気で震えてんぞ、この人……。もし、紅白の司会とかやらされたら、『DA PUMP』あたりの紹介で失神するんじゃねえかぁ？

「ちなみに、役者をやってる人って途中で貧乏に負けてやめちゃう人も多いでしょ。そんな中で温水さんが一生俳優で食ってくぞ、って腹をくくったのはいつ頃でした？」

「え〜〜とぉ………と、東京に出てきて5年目ぐらいに竹中直人さんの映画『119』に出させていただいた頃から……ええ」

「じゃあ、竹中さんから役者としてただならぬ影響を受けたと？」

「そうですねぇ。…あと、志村けんさんとか凄い好きだったんですよ。で、まだフジテレビが市ヶ谷にあった頃、そ…その真ん前に中華屋があって、ソコってボクの親戚《しんせき》の家だったんですよ。で、あの……そこに住み込みで働いてた時期があって、し…志村さんに何回か出前を持ってったんですけど、凄い感動しましたね」

「なるほど（要するに、竹中さんも志村さんも髪の毛薄いから…プブッ！　…それで勇気づけられたんだろうなぁ）。ちなみに、志村さんは出前で何をよく注文したんですか？」

「いつも〝レバニラ炒《いた》めのニラ抜き〟だったんですけど、そ…それだったら、ただのレ…レバ炒めだって毎回言ったんですけど、レ…レバ炒めっていうのがメ…メニューになくて……」

おい、クリトリスのように再び震え始めてるぞ、その時のことを思い出して……。早く別の質問をしなきゃ！

「さ…最近、嬉《うれ》しかったことと悲しかったことを教えてくれませんか？」

「……あ…あの、最近ボク引っ越したんですけど、野良猫が来るようになったんですよ。で、最初は猫とか寄りつくと嫌だなぁ～と思って追い払ってたんですけど、あ…ある朝、窓を開けたら網戸越しにチョコンと、こう……座ってるんですよ。で、いつもは追い払うんですけど、それを見て、なんか可愛いなぁ～っていう……」

「いいっスね、温水さんらしくて（笑）。もともと猫は嫌いだったんですか？」

「昔、ボロボロのアパートに住んでた頃、よく窓を開けっ放しにしたまま外出してたんですけど、ある日、明け方の4時頃に戻ったら、へ…部屋の中で野良猫が鳩をくわえたまま暴れてて、もう羽根とかが散乱してて、ふ…布団とかも血だらけで……」

「じゃあ、その布団は捨て…」

「いや、ティッシュでちょこちょこっと拭《ふ》いて、そのまま寝ましたけどね…」

ねぇ、温水さん。改めて言うけど、アンタやっぱり普通じゃないよ……。

MJ近づき度……5%↓

次の偉人は……………………

本命の松尾スズキさんが外れたと思ったのも束の間、またまた『SPA!』関連の偉人が……。完璧にスパ沼化

第26偉人
安齋 肇さん

駄ジャレでタモリさんを怒らせちゃった遅刻魔のソラミミスト！

驚いた……。『タモリ倶楽部』の空耳アワーでは笑って肯《うなず》いてるだけ、という感もある安齋さんにインタビューを始めたのだが、予想を遥《はる》かに上回る話し上手で、最初の雑談だけで1時間が経過。ヤバいぞ、このままじゃ笑ってるだけで終わっちゃうっつ――の！

「と…ところで、安齋さんといえばイの一番に『ソラミミスト』という言葉が浮かんでくるんですけど、出演のキッカケって…？」

「え〜〜っとね……そうそう、あれは原宿を歩いててぇ〜」

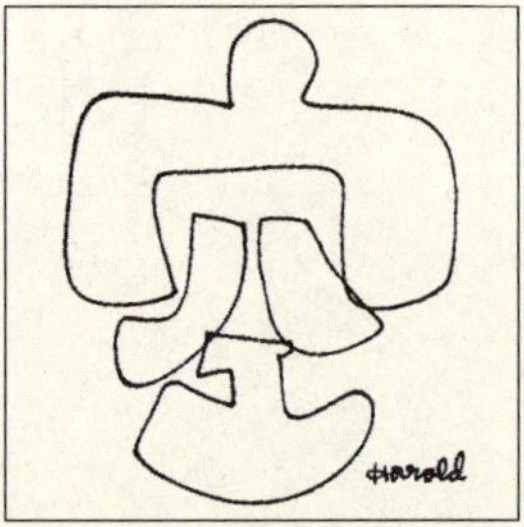

「空」。納得でぇ〜すー が、オカミさんになった車だん吉にも見えるんだよなぁ、これが

Anzai Hajime
'53年、東京都生まれ。イラストレーター兼ソラミミスト。『タモリ倶楽部』の「空耳アワー」でおなじみ。JAL「太平洋楽園計画・リゾッチャ」イラストも

安齋さんの絵本を前に。向かって右端のカタツムリが温水バージョンとか。確かにソックリ！

「ブハッハッハッ、アイドルですかっ！」
「一度言ってみたかったんですよぉ、知らないうちに友達が応募してたとか（笑）。…いや、実はある日、知り合いの構成作家から電話が入って、タモリ倶楽部のミニコーナーに人材がいないから一応候補に出しといたから…って言われたんですよぉ。で、何のことはない、その日のうちにボクの事務所に番組のディレクターが2人来たんですけど、用事があったんで遅刻して帰ったら、細い人の方が『もう、こんなに待たされちゃねぇ！』とか怒ってるんですけど、もう一人のゲッツさんみたいにデカい方が『いや、もう言うな、言うな。安齋さんにだって事情があるんだし』って。…もうね、ハナっから刑事の取り調べなんですよ。しかも、2人とも山田って名前なんですよ（笑）。そんで、散々おいしい話をしてくるんですよぉ。いや、TVとか出ちゃえば、もうギャルのファンとか砂鉄のように付いちゃって…とか。で、まぁ、タモリさんをそんな近くで見られる機会もそうそうないですからねぇ〜」

しかし、言葉の強弱といい絶妙な間といい、元噺家《はなしか》のヒッピーかよっ、この人は⁉ しかも、オレより一回り近くも上なのに全然ソレを感じさせねえし……。

「で、気がついたらタモリさんに気に入られて名コンビに…？」

「いや、全然気に入られてないですよ。ていうのも、最初駄ジャレを言ってくれ、ってディレクターに言われたんですよ。タモリさんは駄ジャレが好きだからって。で、本番直前まで『駄ジャレ、お願いしますよ！』って念を押されて、林家ペーさんのように駄ジャレをカマしまくったんですよ。そしたら、タモリさんの顔がみるみる強ばってきて『駄ジャレとか言ったら人が楽しむと思ってる奴は腹立つんだよっ！』って吐き捨てられて」

「担がれたんですね、ブハッハッハッ！」

「そしたら、カンペが出て、そこに『もっと駄ジャレを言って下さい！』って書いてあって…」

「グハッハッハッハッ、逃げ場ナシ！」

「結局、タモリさんに屈して、それ以後はパー子さんみたいに笑ってるだけの役になったんですよ。……いや、実はボク、前から景山民夫さんなんかにタモリさんの話を聞いてて、とにかく怖かったんですよ」

「えっ、あのタモリさんが…？」

「なんか新宿に飲みに行って、赤塚不二夫さんとフェラチオショーをやったり、灰皿の上にウンコをしたりって噂を聞かされてて、『空耳』が始まってから『アンタとも飲みに行かなきゃいけないな…』ってタモリさんに言われたんですよぉ。で、これはタモリさんのをフェラチオしなくちゃいけないのかな、と思って少し返事を濁したんですよ。だって、それはもう、自分の人生を左右することじゃないですかぁ」

「グハッハッハッ！　それ以降、人に何を尋ねられても『いいともぉ〜♥』としか答えない男とかになりそうですもんね（笑）」

「で、タモリさんも（ああ行きたくないんだな）と思ったらしく、それから二度と誘われなくて。ところが、後でそのことを尋ねてみたら『俺じゃないよ！　赤塚さんが灰皿の上で尻《しり》を突き出して、ホントに肛門《こうもん》が盛り上がってきたから俺は止めたんだよ!!』って言われて」

すんません、10秒だけ下さい……。頭の中が赤塚さんの盛り上がる肛門で一杯になって吐きそうっス、オレ。

えっ、リゾッチャの仕事はホントは天久さんのはずだった!?

インタビューの残り時間が少なくなってきた頃、突然、超至近距離から銀玉鉄砲で撃たれたような痛みがオレの太股《ふともも》に走った。

（えっ？　……な、なんスか!?）

うろたえるオレにアイコンタクトだけで何かを伝えようとしている編集のシンボさん。

が、一卵性双生児じゃあるまいし、当然それだけでは意思の疎通が図れるはずもない。

「イラストレーターとしては、最初にどんな仕事をなさったんですか？」

オレに代わっていきなり質問を飛ばすシンボさん。なるほど、（いい加減、本業のことを尋ねろ！）って合図だったのか……。

「日本クリーニング協会のマークで、白熊の絵を描いたんですけどね（笑）」

「ちなみに、安齋さんが描いた『バカサイ』の題字の脇には『Harold』ってサインが入ってますけど、アレって？」

「あれを書くと外人が描いたと勘違いされて高く売れないかなぁ〜〜〜と思って（笑）。以前、湯村（輝彦）さんと一緒に仕事をした時に『俺はテリーって呼んで欲しいから、安齋君も何か付けろよ』って言われたんですよ。で、名前が〝肇〟だからハの付く英語でいろいろ考えて、一応『ハロルド』って名前を付けたんですけど、湯村さんが一度『ねぇ、ハロルド…』って義理で呼んでくれただけで、あとは誰もそう呼んでくれないんですよぉ」

「オレも滅多に『ゲッツ』って呼ばれないですよ。だから、英語名で呼ばれたのって、17〜18の頃に地元のサーフショップのメンバーになって、店長に『ヤング』って名前を付けられた時ぐらいですね（笑）」

「ギャハハハ、そんな名前を付けられた日にゃあ一生パシリだもんねぇ」

「ま、その60近い店長の名前からして『フレッシュ』だったんですけどね（笑）。しかも……」

おい、インテリヤクザ！　今、またオレの太股を何かで撃ったべ⁉　……わかったよっ、もう脱線しねぇから!!

「で…でも、安齋さんの作品には凄《すご》い才能を感じますよ。リゾッチャのキャラを代表とする、ああいうフニャフニャしたイラストほど描けそうで絶対描けないですからね」

「あのリゾッチャの仕事が回ってきたキッカケって、実は糸井重里さんが『バカサイ』の大ファンだったからなんですよ。投稿してくるほど」

「えっ、あの人が投稿を……!?」

「で、『バカサイ』の絵がいい…って言ってぇ。『バカサイ』の絵ってボクと天久君の2人で描いてるんですけど、『SPA!』の編集者が（あ、そりゃ題字のことを言ってるんだぁ〜）と思ってボクを糸井さんに紹介したらしいんですよ。だから、その時に編集者が天久君を紹介してたら、彼がリゾッチャをやったんですよ（笑）」

「オレが天久さんの立場だったら、その編集者の血管にネクターを2リットルぐらい注射してますね……。だって、飛行機会社のあれだけ大々的なキャンペーン用のイラストだから、ギャラの方も宿便が逆流するほど良かったんじゃ？」

「額はちょっと言えないんですけどねぇ（笑）。……（ピ――）なんですよ」

「はぁ!?　……あ、あの……それはイラスト1個につき？」

「いや、全部で。それも使い放題に使っていいというギャランティで」

「げ…激安じゃありません、それって!?」

「でも、あれ以降、イラストの注文がダ――ッと増えましたからねぇ」

なぁ、シンボちゃん。今、オレの太股の上を中型のトカゲが優しく通り過ぎてったような感じがしたけど、ひょっとして『その調子♥』って合図なのか？　ところでアンタ、一体どんな七つ道具を隠し持ってんだよ⁉

MJ近づき度……　5%↓

次の偉人は……………………………………
よっしゃあ〜〜〜!!　久々にスポーツ界の偉人が！　……と喜んだのも束の間、何だか不穏な空気が……

番外編

またまた緊急事態！というわけで地元の服屋・ジョニー登場

「ちょ…ちょっとぉアナタたちっ、ナニやってるよぉ〜!?」

たまり場になっているストリートファッションの店『プッシュ・アップ』。その奥にある小部屋で悪友のキャームと『マリオカート』に興じていると、カウンターにいる店主のジョニーから突然そんな声が上がった。

ちなみに、オレが地元にある同店で服を買うようになったのは3年前からで、以来、暇さえあればココを訪れ、ジョニーとファミコンをやったり将来の夢をラップのリズムにのって語り合ったりしているのである。ま、それはそうと、ジョニーの背後から売り場を覗《のぞ》いてみると、男が2人いて、一人は三脚らしきモノをテキパキと組み立てており、もう一人はメガネを冷たく光らせながら、店内にあるブティックハンガーを容赦のない勢いで片っ端から角に寄せている始末。

「あれれっ!? シ、シンボさん……!?。な、何でココにいるんスかぁ!?」

一瞬我が目を疑ったが、その2人は間違いなく当ページ担当のシンボさんとカメラマンの浅沼君だった……。

偽ジョーダンを演じているつもりのジョニー。中央の白竜フェイスはキャーム。この2人の共通点は、バッタを触れないこと

「今回予定していたJリーガーの岡野さんのインタビュー、それが来週になっちゃったんですよ」

「えっ、どうして…？」

「岡野さんが所属してる『ヴィッセル神戸』がJ1残留争いの真っ最中で、インタビューどころの話じゃないんですよっ。で、今回は番外編にすることにしたんですけど、年末進行の都合上、写真を撮る日が今日しかないのっ。しかも、あと1時間後には俺は別の取材で新橋に着いてなきゃならないのっ！」

「だったら、午前中にでも電話を入れてくれれば、オレだって用意を……」

「だから入れたんですよっ。そしたら、板谷さんのお父さんに大型犬を飼う苦労話で2時間捕まって、ようやく『息子に替わるから…』って言ったと思ったら、板谷さんの弟が電話に出て、『お兄さんをお願いします』って頼んだら『はい、それはもう…』って言って切りやがったんですよっ！

で、もう一度掛けたら再び弟が出て、今度は20分近く電話口で待たされた挙句、ようやくココの場所だけ教えてくれたんスよっ!!」

「…………申し訳ない」

3分後。店のカウンターの前でポーズをつけるオレとジョニー。

「ちょっと待ってくれよ……。俺は？」

背後から響いてくるキャームの声。

「いや、ココはジョニーの店だし…」

「だからって、俺だけ仲間外れか⁉ 消えろって言うのかいっ⁉ 雪の上に書いたラブレターかっ、俺は⁉」

「いや、悪いんだけど、一応は仕事で使う写真だからさぁ、これは……」

「とにかく、俺も写真に入るからっ。もし、邪魔しようってんなら、東京電力に頼んで貴様んちのバアさんの電気毛布からメキシコの公衆便所の香りがするようにしてやるからな！」

「上等だよっ。第一、そんなことが東京電力にできんのかいっ⁉」

「はいっ、3匹とも正面を向いて!!」

いきなり割って入ってくるシンボさんの声。そして次の瞬間、オレたちの目に閃光《せんこう》が立て続けに2～3度飛び込んできたと思ったら、早くも帰り支度を始めているシンボさんと浅沼君。スクープ写真かよ、おい……。

「そうよぉ〜、イターヤさん！　ステキなアイディアがあるよぉ〜」

突然興奮した様子でオレの腕をつかんだかと思うと、奥のファミコン部屋へと進んでいくジョニー。

「えっ……。な、何だよ、ソレ？」

ジョニーが収納ケースの中から取り出したのは、2着の燕尾服《えんびふく》だった。

「ボクとイターヤさんでコレを着てヒゲダンスをやりましょうよぉ〜。で、キャームさんはカウンターの上で横になって、チョットダケヨ♥をやればいいよぉ〜。イケるよぉ〜。超笑えるフォトになるよぉ〜（笑）」

……なぁ、ジョニー。おメーは8年前に日本に来たってことになってるけど、それってフカシだべ。しかも、そのアイディアをカメラの前で実践したら、オレのギャグライターとしての生命が一瞬で吹き飛ぶっつーんだよっ!!

MJ近づき度……1%↓

次の偉人は……………………………
今度こそ野人・岡野さんが登場。つーことで、インテリヤクザと一緒に神戸に行ってきやぁ〜す！

第27偉人

岡野雅行さん

Okano Masayuki
'72年、神奈川県生まれ。サッカー選手。'94年、日大を中退して浦和レッズ入団。日本代表では通算3ゴール。ヴィッセル神戸を経て、'04年浦和レッズに復帰

肺に穴が開いても次の日には治ってた「野人」パワーとは!?

「あの……こ、この連載って、いつまで続ける気なんスか……?」

神戸へ向かう新幹線の中、隣に座っている担当のシンボさんに思い切って尋ねてみた。当連載が始まってから丸1年。が、ジョーダンに近づく気配すらなく、そろそろ大人としてハッキリさせておく必要があった。

「……………」

なぁ、インテリヤクザ。開眼したまま寝てんじゃねぇ!

もう一度言う。開眼したまま寝てんじゃねええええっ!!

午後3時15分。『ヴィッセル神戸』のクラブハウスに現れた褐色の岡野さんは、全身か

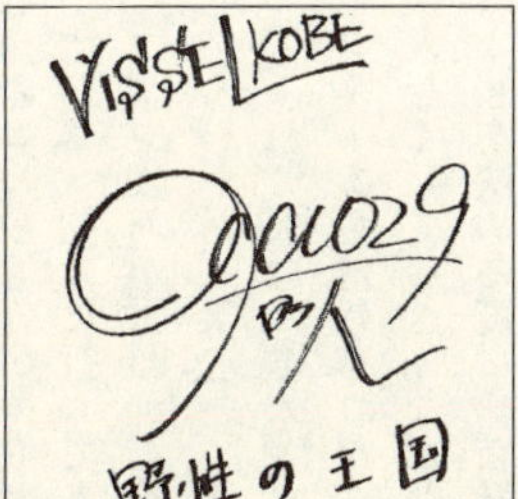

座右の銘が「野性の王国」。しかもサインまで豹のように走ってます! 本物の野人です!!

ら刃物のような躍動感が漂っていたが、表情は至って柔らかだった。

「あの、『野人』というニックネームは浦和レッズの土田選手が命名したと聞きましたが、岡野さん自身は気に入ってるんですか？」

「気に入ってますね。昔からＴＶ番組の『野生の王国』とか凄《すご》い好きでぇ、アフリカとかで暮らしてる人に憧《あこが》れてたんですよ。あと、変にカッコつけたようなニックネームを付けられるより、野人って呼んでもらった方が開き直れるじゃないですかぁ。飲みに行ってもいいし、ファンに何か言われたら言い返してもいいし（笑）」

岡野さんに100m走を挑むも思いっ切り遊ばれるオレ。つーか、ダメな白熊かいっ、オレは!?　消滅しちゃえっ、オレなんか!!

「そうっスよね。仮に『歌人』なんてニックネームを付けられたら、普段は大人しくしてなきゃなんないし、ゴールを決める度に一首詠まなきゃファンも納得しませんしね（笑）」

「アハッハッハッ、そうですよねぇ（笑）」

「で、岡野さんは大学1年の体育の授業の時に、100メートル走の測定があるからって寮で寝てるところを叩《たた》き起こされて、寝間着姿のまま走ったら10秒8。それには本人も驚いた…って何かに書いてありましたが、どうしてそれ以前に自分の脚の速さに気づかなかったんスかぁ？」

「いや、小学校の頃はリレーでよくクラスの代表になったりしてたんですけど、中学・高校と凄く成長期が遅くてぇ、みんなに背とかガンガン抜かされるし、実際に脚もそんなに速い方じゃなかったんですよぉ」

「けど、普通じゃないっスよ、10秒8って……。だって、あと1秒縮めればオリンピックで金メダルですよ！」

「まぁ、それからはサッカーも脚の速さを生かしたプレースタイルに変えてったんですけどね（笑）」

「あと、Jリーグ入りした年に、相手のGKと衝突して肺に穴が開いて、半年間の入院を告げられたのに、4日後には病院から追われるようにして退院したってホントっスか…？」

「いや、次の日に治っちゃったんですけどね」

「だ…だって、肺に穴ですよぉ!?」

「でも、救急車で病院に運ばれた翌日、『もう一回レントゲンを撮ってから手術しますんで』って言われたんですけど、そのレントゲン写真を見た医者が笑ってるんですよぉ。で、『どうしたんスか？』って尋ねてみたら『いや、君はオカシいね〜〜〜。治ってんだよねぇ……』って」

「……………………。じゃあ、高校の時に島根にサッカー留学して、遠くの景色がよく見えたから視力が2・0になったというのは…？」

「なりましたねぇ〜。環境って凄いなぁ〜って思いましたよ」

アンタの方が凄いっつ——の!! もし、この人がアフリカで生まれてたら、チンパンジーや象と協力して森林伐採業者なんかを片っ端から懲らしめるターザンみたいな男になっとるぞ、実際の話。

「ちなみに、岡野さんのおジイさんは有名な書道の大家だとか…？」

「ええ。一応、文化功労賞とか受けたらしいんですけどね。…昔、アントニオ猪木さんとか総理大臣やってた中曾根さんとかが習字を習いに来てたんですけど、その人たちにウチのおジイちゃんが『何度注意したらわかるのかっ!!』って怒鳴ってるんですよぉ。で、ボクは（何でTVに出てる人がこんなに来るのかなぁ〜〜）と思いながらも、その頃はまだ小さかったんで屋根の上から小便とかひっかけてたんですけどね（笑）」

本物の野人だわ、この人って……。

ワールドカップ最終予選のVゴールの後って……？

「4年前（'98年）のワールドカップ最終予選でのVゴール。あれはサッカー通以外の人にも強烈なインパクトを与えたと思うんですが、逆に重荷になったってことは…？」

インタビュー後半。その質問をした途端、偉人の表情がやや硬化した。

「それはありますね。サッカーって団体競技なのに、あの場面だけ見て岡野はこうだとか好き勝手言う人がマスコミを含めて大勢いましたからね。その前の過程も知らずに」

「ああいう〝時の人〟みたいな期間って、どういう状態になるんスか？」

「いや、人間不信になりますよ…。ボクね、六本木に行きつけの飲み屋がありまして、いつも常連みたいな人たちとソコで騒いでたんですよぉ。ところが、予選でVゴール決めて帰ってきたら、いきなり『あっ、岡野選手！』とか言って態度が違うんですよ、常連たちの。だから、『いやいやいや、今までズーッと一緒に飲んでたじゃん』って言ったら『こんな所で飲んでていいんですか？』って…。そのぐらい世の中変わりますからね、コロッと」

「はぁ〜〜、そういう魔法が……」

「あと、友達とか急に増えたりしますからね（笑）。だって、小学校の同級生だってだけで卒業以来1回も連絡取ってない奴が、ウチの実家に電話を入れてオフクロからボクのケータイの番号を聞き出してるんですよぉ。で、『覚えてる？』なんていきなり掛けてきて、しかも、合コンの最中らしくて『キャ――、ホントだあああっ！』なんて声が聞こえてきてぇ」

「腹立ちますよねぇ〜〜。いっそ、その合コンに誘えっつーんですよね（笑）」

「で、『何だよっ⁉』って言ったら『やっぱ偉くなると変わっちゃうんだねぇ〜』とかホザくんですよ（笑）。で、案の定、大きな大会とかに出なくなると、その手の奴らからパッタリと電話が掛かってこなくなって。結局、その時だけなんですよね、ウーパールーパーと同じで」

しっかし、ホントにいるんだなぁ、そういうベタな奴らって……。オレなんか本を何冊出したって、喋《しゃべ》ったこともねえ同級生から掛かってくる電話は、宗教の勧誘かホモからのトチ狂った告白ぐらいだもんなぁ。

「ところで、浦和からヴィッセル神戸に移籍してきてどうっスか…？」

「浦和レッズでは、有難いことなんですけど、最近は試合にも出てないのにボクのグッズが売れちゃったりとか。でも、それはスポーツの世界じゃオカしいと思うし…。ボクはいつもギリギリのところでやりたいんですよ。だから、移籍したからにはココでレギュラーを絶対取らなくちゃいけないので、今はその崖《がけ》っ淵《ぷち》感が逆に楽しいですね」

「なるほど……。ちなみに、引退後は飲み屋さんをやりたいとか…？」

「やりたいですねぇ。もともとボクは学生の頃に飲み屋でバイトしてて、プロのサッカー選手なんかにはなれないと思ってたんで、カクテルの作り方とか修業して将来はお店でも出そうかと思ってたんですよ。ところが、偶然スカウトされてしまってぇ。そしたら友達が『プロだったら結構お金貰《もら》えるんだから、それでみんなで飲み屋出そうよ』って人の金を勝手にアテにしてるんですけど、ボクも『そうだよね〜、どうせ1年でクビになるんだろうから』って言って。そしたら、代表まで行ってしまったという不思議な話なんですけどね（笑）」

絶対イイ奴だわ、この人って……。でも、バーとか開店したら、お客にオゴリまくって全然儲《もう》からないような気がビンビンするんですけど…。

MJ近づき度……15%↓

次の偉人は……………
当連載史上、最年少のカッ飛んだ偉人が登場。しかも、職業が職業なだけに波乱必至か!? ま、読め

第28偉人 彫結さん

いきなり試作の機械で自分の腕に入れ墨彫っちゃったぁ!?

「板谷さんもイイ子ぶってないで、ここらで野良犬としての根性を見せましょうよ。ワンポイントぐらいの入れ墨だったら経費で賄えると思いますから」

今回の偉人の仕事場に向かっている途中、そんな言葉を真顔で飛ばしてくるシンボさん。

「経費で入れ墨を入れるバカがどこにいるんだよっ！　しかも、そんなことで根性見せたかないですよっ」

「でも、今の若者なんか下着感覚でバンバン入れてますよ。しかも、あのジョーダンだって小さなのを入れてるみたいだし」

Horiyui
'76年生まれ。刺青師。15歳にして、自作の機械で自分で自分に入れ墨を入れる。その後、刺青師として都内で活動する。オリジナルデザインを得意とする

精進という漢字をケータイ内蔵の辞書で引いてた彫結さん。大丈夫、ボキも書けません

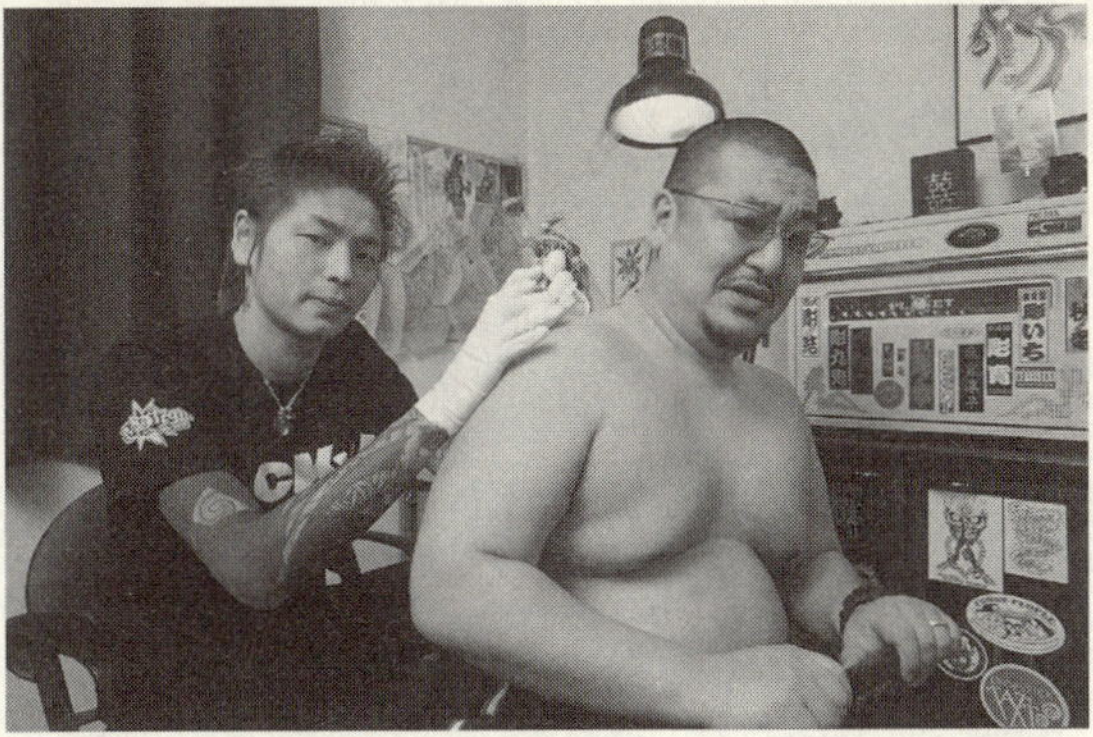

彫結さんも準備万端。いよいよ入れ墨を……って、おいっ、夢なら早く醒めてくれえええええっ!!

おい、ギャグで言ってねえぞ、この男……。

「あの……そもそも刺青師になろうと思ったキッカケというのは…?」

予想に反し、彫結さんは両腕にビッシリと入れ墨が入っているのを除けば、今時のイケメンという感じだった。

「ボクは、もともと音楽が好きで趣味でチョコチョコやってたんですけど、周りに入れ墨を入れてる方が多くて。だから、初めは先入観でしたね。ロック、イコール入れ墨だろう…みたいなノリで。でも、その頃はまだ15歳ぐらいだったんで、年齢的に彫師さんも彫ってくれないし、お金もないでしょ。それで試作で機械を作って、見様見真似で自分で入れたんですけどね」

「うええっ!! い…いきなり自分で入れちゃったんですかぁ!?」

「ええ。彫師さんに彫ってもらってる先輩が見様見真似で覚えてきて、それを教えてもらったという（笑）」

「じゃあ、彫結さんは誰かの弟子だったことはないんスか？」

「いや、自分で独学でやったり海外行って彫ってもらったりしてるうちに、いろいろ知識が付いてくるじゃないですか。その後、ある刺青師さんと出会いまして、その方に刺青を教えていただいて、数年前に独り立ちを許されて現在に至る…って感じですね」

硬派な喋り方をするけど、笑うと急に人懐っこさを感じさせる不思議な人だなぁ……。

「で、彫る工程というのは…？」

「今、メインでやってるスタイルはカスタムワークといって、お客さん一人一人と彫る前に必ず打ち合わせをします。それで、絵柄・予算・かかる時間なんかを説明した上で、お客さんの要望に基づいてボクが一枚一枚絵を描いていくんですよ」

「ココに来る20～30代の人たちの間では、どんな絵柄が人気なんスか？」

「やっぱり龍とかですね。あとはトライバルという民族模様を今風にアレンジしたようなモノが多いですね」

「困った注文をしてくる人とかは…？」

「まず、性器や顔面といった不適切な部分、そこに彫ってくれという注文はお断りしますね。あと困るのは、絵の根本を覆す注文ですよね。生き物や花ってもともとの形があるじゃないですか。入れ墨って、それを絵として体に残すわけじゃないですか。だから、例えば桜の花ビラは5枚なのに『7枚にしてくれ』って言われると困りますよね。だって、それは桜じゃなくなっちゃいますからね」

その不自然な桜が一生残っちゃったら、それこそ彫った側の威信にも関わる問題だしな…。

「それから、入れ墨はある程度の痛みを伴うのは当然のことじゃないですか。…で、『痛いよ！』って涙目で言われることもありましたし（笑）」

「ソコなんスよねぇ～。オレも別にサラリーマンじゃないし、何度か（入れてもいいかなぁ～～）って思ったことがあるんですけど、（でも、痛えだろうなぁ～～）っていうね。まぁ、オレだってその恐怖心の壁を何かのキッカケで超えちゃった時には…」

「今がその時なんじゃないですか」

言葉を突然挟んでくるシンボさん。

「だ……だって、ど…どんな絵柄を入れるかも全然考えてないし……」

「簡単な文字でいいですよ。『パイナップル』、もしくは『沖縄』とか」

なぁ、インテリヤクザ。じゃあ、おメーは胸に『よろしく』って入れろやっ。そしたらオレは『メカドック！』って入れてやるっつ——の!!

あの…彫られて一番痛い部分ってドコですか……?

「入れ墨を彫られてる最中って、よく高熱が出るって極道マンガとかには描いてありますけど、アレってホントなんスか…?」

編集のシンボさんに入れ墨体験を執拗《しつよう》に勧められるオレ。そのせいもあってか、後半のインタビューでは彫られる側についての質問が多くなっていた。

「ほとんどありませんね。お客さんの体調が悪い時とか、たまーにあるかもしれないですけど」

「普通は熱なんか出ないんスね……。でも、彫り終わった後もしばらくは痛いんでしょ?」

「そうですね。彫り終わった時点で擦り傷に似た感じになるんですよ。だから2~3日はヒリヒリしますけどね」

「あの……ちなみに、彫られて一番痛い部分ってドコですか…?」

「臀部《でんぶ》、もしくは腰ですね。あと、関節部分や脇の下、それから足の甲や指とかも結構強烈ですよ。人間の体って面白いもんで、部分によって痛みの感覚が丸っきり違うんですよね」

「でも、そんな痛いモノを入れる人が増えてるんでしょ…。どんな理由で入れるんスかね?」

「入れ墨って、凄《すご》く個人的なモノだと思うんですよ。その個人の思想が形になるんですよね。だから、100人入れ墨を彫ってる人がいたら100通りの考え方というか、想いがあると思います。…恥ずかしながら、ボクは昔、親にいろいろ迷惑をかけてきたんで、英語で『オヤジ』『オフクロ』って文字を胸に入れてるんですよ（笑）」

「熱いっスねぇ〜（笑）。ちなみに、入れ墨を入れることについて、彫結さんのご両親は…？」

「初めは凄い反対してましたし理解はしてもらえなかったんですけど、一応ボクがこの仕事で身を立てて飯を食ってくようになって……今の時点では応援してくれてますけどね。ウチの親曰《いわ》く『何もしてない時よりかはアンタにとってイイことだから、頑張って続けなさい』って」

つまり、そういう感謝の想いが胸に形として刻まれてるわけやね…。エエ話じゃんかよ、おい。

「ところで、彫結さんは手首までビッチリ入れ墨が入ってて、街とか歩いてて嫌な思いをしたことってありますか？」

「これといって別にないですね。入れ墨が入っててもオラオラ！で街を歩くわけでもないですからね。まぁ、ボクは自分自身の考えで季節を問わず露出は極力控えますけど」

「なるほど……。でも、サウナとかに行けないのはツライでしょ？」

「そうですね（笑）。だから、入れ墨が入ってる仲間内から『あそこのサウナはOKだぞ』って情報が入ると、みんなでドーッと行くわけですよ。けど、今は徐々に制限はなくなってますよね。プールも温泉も行けますし。…ただ、海外に行く時は税関で結構大変ですね。（ヘンに誤解されないよう）入れ墨を隠すために夏なのに長袖《ながそで》だったりとか（笑）」

「ということで、板谷さん……。どんな文字を彫ってもらいましょうか？」

再び口を挟んでくるシンボさん。

「ひつこいよっ、アンタ！　もしかして誰かと賭《か》けをしてて、オレが入れ墨を入れたらアンタの車に最新型のカーナビが付いたりするんじゃねえかぁ!?」

――20分後。上半身裸になり、背中を彫結さんに向けるオレ。

「あ、あの……『ハンサム』って言いましたけど、やっぱり『カサノバ』……いや、『ドンファン』……いや…」

「じゃあ、俺が決めますよ。彫結さん、『ヒッチコック』でお願いします」

シンボ君……。しまいには殺すよ、しかも、本気と書いて「マブ」で。

MJ近づき度……4%↓

次の偉人は……………………

またまた特殊な職業の、しかも、女の偉人（通算4人目）が登場！　ブッ飛んだ回になること必至です！

第29偉人 麻宮淳子さん

ストーカーから守ってくれた恩義で AV出演をOKしたんスか⁉

Asamiya Junko
'75年、福島県生まれ。AVやTV『ギルガメッシュナイト』などで活躍後、AVメーカーMOODYZに勤務。その後、同社を退社し、女優として活動する

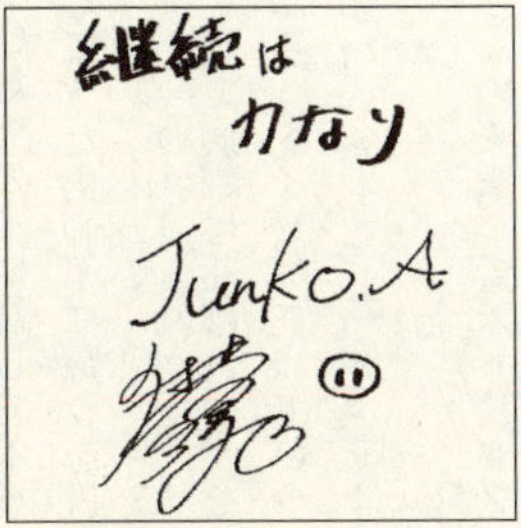

自分がデブだから豚鼻を描いたという麻宮嬢。一つ聞く。アンタがデブだったら、ボキは何？

「シンボさん……。ココって、ホントにAVメーカーなんスか？」

西新宿にある高層ビル内のだだっ広いオフィス。その整然とした様は、どう見ても外資系の商社のオフィスにしか見えなかった。で、今回の偉人の麻宮淳子さんはAV女優を引退後、このメーカーで広報の職に就き、それと並行して舞台などで女優としての活動も続けているというのだが…。

「遅れちゃってすみませ〜ん♥」

突然、オレたちが通された応接スペースに駆け込んでくる麻宮さん。次の瞬間、出され

た熱い日本茶をシンボさんがひっくり返し、それをモモに浴びた拍子に『パン！』というデブ特有の乾いた銃声のような放屁《ほうひ》音を響かせるオレ。

久々の若い女の偉人。オレたちは完全に浮き足立っていた……。

「あの、ち…中学の頃はタイソンと呼ばれてたとか？」

「呼ばれてましたね（笑）。小学生の高学年ぐらいから、ムカついた男の子に対して手を上げるようになって。で、中学の頃にたまたまちょっかいを出してきた男の子に蹴《け》りを入れたら、ド真ん中に入っちゃって。的に。それで病院に運ばれて、その一発から『タイソン』っていうアダ名が付いちゃったんですよ（笑）」

「麻宮さんの実家ってストリップ劇場を経営してるとのことですが、ひょっとして、ちょっかいを出された原因って……」

「それもありましたね。小中学校の頃は親を恨みましたよ、ハッキリ言って。何か言われるじゃない

自分史に残る名場面。一瞬訳がわからなくなり、メンチカツか何かを買ってきて皆に配りそうになった

ですか、『裸だ裸だ、ストリップ!』とか」

「その年代のガキって容赦ないっスからね。オレもこの前、街歩いてたら変な小学生に『あっ、凄いデブ!』って言われたから、モミアゲの毛を20本ぐらい引っこ抜いてやりましたけどね」

「でも、実家の商売のせいで東京に出てきたわけじゃないんですけどね」

「もともと中学の頃から東京の劇団養成所に通ってたとか?」

「ええ。昔から芸能界に入りたいっていう気持ちがどこかにあって、毎週福島から東京に通ってました。まぁ、親も習い事の一環という感じで通わせてくれてたんですけどね」

「で、その後、高校を辞めて東京に出てきてから水着のモデルとかをやってて……ちなみに、その時の個人事務所の社長が嫌な奴だったとか?」

「そうなんですよぉ〜。しばらくしたら所属してる女のコがみんな辞めて、私一人が残っちゃったんですよ。そしたら、私のマンションの留守電のテープが、いつもその社長のメッセージで満タンなんですよぉ。しかも、夜中の間、ズーッとマンションのドアの外に立ってて、手紙とかもドアのポストに投函《とうかん》されてるんですけど、それが一日10通、20通って数で……」

その頃の麻宮さんて、まだ17ぐれーだろ。そりゃタマんねえわな……。

「で、ホントに怖かったんで他の事務所の方に助けてもらったんですけど、今度はその事務所に『麻宮淳子』っていう名前を付けられて、『来年、AVデビューしないか?』って話がいきなりきちゃったんですよ。…で、私の中ではストーカーから救ってもらったっていう恩義もありましたし」

「えっ……じゃあ、恩義のためにAVの出演をOKしたんスかぁ!?」

「だって、ホントに殺されるかと思ってたんで……。でも、実際にAVに出演したら（もう一生の終わりだ。私の人生、この先真っ暗だ…）と思いましたね。まぁ、それなら実家に帰ればいいだけの話なんですけどぉ、でも、それもしたくなかったし……」

「う〜〜ん、やっぱ男より女の方が度胸が据わってますよね。だって、男なんて『やりたい、やりたい！』って素人男優に応募してきても、いざその場になると勃《た》たなかったりするでしょ。何でそんな勿体《もったい》ないことになるんスかねぇ？　一つのSEXには7人の神様がいるというのに。…つくづく情けないっ！」

「じゃあ、男優として出てみます？　多分、今日もどこかで撮影やってると思いますから」

「な……あ、あの……きょ、きょ、今日はダメなんですよっ。こ…この後、ド…ドイツの親戚《しんせき》のところに……」

オレの臆病者《おくびょうもの》おおおおっ!!

この人って松下幸之助クラスの働き者だよな……

「AVに出演してた頃って、金銭感覚とかオカしくなりませんでしたか？」

インタビュー後半。麻宮さんがチャキチャキ答えてくれるので、さらに突っ込んだ質問を繰り出すオレ。

「そうですねぇ。普通のバイトをしてた時と比べて一桁《けた》違う金額が入ってきちゃう世界じゃないですか。でも、私は最初の1年間は給料制だったんですよ。だから、一番の儲《もう》け時を逃しました（笑）。AVの1年目って、休みが全く取れないほどグラビアなんかの仕事も沢山入ってきて稼ぎ時なんですよねぇ」

「ちなみに、その時の月給って…？」

「80万……ぐらいだったかなぁ〜」

相当ピンハネされとるぞ、それ……。

「でも、歩合制になってからは、その倍以上稼ぐようになったとか？」

「て思うじゃないですか。けど、2年目からはそんなに大したことないんですよ。ギャラも少し下がるし、そう毎月何本も出せるわけじゃないんですよぉ。しかも、それ以外のお仕事って、少し有名になったからって深夜番組なんかに出ても私に入ってくるのは数万円なんですよ」

「なるほどねぇ……。でも、18ぐらいでそんな金額が入ってきたら…」

「止める人もいないし、欲しい物を買いまくったりして訳がわからなくなってきますよね。入ってこなくなった時のことを考える女のコって少ないんですよ。ずっと入ってくるのかな…って錯覚に捕われちゃうんですよね。……ま、私は一応、定期（預金）はやってたんそ、度胸もイイし、タガも外さないし」

「グハッハッ！　しかし、麻宮さんてイロイロな要素があるなぁ。度胸もイイし、その一方で流されやすい性格なのかな…って思ってると意外とシッカリしててタガも外さないし」

「う〜〜ん、やりたいことがあったからだと思うんですけど……。AVでいくらお金を貰《もら》っても女優の仕事や芝居がやりたいから、その合間にチョコチョコやってたんですよ。そういうのがあったから多分、風俗の方に行かなかったんじゃないかなぁ」

「でも、一つ疑問があるんスけど、実家がストリップ劇場だったのが学生の頃は心底嫌だったのに、東京に出てきてから何度かストリップの舞台に立ったというのは…？」

「実は18の時に『AVをやらないか』って言われる前に『ストリップは？』って言われたんですよ。で、『それだけは嫌です』って断ったんですけど、AVをちょっと離れて六本木のクラブでバイトをしてる時に事務所から久々に電話があって、『劇場出る気ない？お前の名前で人が呼べると思うんだよ、まだ』って言われて。で、不思議と（人集まるのかなぁ、1年間もブランクあるのに？）っていうのを確かめたくなったんですよ」

しかし、この人って基本的には松下幸之助クラスの働き者だよな。だって、高校を辞めてから働きっ放しなわけだろ。しかも、どこを切っても複数の仕事を掛け持ちしてるし……。

「私、ダメなんですよ。働いてないと不安で不安でしょうがないんです。会社でボ――ッとしててハッと気がつくと（今、私って何もしてない！）って急に不安になって、周囲の人たちに手伝うことはないか聞き回ったりして。だから、仕事して疲れたぁ〜〜っていうのがないと、その晩、不安で眠れなくなるんですよ。…板谷さんだって、今日このインタビューの後に何もやる仕事がなかったら不安になるでしょ？　そうでしょ⁉」

すんません、ボキはコレが終わったら今朝仕込んだフルーチェを食べてグッスリ寝る予定なんですけど……。

MJ近づき度……5％↓

次の偉人は……お次も意表を突いた偉人が登場。しかし、人のつながりって面白いやね。ホント、予想すらできないもの……

第30偉人 森重樹一さん

筋金入りのロックンローラーと なぜか地元話で大盛り上がり!

困った……。今回の偉人はロッカー（筋金入り）の森重さんなのだが、オレは音楽はラップしか聴かねえし、何を尋ねりゃいいんだよ？　と困惑しているところに、さらにインタビューの直前に当連載の読者だという森重さんの関係者が「大丈夫ですかねぇ…。根が凄《すご》い真面目だからロックのことは熱く語るんですけど、あまりオチャラケたことは……」と本気で心配してくれる始末。

オレに与えられた突破口は一点のみ。もし、それが空振ったら今回のインタビューは1分ぐらいで終わっちゃうぞ、おい……。

座右の銘は、やっぱし「ロックン・ロール」。多分、60になってもシャウトしてんだろうな

Morishige Juichi
'63年、東京都生まれ。ミュージシャン。'84年、ZIGGY結成。'99年、グループ名をSNAKE HIP SHAKESに変更。'02年より再びZIGGYとしての活動を再開

森重さんの指導で熱唱するボキ。歌ったのはオリジナル曲の『わんぱく殺人事件（女級長争奪編）』と『SEXさせてください、お願いします！』

「あ、あの……森重さんのプロフィールを見たら昭和38年の国立生まれで、オレは39年の立川生まれだから、なんというか……け、結構カスってますよね？」

「どっかで会ってるかもしれないですね（笑）」

「オレは国立の中学によく殴り込みに行ってたんですよぉ（頼むっ、食いついてきてくれえ〜〜〜っ！）」

「じゃあ、オリハラとか知ってます？」

「えっ⁉　……あっ、高校の先輩で矢島さんっていう国立の人がいたんスけど」

「ああ、矢島ね（笑）」

「その先輩がオリハラって人と仲が良かったみたいで……」

「じゃあ、俳優の宇梶さんは？」

「知ってます、知ってますっ！」

「俺、彼の中学ん時の野球部の後輩なんですよぉ（笑）」

「マブッスかぁ⁉ 宇梶さんは立川でも結構有名で、彼が入ってた国立エンペラーと他の暴走族が乱闘になった時に、エンペラーのメンバーが血だらけで道路に倒れてたのに宇梶さんだけ仁王立ちしてた…という伝説を聞いたことがありますよぉ（笑）」

「で、やんちゃな道で名を馳《は》せてたのに、ある時、TVドラマに突然出てたから俺もビックリしましたよ（笑）」

何なんだよっ、この盛り上がりは。この連載史上、ダントツのスタートダッシュになっとるぞ、おい……。

「で、森重さんは大学は早稲田に入ったということですが、塾とか行ってたんですか？」

（いかんっ、ロック一筋の人に何つう質問してんだよ！）

「塾は行かなかったけど……高校は明治学院東村山ってとこに通ってて」

「えっ、オレもソコ受けましたよっ‼」

「ホ…ホントですか⁉」

「でも、面接で『君は何でこの学校を受けたのか？』って訊《き》かれた時に『木がいっぱい生えてるからです』って答えちゃったんですよ。そしたら、面接官に質問を打ち切られちゃって」

「アハッハッハッハッハッハッハッ！」

バリバリのロッカーが笑ってる…。しかも、こんなに楽しそうに……。

「しかし、森重さんは優秀ですね。あの高校から早稲田に入るって」

「いや、俺は高校の頃から軽音部に入ってて今と同じ髪型だったんですけど、教師が『お前、成績が落ちたら髪切るからな』って言ってきて。だから、教師と意地の張り合いみたくなって、大して勉強する気もなかったんですけど気がついたら学年1位とかになってて…。そんな感じでしたから、俺はやんちゃな道とは無縁で、音楽ばっかりだったんですよ」

「いや、その方が良かったですよ。だって、オレは立川の『地獄』って暴走族に入ったんですけど、先輩たちに毎晩ヤキを入れられるだけで全然楽しくなかったですからねぇ。しかも、オレには森重さんみたいに両腕にタトゥをビッシリ入れるような、そういう度胸もないっスから」

「まぁ……どうなんですかねぇ。10数年前に自分の好きなバンドのドラムの奴が交通事故で死んで、ソイツの墓参りに行って……やっぱ根がクソ真面目なんですよね。その時に自分のバンドの名前とロックン・ロールって文字を(体に刻まなきゃダメだろ!)とか思って。だから、時々(俺ってバカかなぁ?)って思っちゃうことありますよね」

「でも、男って基本的にはバカ野郎ですよ、どいつもこいつも」

……って、同窓会が終わったと思ったら今度は男塾かいっ!! しかも、気がついたら話を聞く時間があと10分しか残ってねえじゃねえかよっ!!

『ぎんざNOW!』のロック特集が観たくて野球部辞めた!?

「森重さんは、中学の頃はどんなバンドが好きだったんスか?」

地元の話で盛り上がってるうちに、取材の残り時間は10分……。強引に音楽の話に持っていくしかなかった。

「あの頃は、クラス中がキッスとかクィーンが好きでしたよね。だから、オレも入口は同じでしたよ。当時、『ぎんざNOW!』っていうTV番組があって、何曜日かに必ずロックの特集をやってたんですけど、それを観たくて入ってた野球部を辞めましたからね（笑）」

「オレも観てましたよ。ビージーズの『ステイン・アライブ』のビデオとかがよく流れてて」

「柱の陰から3人が顔を出すやつでしょ（笑）」

「そうです、そうですっ（笑）。で、よく下校途中に友達と電柱から顔を出したりして真似してたんスけど、ある日、そのうちの一人が顔を出した途端、走ってきた軽トラのミラーにクリーンヒットされて側頭部が陥没しちゃったんですよぉ（笑）」

「笑い事じゃないでしょ、それ（笑）。…で、まぁ、そこから俺はニューヨーク・ドールズやTレックスっていうグラムロック系のバンドが好きになって……。だから、徐々にメインなところから外れて、終わっちゃってブームじゃないものを自分なりに探すことに夢中になっていくようになりましたね」

「なるほど……。でも、森重さんがプロデビューした当時は、ド派手な見てくれのロックバンドって日本では少なかったんじゃないっスか？」

「いや、それなりにいましたよ。俺らがZIGGYを始めた'84年ぐらいかなぁ、BOØW

Yがグワーってブレイクしていく時期で。だけど、割と運が良かったのが、俺らZIGGYを結成して3年目でプロデビューしてるんですよ。確か…『イカ天』が始まる直前ぐらいですかねぇ」

「で、『グロリア』が大ヒットして、武道館とかでライブをするようになって…。しかし、大学時代から換算すると18年間もロックバンドを続けてるって凄《すご》いことですよねぇ〜」

「他に好きなもんがないんですよね。だから、なんちゅうか……ホントに根が真面目なんですよねぇ（笑）」

でも、それなりに名を成してきた人って、やっぱり、こう話を聞いてみると自分の好きなことに対してだけは絶対的に真面目なんだよなぁ……。

「ま、だからってわけじゃないですけど、最近になって矢沢さんの本とか読むと（あ、やっぱし凄げーわ…）って思わされるものがありますよね。今までは興味の対象外だったんですけど、カテゴリーの違う人でも説得できちゃうようなパワーというか…。だから、俺らもこういう見てくれが好きじゃない人たちを音楽で説得できないとホントに意味ないな、って思いますよね」

「永ちゃんの場合は『アイ ラブ ユー OK?』っていう呪文で相手に一瞬麻酔をかけて、その間に大抵のことを解決しちゃいますからねぇ」

「そうですね（笑）。でも、まぁ……やっぱり俺は、自分が今でもロックファンなんですよ。で、鮎川さんみたいなロックン・ロール一筋の先輩に今でも凄い憧《あこが》れがあるし、だから、自分もファンに対してはそういう存在でいたいですね。…ま、R&Bやラップが主流の時に、この歳でロッカーを演じてること自体、時代とは大きく外れてるとは思うんですけど、でも、俺は先輩のロッカーに夢を貰《もら》って今日まで来れたから、それは最後まで貫き通したいですよね」

「決めた!! 森重さんっ、オレの体にシェリー酒を吹きつけて下さい!」

おい、何言ってんだよ、オレ……。自分でもわかんねえよ…。

MJ近づき度……10%↓

次の偉人は……………

アメリカの友人が大勢いるという謎に包まれた大阪の偉人が登場。ひょっとして大チャンス到来……!?

番外編

おいおい、またしても非常事態!? カンベンしてくださいよ……

夕食後、チャーシュー用の豚肉に凧糸《たこいと》を巻きつけてると電話が鳴った。

「あ、シンボさん…。どうしたんスか？」

「森重さんが指名した偉人が、アメリカに行ってて帰ってこないんですよ。で、間に合いそうもないし、今回は早めの進行だから今夜の11時までに番外編を書いてFAXして下さい」

「えっ、11時って……あ、あと2時間半しかないじゃないっスかっ!? そ、そんなラブホテルの御休憩より短い時間で書けるわけが…」

「あ、それから、カメラマンをそっちに行かせてる時間もないんで、適当に誰かに何かを撮ってもらって、そのフィルムをバイク便で編集部に送って下さい」

「適当に誰かに何かを撮ってもらうって……。つーか、番外編っていっても一体何を書けばいいんスかっ？ それによって……」

電話は既に切れていた。

なぁ、信じられるか？ 一応は全国発売の週刊誌の仕事だぜ、これって……。

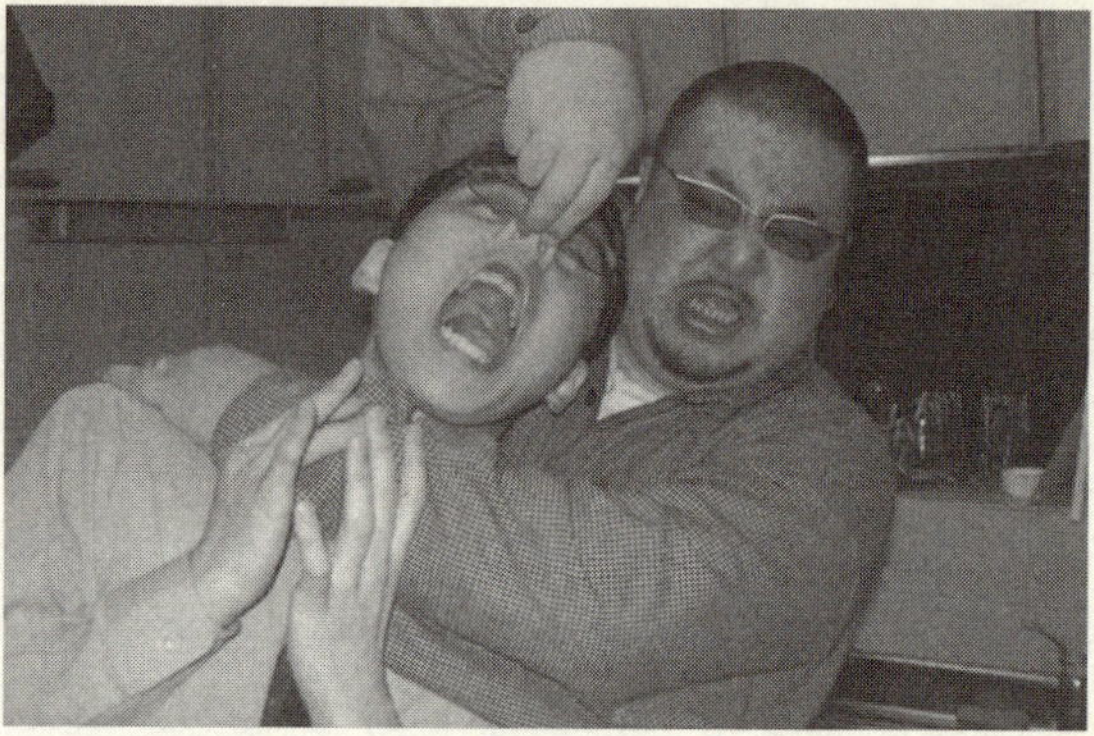

中国のラバにしか見えないハックに鉄槌を下すオレ。
ちなみに、この草食動物の特技は、泣く寸前に一瞬笑ったような顔になること

ピンポォ〜〜〜ン♪　ピンポォ〜〜〜ン♪

不意に鳴り響くチャイムの音。

(誰なんだよっ、こんな時にいいいっ!!)

玄関のドアを開けるとハックが立っていた。

「何だっ、生意気に人んちのチャイムを2回も鳴らしやがって!!」

ちなみに、この小坊は以前、某出版社でオレの担当をしていたのだが、あまりに仕事ができないので会社をクビになり、結局は長きにわたるプータロー生活に突入。そして、ようやく数カ月前にウチの近くにあるコンピュータ会社、そこでプログラマーの研修生として何とか雇ってもらったのである。

「…………………あの……」

「早く言葉を吐きやがれ!!　それから何で貴様はそんな短いストローをくわえてるんだよっ⁉」

「……ストロー?」

自分の口の周囲を右手の甲で擦るハック。

「……ああ、これは多分……昼に食べたモヤシソバのニラっスね」

「ニラぁ？　……なぁ、どうして貴様と一緒に働いてる奴らは、おメーの唇の脇に5センチもあるニラが貼り付いてんのに誰も……って、そんなことはどうでもいいんだよっ!!

何だよっ、用件は!?　オレは今、超緊急事態の真っ只中《ただなか》なんだよっ!!」

「あの、実は今の会社で隣のデスクに座ってる女のコを……す、好きになったっていうか…」

「帰れえええっ!!　こちとらっ、そんな呑気《のんき》な相談に乗ってる暇はビタ一文ねえんだよっ!!」

「いや、ち…ち…違うんスよっ。で、その娘の友達が板谷さんの大ファンみたいで…」

「それでも帰れえええっ!!　しかも、今すぐっ!!」

「で、あの……そ、その友達の写真を見せてもらったんスけど、タレントの三原じゅん子さんているじゃないですか。あの人にメチャメチャ似てるんですよ……」

「…………………」

「で、実は今、近くで待ってるみたいなんスけど……どうします、断りますか？」

なんちゅうタイミングの悪さだろう……。この自閉症風味の小坊が、こんなにオイしい話を持ってくるなんてことは後にも先にも二度とないだろう。が、今夜の11時までに原稿を上げなければオレのページは真っ白になるわけで、そんなことをしたらジョーダンに会う夢も自動的に消滅してしまうのだ。つまり、この1年間の苦労が水の泡になるのである。

「悪いけど、日を改めて会おう…って伝えてくんねえか。今、ホントに時間ねえんだよ、オレ」

「じゃあ、あの……プレゼントだけでも受け取ってもらうわけにはいかないっスかね？　なんか、食べ物を持ってきてるみたいで……。すぐソコのファミレスで待ってるみたいなんスけど」

「………よしっ!!　オレの車に乗れっ。早くっ!!　急げ!!　ピューマのようにっ!!」

――――5分後。ファミレスのテーブルを挟んで、オレたちの正面に座っている一対の男女。

「す…すいません、急にお呼び立てして。これ、『パステル』のプリンなんですけど、以前、ゲッツさんがココのプリンが大好きだ…ってドコかの雑誌に書かれていたので……」

そう言いながら、恐縮した感じで包みを差し出してくる男。……ビタ一文わけがわからない。

「おい、例の三原じゅん子似ってドコにいるんだよっ？」

当然のごとく、ハックにそう耳打ちするオレ。

「あ、あの………しゃ、写真の友達は…？」

「ああ、恵美（仮名）。来てないわよ。だって、板谷さんのファンは、ココにいる恵美のダンナさんの方だから……。えっ、ちゃんとそう言ったでしょ、私!?」

なぁ、ハック。ベトナムの漫画だよ、これじゃ………。

つーことで、シンボさん。今回は自動的にこういう内容になっちゃったけど、アンタにボキを責める権利は1ミリもないんで、そこんとこ、よろしくメカドックっ!!

MJ近づき度……0%↓

次の偉人は……………………………………
ま、そういうわけで次回こそ謎に包まれた偉人が登場しますんで、今回は読まなかったことにして下さい……

第4章

chapter 4 : nogiku no yankee ★★★★★★★★★★

野菊のヤンキー

第31偉人
KENNYさん

Kenny
'75年生まれ。MAD TOYZオーナー。大阪・心斎橋でオモチャと洋服の店「MAD TOYZ」を経営。'06年、店名を「GREED」に変更した

今にも発火しそうな熱血オモチャ屋&洋服店オーナーとは!?

「ケニーさんていうのは、つまり……外国人なんスかね？」

大阪へ向かう新幹線の中、編集のシンボさんに質問するオレ。

「俺もよくわからないんですよ…。まぁ、『ケニー』っていうぐらいだから外国の人なんじゃないですか」

「なるほど……。あ、でも、オレだって一応は『ゲッツ』ですからねぇ…」

「とにかく寝かせてくれませんかっ。俺、二日酔いなんで…。すいません」

……なぁ、インテリヤクザ。オレは今回の偉人に関しては何のデータも与えられてねぇ

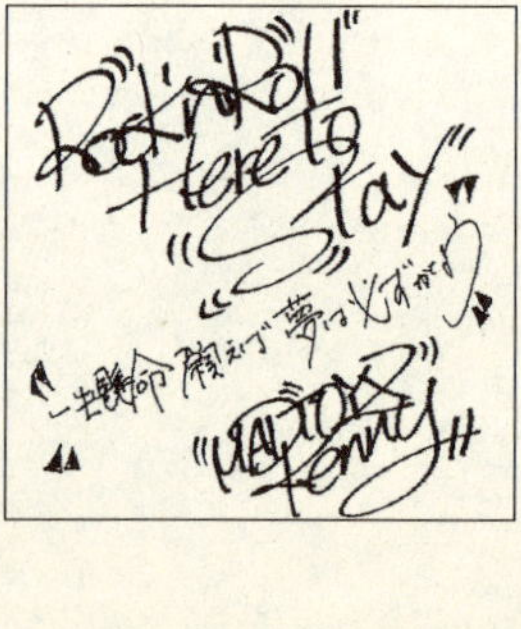

字までツイスト……。思うに、この人を総理大臣にすれば日本は2秒で元気になると思う

『マッドトイズ』のオリジナル・スタジャンを着て。が、若返った藤岡琢也かいっ、オレは!?

んだよっ。要するに、全国駅弁フェアの会場で母親を見失ったチビッコ並みに不安だっつーの!!

東京駅を出てから約4時間後。心斎橋にある『マッドトイズ』というオモチャ屋のオフィスで、バリバリのローラーファッションに身を包んだ青年と向かい合っているオレ……。

「あ…あの、ケニーさんは、(前回登場の)森重さんの熱狂的なファンだとか?」

「実はボク、凄《すご》い泣き虫でぇ!」

「……………」

「『千と千尋《ちひろ》の神隠し』なんか6回観に行って6回とも泣きましたよぉ! …泣きました?」

「まだ観てないっス……」

「くぅ〜っ、それヤバイっスね(笑)。とにかくボクは森重さんの15年来の大ファンで、ライブに通ってたらたまたま関係者に友達がいてぇ。その人にボクの店で作ってるTシャツを森重さんに渡して欲しいってダメ元で頼んだんですよ。そんで、アンコールの前に小便に行ったんですね。で、戻ってきたら一緒に行ってた仲間が『ケニーいいいい〜〜〜っ!!』って皆、ボクの方を向いててぇ!」

おい、なんかドえらいもんが取り憑《つ》いてんじゃねぇか、この人……。

「で、ステージを見たら、メンバー全員がウチのTシャツを着ててぇ!! その瞬間、美少女グランプリで優勝した少女みたいに『ほんわああ〜〜〜』って崩れ落ちてしまってぇ。そっから最後までずっと泣きっ放し!」

「あ…あの、ところで、こういうマニアックな店を始めたキッカケは?」

「高校を卒業して服屋さんでバイトをしてたんですけど、そこの店長がオモチャが凄い好きで、ボクも大好きだったんですね。で、オモチャ屋をやるからって全部任されたんですけど、大学を卒業したから独立したいってことを言って。で、そのままオモチャ屋を買い取ったんですよ」

単なる感動屋かと思ったら、意外とシッカリしてるじゃん。っていうか、この若さで店を持ってんだから考えてみりゃあ大したもんだよなぁ……。

「で、実はこの店の壁の絵は全部『湘南爆走族』って漫画を描いてた吉田聡先生が手掛けてくれたんですよ」

「えっ、マジっスか。……ちなみに、吉田さんとはどういうつながりで?」

「ボクは、吉田先生の漫画も昔から大好きでぇ。まだ独立してない頃、怪しい感じの常連さんが同じ服をいつも4〜5枚買ってくんですね。で、ある日、その人と話してたら『実は私、「ヤングキング」っていう漫画誌の編集長をしてまして。同じ服を何枚も買うのは、1枚は自分が着る分で、1枚は保存用で、1枚は息子の分で、あと1枚は吉田聡って人の分なんですよ』って言われて。おいっ、ちょっと待ってよぉ〜〜〜!!って感じでぇ」

このテンションでいくとあと20秒で再び大噴火するな、この人の話……。

「それが縁で東京に行く度に吉田先生が遊んでくれるようになってぇ。で、ある時、近々移転するからその店に是非、吉田先生の絵が欲しいって頼んだら、ナント、先生が十何年ぶりに自分のアトリエから出て新幹線で大阪まで来てくれてえええっ!」

「じゅ、十何年ぶりって……」

「で、この壁にはコレを描こうとか一生懸命考えてくれて、元になる絵をすべてイチから7枚も描き下ろしてくれたんですよぉ!　で、もうバカみたいに涙が出て、もうメガネとか曇っちゃって何にも見えないんスよっ、何にもおおおっ!!」

なぁ、アンタこそ熱血ド硬派漫画から飛び出てきたキャラかいっ!?

海外のバンドとも仲良くなってフィギュアも製作!?

「この店のオモチャは、アメリカで直接仕入れてくるんスか?」

ケニーさんのボルテージ、それを少し冷ますために後半は商売のことを中心に尋ねることにした。が……、

「ウチは基本的には業者を使わず、自分の目で確かめてOK！って思ったモノだけを売ってるんですよぉ。責任を持って勧められるじゃないですか。例えば、ドクロの人形を買ってきて『これは何ですか？』ってお客さんに訊《き》かれたら『いや、とりあえずわかんないけど骸骨《がいこつ》ヤバいから買ってきた』って説明しますし」

おい、それで客が納得するのかよ……。

「アメリカではトイショーっていうのがアチコチで開催されてますから、そういうところにビシビシ乗り込んでけば大抵は探してるレアなオモチャをゲットできるんですよぉ」

「パワフルっスねぇ…」

「っていうか…一生懸命願えば夢は叶《かな》う、っていうのはありますね。ANTHRAXっていう海外の有名なメタルのバンドがあって、そのバンドも昔から凄い好きだったんですけど、たまたまお客さんの中でANTHRAXのメンバーと知り合いの人がいて、その方の計らいでANTHRAXのメンバーが来日した時に紹介していただいたんですよぉ！　で、ボクも完全にテンパっちゃってええええっ‼」

また大噴火するぞ、この人の話……。

「それで凄い仲良くなって、ヨーロッパのツアーとかにも連れてってもらえるようになってぇ！　それで、自分はオモチャ屋でしょ。だから、やっぱりANTHRAXをキャラにしたオモチャが作りたいって言ったら『全然イイよ』って言ってくれてえええっ‼　もう泣きましたねっ、それも、丸3日！」

「話を聞いてると、好きなモノを引き寄せるパワーが尋常じゃないですよね。しかも、感心するのはそれが多岐に放射してるのに、そのテンションをズーッと保ちっ放しでしょ…」

「人と同じでモノに対しても〝一期一会〟ってあると思うんですよね。探してるオモチャを見つけたのに、ソレをその時に迷って買わなかったりすると、探しても見つからないことが多いんですよ。だから、欲しいモノを見つけたら片っ端から買ってしまうんで、逆に言ったら全然お金が貯まらないんですよぉ」

「ちなみに、オレも少し前までアメリカのバスケカードにハマってて、気がついたら800万円遣ってましたね。しかも、そのカードを2階に保管してたら、この前、天井が抜けちゃって、台所でお茶漬けを食ってたバアさんが下敷きになって4時間ぐらい変な息をしてましたよ（笑）」

「勲章ですよっ、それ！」

「ところで、この店は服も売ってますけど、アレって全部オリジナルで？」

「ええ。とりあえず一から十までやんないと気が済まないんですよぉ」

「とことんマニアックですねぇ（笑）」

「でも、ボクより上は、もうタンマリいますから。だってアメリカのトイショーに行って業者のブースごと買っちゃう人がいますからねぇ」

「オレが通ってたカード屋の常連にも化け物がいて、中学生のくせにカードを陳列するためだけ用に3LDKのマンションを親に買わせてましたね。ま、コッチも子分になって散々オゴってもらいましたけど…。でも、何事もそこまでスケールが大きくなっちゃうと逆に…」

「つまんないですよねぇ。だから、ちょっと背伸びして頑張るぐらいの方が面白いかなと……。そう思うでしょ、ゲッペルスさんも（笑）」

あの、ゲッツなんですけど……。

MJ近づき度……7%↓

次の偉人は……………………

一転して渋い偉人が登場。久々に叫ばしてくれ。一体いつになったらMJに会えるんだよおおおおっ!!

第32偉人 西川 正さん

ヒットするヤンキー漫画のキモは〝浪花節〟と語るマニアな編集長

今回の偉人は漫画誌『ヤングキング』の編集長をしている西川正さん。つーことで、いつもの合言葉いくよ――っ！　せぇーのっ、困った時はタワーに登れえええっ!!（すんません、50時間ぐらい寝てません……）。

「前回のケニーさんから聞いたんですが、西川さんはオモチャを買いに大阪まで行っちゃうんですよね…？」

「欲しいと思うと居ても立ってもいられないんですよ。これだ！と思うと、もう北海道や九州にでも…。実はね、ウチで描いてくれてる漫画家さんが全国に散らばってるんですよ。ですから、彼らに会いに行くという名目で買いに行っちゃ

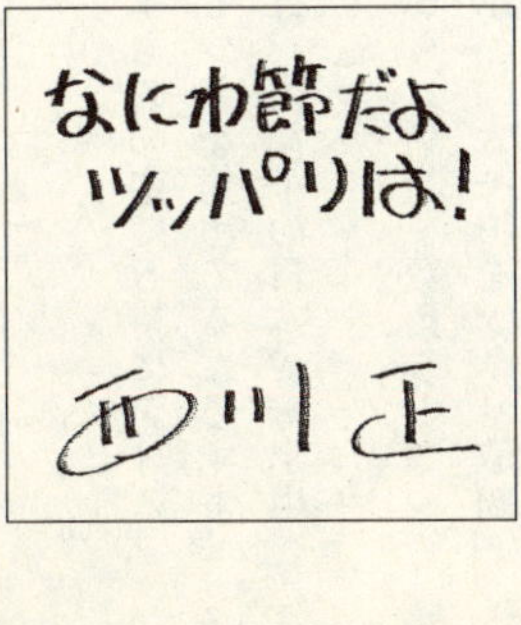

ツッパリ小説執筆中のオレには大いに参考になった言葉。西川氏は素敵に年を取ってます

Nishikawa Tadashi
'56年、東京都生まれ。編集長。「少年キング」（少年画報社）での松本零士担当からスタートして、'99年より「ヤングキング」編集長。'07年現在は同編集部次長

「ヤングキング」の編集部で。驚くことに編集長以下、全員がグラサン着用。さすがヤンキー誌。でも、色校の時とか大丈夫なの?

うんですよねぇ〜(笑)」

つまり、一挙両得つーわけやね……。

「それで、まぁ…基本的には塩・胡椒《こしょう》入れを収集してるんですけど…あ、私の机の中にソレを撮った写真があるから持ってきますね」

40分後——。

「だから、キャラクターものの中でも特にディズニー版の塩・胡椒入れセットを集めてるんですよ。それも私が狙ってるのは、占領下の日本で輸出用に作られたモノなんですねっ」

すんません、30分前から(話題を変えろ!)って編集のシンボさんがボキの太モモをツネリ放題なんですけど……。

「ちなみに、ウチで今『荒くれKNIGHT』という作品を描いてくれてる吉田聡さんは、ドナルドダックのマニアなんですよ。で、私がアメリカに行った時に、ドナルドの形をした大きなイスを見つけたんですけど、それが50万円ぐらいするんですよ。それで、吉田さんに国際電話して『どうする？』って訊いたら、速攻で『買って下さい』って答えが返ってきて。彼はドナルド部屋っていうのを持ってて、そのためだけにアパートを借りてるんですよ（笑）」

「吉田さんといえば、ケニーさんの店の壁に元絵を描くために〝15年ぶりに自分のアトリエから出て〞大阪に来た…って話を聞きましたけど（笑）」

「彼はホントに買い物にも行かないんですよね。で、タマには街の様子でも見に行こうってことで、一緒に原宿から渋谷まで歩いたことがあるんですけど、翌日、吉田さんは筋肉痛になってましたからね（笑）」

「グハッハッハッ！　多分、一日の総歩行距離が120メートルぐらいじゃないですかね、吉田さんは（笑）」

「だから逆に言うと、ホントに漫画だけに集中してる人なんですよね」

「ところで、『ヤングキング』って不良色が強いですけど、やっぱりヤンキー漫画って人気があるんスか？」

「ありますね。で、売れ方も凄《すご》いです。今の若い子たちって、子供の頃からイイ子じゃなきゃいけないっていうのがあって。だけど、自我が芽生えてきて（これでいいのかな？）って自問自答して…。で、そんな時に今まで疑問に思ってたこととか大人の欺瞞《ぎまん》やウソ、そういうモノをブッ飛ばしてスカッとさせてくれるから、そういう漫画が受けるんだと思います」

そうかぁ……。ヤンキー漫画も一種の〝癒《いや》し〟なんだなぁ〜。

「で、ヤンキー漫画、イコール、暴力賛美なんじゃないか…ってよく言われるんですけど、決してそんなことはなくて。要するに、自分の主義主張が通らない時に暴力でしか訴えられない。だけど、その裏には暴力じゃ何も解決しないってことがちゃんと描かれてるんですよね」

「ヒットするヤンキー漫画において、最も不可欠な要素って何ですかね？」

「浪花節《なにわぶし》です！　主人公がそれを背負ってるかどうか、これにかかってますよ。例えば『走れメロス』ですよね。友達のために死ねるか？っていう覚悟は普通有り得ないですよね。だけど、話の中ではあって欲しいじゃないですか。で、友達のために１００人の敵に１人で突っ込もうとした時にドーン！と１０００人の味方が現れる…コレしかないですよっ！」

ちなみに、ボキにも浪花節が流れてた時期があって、20人の敵に１人で挑んだこともありましたが、現れた味方は親父だけで、２人揃って半殺しにされました……。

最初の仕事が『銀河鉄道999』の松本零士さんの担当！

「ヤンキー漫画って大抵女のコが出てきますけど、その扱いにも鉄則ってあるんスか？」

後半もヤンキー漫画の真髄、それをさらに突っ込んで訊《き》くことにした。

「鉄則はないですね。でも、刺身のツマとして出したら全然ダメなんですよ。主人公が敵と闘ったり自分と葛藤《かっとう》したりして、でも、ズーッと闘い続けることはできなくて、やっぱり休息って必要じゃないですか。そこに女性が現れてホッとする、そういう扱いで出てくることが多いですね。要するに、オアシスなんですよ。で、それを勘違いして欲望のはけ口みたいな扱いにすると、読んでてもスカッとしないし読者はついてこないですよね」

オアシスかぁ……。でも、オレの不良時代に登場してきた女なんて、シンナー吸って出来損ないのかき揚げみたいなゲロを吐いたり、休ましてもらおうとして部屋を覗《のぞ》いたら別の男とシックスナインの最中だったりして、余計なダメージを与えられるばっかしだったけどなぁ。こん畜生っ！

「ところでヤンキー漫画を描いてる人っていうのは、やっぱ元ヤンの人が多数を占めてるんですかね？」

「いや……9割方が普通の青春を歩んできた人ですよ。で、たまたま友達に筋の通った不良がいたりして、その友達がケンカした時なんかの細かいディテールをシッカリ押さえて、それを一回自分の中に取り込んでから醗酵《はっこう》させて出すんですよね。要は、その醗酵のさせ方がウマイと思うんですよ、作家さんて」

う〰〰ん、そう言われてみればバイオレンス小説を書いてる大沢在昌さんなんかだって、どう見ても元ヤンって感じじゃねえもんなぁ〜。ついでに言えば、恋愛小説を上手に書く女の作家だって、返品を食らった市松人形みてえな顔した人が多いし……。

「ちなみに、西川さんは最初から少年画報社の編集だったんスか?」

「ズ――ッとココでやらせてもらってますね。ボクは、もう漫画しかないですから(笑)。で、いきなり、『銀河鉄道999』を描いてた松本零士先生の担当になって、松本先生の家の待合室に行ったら、10社ぐらいの編集者がいて……。だから、最初の数年間は会社にいるより松本先生の家にいることの方が多かったですね(笑)」

「はぁ〜〜、やっぱり超売れっ子の漫画家さんの家には待合室があるんスかぁ……。そんで、奥さんとかが時々薄いカステラを出してきたり、編集の一人とアシスタントの添島嬢がイイ仲になって、箱根の温泉に1泊2日の隠密旅行に出掛けたのはいいけど、入湯直前に添島嬢が耳の付け根をスズメ蜂に刺されちゃったりして…」

「誰ですかっ、添島嬢って(笑)。とにかく松本先生や、噂では手塚先生も家で待ってる編集者の数を自分の人気のバロメーターにしてて、それを確認しながら仕事をするのが好きみたいでしたね。ま、今はそういう漫画家さんはほとんどいませんけど」

　オレなんか自宅でシンボさんに待たれたら即、胃《い》潰瘍《かいよう》になるな。と同時に、シンボさんもウチの親父とかに壊されちゃって、右手を年から年中上げてるような男になっちゃうだろうな(笑)。

「で、『銀河鉄道999』は大ヒットしてTVや映画にもなって。だから、ウチで今描いてくれてる漫画家さんにもそういう思いをさせなきゃいけないな…と思ってコッチも必死ですよ。子供が産まれても帰れないですからね、家に。で、知らないうちに子供がどんどん成長してるんですよ(笑)」
数年後には確実にヤンキーになるな、この人の子供も……。合掌。

MJ近づき度……6%↓

次の偉人は……………
ノリに乗ってるヤンキー漫画家が登場! それにしても、このヤンキー系のトンネルってドコまで続くの?

第33偉人 高橋ヒロシさん

漫画家になる前は歌舞伎町の喫茶店でバイトしてたって!?

当連載を始めてからというもの、時折「縁」というものを感じずにはいられないことがある……。

半年ぐらい前、地元の本屋にフラリと立ち寄って漫画コーナーを横切った際、不気味な切り傷が幾重にも入った顔が表紙にアップで描かれている『キューピー』という単行本に一瞬目が留まった。そして、手にも取ってないのに（面白そうなヤンキー漫画だな…）と直感的に思った。以来、その『キューピー』のことが気になっていたのだが、日々の下らん忙しさに流されて読めずにいたところ、ナント、今回指名されたのは、その『キューピー』を描いている高橋ヒロシさん

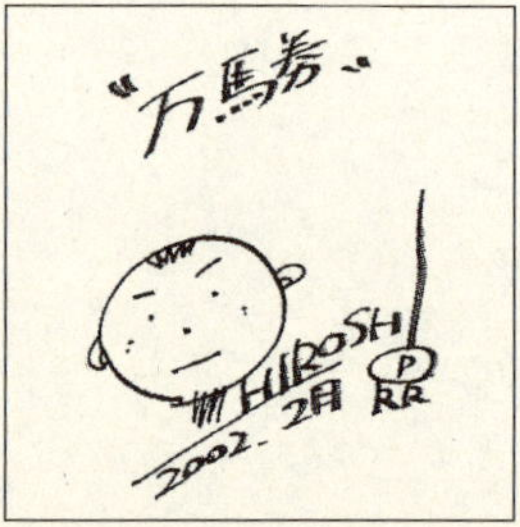

座右の銘は「万馬券」。でも、「クローズ」や『キューピー』で既に当ててるじゃん……

Takahashi Hiroshi
'65年、福島県生まれ。漫画家。'89年デビュー。代表作『クローズ』『QP（キューピー）』ほか。現在『月刊少年チャンピオン』にて『WORST』連載中

だったのである……。

「高橋さんは高校卒業後、調理師学校に通ってたということですが…？」

「親が会津《あいづ》で割烹《かっぽう》の店をやってて、俺は長男ですから自然と……。でも、実は全然その気はなくて、とにかく東京に出たかったんスよね。そしたら、調理師の専門学校は入学試験がないって聞いて（笑）」

「じゃあ、調理師の免許は持ってるんスか？」

自販機の前でキメのポーズ。オレが手にしてるのが高橋さんの『キューピー』。冗談抜きに面白いっスよ、これ！

「ええ。で、新宿の料理屋で働くことになったんですが、4月に入ってゴールデンウィークの時にはもういませんでしたね（笑）」

ルックスもそうだけど声までシブいぞ、この人。モテんだろうなあ……。

「じゃあ、その後、すぐに漫画を？」

「いや、全然でしたね。料理屋を辞めてもパチンコばっかりやってましたよ。そのうち、歌舞伎町の喫茶店でアルバイトするようになって…」

「じゃあ、漫画家になろうと思った直接の動機というのは…？」

「小さい頃から褒められたっていうのは、絵画教室の絵とか落書きだけだったんですよ。で、東京でダラダラ生活しているうちに（もしかして俺って絵の才能あんじゃねぇのか？）って思うようになって、それだったら漫画ってできんじゃねえか…って。ところが、当時の俺の絵は話にならなくて、どこもアシスタントとして雇ってくれるところがなくて（笑）。しょうがないから自分で勝手に描いて雑誌社なんかに持ち込んだんですけど、『やっぱりキミは誰かのアシスタントになるのが一番の近道だよ』って言われて。それで、たまたま求人誌を見てたら、谷村ひとしさんのところが募集してて、運良くソコでお世話になることになったんですよ」

ええっ、谷村さんて主にパチンコ漫画を描いてる人だろっ⁉ 画風から考えると、畑山隆則が気象予報士の森田さんにボクシングを教わるぐらい違和感あんぞ、おい……。

「そんで、デビューは…？」

「『ヤングマガジン』のちばてつや賞に出して、準優勝か何かを頂いたんですよね。それがキッカケになって…」

「で、最初から不良漫画でいこうと」

「そうですね。読者として一番夢中になってたのも、そういう漫画でしたし…。考えてみると、例の喫茶店でバイトをしてた時代が結構役に立ちましたねぇ。ヤクザは来るわ、浮浪者も入ってくるし、とにかく想像できないようなお客さんがいっぱい来ましたからね。で、そういうのを見てて、実際がこうなんだから漫画だったら何でもアリやな…と思って（笑）」

そういう意味じゃ、ウチのバカ家族もオレの役に立ってるよな。その生態を描写するだけで仕事が成立するもの…。今朝も親父が「亀に乳首はあるのか？」って質問を唐突に新聞配達の少年に繰り出してたし……。

「ちなみに、漫画を描く上で肝に銘じてることって何ですか？」

「楽しみながら描くことと、特にケンカ漫画は主人公を好きになれないとダメですね。でも、俺ってケンカのシーンはあまり描きたくないんですよ。アレ、面倒なんですよ。スピード線とか（笑）。だから、そこにいくまでの（何で対立することになったんだろう？）っていう男同士の心の動きっていうんスかね、それを大事に描きたいなと思ってるんですよ」

男同士の心の動きかぁ……。でも、オレはシンボさんと1年半付き合ってるけど、サイボーグ並みに何を考えてるのか全然わかんないんスけど……。

この人にピッタリの名前を付けるとしたら、『鮫島』だな！

話題が漫画の話に移ったところで、オレは最も聞きたかったことを高橋さんに尋ねることにした。

「ヤンキー漫画って、主人公に敵が現れますよね。で、ソイツを倒すと次の敵がまた出てきますけど、前のキャラより強くないと読者は興奮しないじゃないですか。そんで、これを繰り返していくうちに敵がこの世のモノとは思えない化け物になっちゃうことが多いでしょ」

「それが大体のパターンですよね（笑）」

「オレが愛読してた『ガクラン八年組』なんて、途中から完璧《かんぺき》にギャグ漫画になってましたからね。最後の方の敵なんか主人公をリカちゃん人形のように右手だけで持っちゃって、しまいには自分の口の中でダイナマイトを爆発させて笑ってましたからね。高橋さんはソレをどのように解決してんですか？」

「ただの敵って考え方だとゲームみたくなっちゃうじゃないですか。クリアー、クリアーって。そうなると必ずオカしなことになってくるんですよ。最初の方の敵って実はあんな弱かったの？……みたいな。だから、敵を描くにも（コイツは何で主人公と衝突したんだろう？）とか（何でコイツ、こんなにひねくれてるんだろう？）って原因を考えるようにすると、ただの敵キャラじゃなく一人の人間として描けるようになるんですよね。そうすると、別に次々と強敵を出さなくてもいいんですよね」

なるほど……。言われてみれば、この人の漫画って話をどんどん先に進ませるっていうより、途中で敵キャラの素性を掘り下げていくシーンとかも頻繁に出てくるもんなぁ。

「それと、高橋さんの漫画の各キャラって、ラッパー風もいればロッカー風の奴もいたりして、脇役に至るまで一人一人のファッションをキチンと描き分けてるのが凄《すご》いっスよね」

「なんか、そういうところにこだわるのって楽しいんですよ。各キャラの名前にしても、まず、その人物の顔を考えて、こういう顔だったら名前は何々とか。雑誌のプレゼントの当選者の名前とか結構参考になるんですよね（笑）。この名前、珍しいなぁ…とか、カッコいいなぁ〜〜〜とか」

名前かぁ……。ちなみに、ココにいる人たちにオレがピッタリな名前を付けるとすると、まず、高橋さんが『鮫島』で、同行してくれた昭和の苦学生のような顔をした『ヤングキング』の編集者が『残留思念』。そんで、シンボさんは……『CP38』だな（笑）。

「ところで、『キューピー』は主人公のインパクトからして尋常じゃないですよね。敵役とか脇役ならまだしも、主人公がここまで顔中傷だらけって漫画はそうそうないですよ」

「初めはイイ男に描いてたんですよ。でも、昔から思ってたのは顔はカッコいい、女にもモテる、しかもケンカも強い…なんていうのはいないですよね。ウチの地元でもそうだったんですよ。隣が農業高校で、そこの不良がムチャクチャ怖いんですよ。でも、女にモテるかっていうとそういう顔じゃないし。ところが、ソイツらは実はイイ奴で、その辺が俺の漫画の根っこになってるんスよ」

「あの、高橋さん自身もともとは…？」

「いや、俺は不良にもなれなかったハンパなところにいましたね。でも、俺の周囲には生まれながら悪い奴なんて一人もいなかったし、それにグレてる奴ほど人間的というか…。だから、一見マジメそうでも何を考えてるか全くわからないサイボーグみたいな奴が実は一番怖いですよね」

で、高橋さん。このページの担当が、そのサイボーグなんです……。

MJ近づき度……5%↓

次の偉人は……………………………日光猿軍団の間中校長や高須先生より喋る偉人（俳優）が登場。久々に凄いことになりました……

第34偉人 やべきょうすけさん

ボンタンジャージで劇団四季のオーディションを受けたVシネ王!

いや、もう何て言うかさ……。今回の偉人は俳優のやべきょうすけさんなのだが、とにかく土石流のように喋《しゃべ》る人で、中学ん時にグレ始め、が、放送委員になって登校拒否児を3人も学校に通わせて表彰されたり、14歳からキックボクシングを始めて…といった中学時代の話だけで1時間が経過。しかも、喋りの密度がハンパではなく、その中学時代をテープから起こすだけでも9時間を要し、それを全部載せたら『SPA!』の今週号が丸々『やべちゃんの中学生日記』になるほどの文字量。

なぁ、シンボさん。イチゴのパックってあるだろ。アレ2個にサツマイモを400本詰

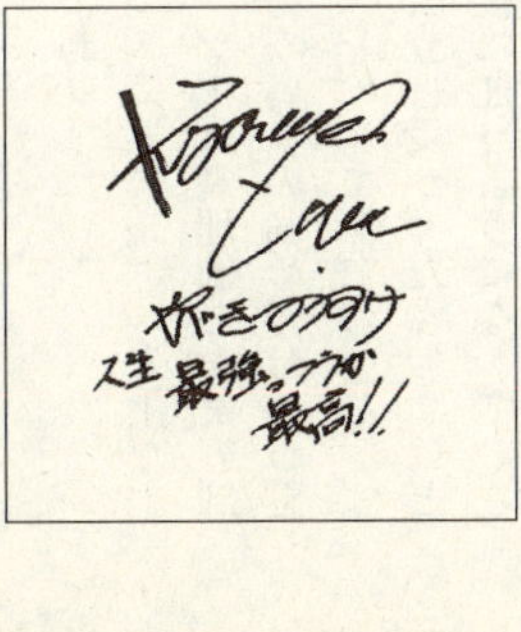

インタビュー終了後、この座右の銘の説明でさらに25分が経過。誰かマジで助けてくれ……

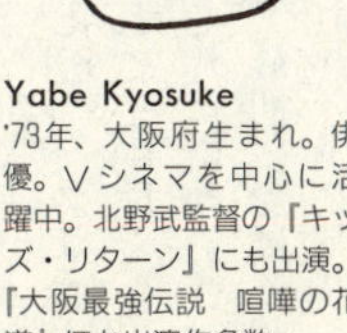

Yabe Kyosuke
'73年、大阪府生まれ。俳優。Vシネマを中心に活躍中。北野武監督の『キッズ・リターン』にも出演。『大阪最強伝説 喧嘩の花道』ほか出演作多数

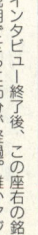

めろ、って言われたらどうする？　ま、とりあえずやってみるけどね……。

「それからどういう流れで俳優に？」

「ぶっちゃげ、高校受験の時に私立のスベリ止めを2つ落ちて、もう公立一本しかない状況になってぇ。したら、担任が大阪のNSCの願書を取り寄せて、それを真顔で渡してくるんですよぉ！」

「えっ、NSCって……確か、吉本興業のタレント養成所ですよねぇ？」

抗争相手に追い詰められるやべちゃんとオレ。見物人から「待ってれば哀川翔か竹内力が来るかも」との声が……

「そうッス（笑）。で、『先生だったら、フツーは調理師とか美容師とか、そういうの勧めんじゃねぇのかよっ!?』って話になって。ま、結局は公立は受かったんですけど、その高校に通うようになってからタレントって言葉が凄い引っ掛かってきてぇ。少しやってみようかなと思って、それこそ劇団とかのオーディションを片っ端から受けたんですよ。で、最初に受けた劇団四季は動きやすい格好で来て下さいって言うんですけど、まだヤンキー残ってましたからボンタンジャージとかミキハウスのトレーナーとか着て行くわけじゃないですか。したら、みんなレオタードとか着てクルクル回ってるんですよっ」

「グハッハッハッ！　そこにボンタンジャージで…グハッハッハッハッ！」

「で、ステージみたいな所に立たされて皆と踊ってたんですけど、周りがボコボコ落とされる中、俺はいつまでも落とされないんで、なんか見せ物になってるんですよね。で、『すいませんっ、どう見ても俺は合ってないんだから、落とすなら早く落としてくれよ！』って怒鳴ったら『じゃあ、やめて下さい』って言われて。で、次に無名塾に行きまして…」

「あ…あの仲代達矢さん主宰の⁉」

「どんなところかも知りませんでしたからね。で、『これからテストをします』って言われて、普通の国語のテストがあるんですよっ。四文字熟語とか。で、おメー、役者って勉強できなくてもいいんじゃねえのかよぉ⁉って思って案の定、何にも書けないわけですよ。で、次にJACを受けに行って、噂ではとにかくバク転ができれば受かるっていうのがあって。それで、特技の欄に『バク転、バク宙』って書いたら、やっぱ食いついてきやがってぇ。『じゃあ、今ココでバク転できる？』って訊《き》かれて『はい、もう何回でもできますよ』って答えたんだけど、そんなもん一回もやったことないわけですよっ。で、やってみたら一人バックドロップになっちゃって。『君、ちょっとフラフラしてるから休んでから帰りなさい』って言われて（笑）。で、その後に丹波道場を受けたんですよ。で、俺らボスって呼んでますけど、丹波哲郎がバッと前にいてぇ。もうどうしようもねえなぁ～と思って」

「ブハッハッハッ！　どうしようもないって、幽霊じゃないんだから（笑）」

「で、もういいや、ありのまま話しちゃえと思って。『お前は、どんな役者になりたいんだ？』って訊かれたから『芸能人になりたいんスよ』って答えたら、『なに～～ぃ、芸能人⁉』ってボスが呆《あき》れてて。ところが、『クイズ番組とか観てて思うんスけど、アレって賞品の外にギャラも貰《もら》ってるわけですよねぇ。だったら俺は観てるよりもアッチ側の人間になりたいっスよ』って言ったら、『よしっ！　お前、合格っ‼』って言われて。そんで、それを機に高校を辞めて…」

シンボさん。とりあえず全体の200分の1を再現したところで前半終了です……。

スリの犯人を2キロ近くも追跡して逮捕に協力したぁ⁉

「しかし、やべさんの喋りって、マジな話、下手な芸人よりよっぽど面白いっスよねぇ～～（笑）」

「だからってわけじゃないんスけど、最初は役者ってものに全然こだわりとかなくて…。ところが、『キッズ・リターン』っていう映画に出させてもらった時に、初めて（役者ってイイものかもしれない）って感じまして」

おい、一転して急に真面目な表情になってきたぞ、この人……。

「どうしてそう思ったんスか…？」

「多分、北野組でなかったら感じられなかったものだ、っていうのは今になってわかるんですけど。まず、台本がないんですね。で、監督から『主役はコッチでこうなるけども、面白い奴はドンドン使っていくし、つまんないと思ったら切っちゃうし』って話があって。そんで、俺の役って頭にダーツの矢が刺さって終わりだったんですね。そしたら、監督が来て『あんちゃん、明日何やってるの？』って訊かれたから『夕方までバイトです』って答えたら、『じゃあ、夜に現場おいでよ』って言われて。で、翌日も現場に行ったら『緑色のジャージを着て、あそこのサンドバッグ叩《たた》いてろ』って言うから『いや、そんなことしたらカメラに映っちゃいますよ』って答えたら『いや、映っとけ』って言われて」

「いきなり本番ですか……。でも、それってホントの意味で役者としての資質が試されることになりますよね」

「で、そういう緊張感がある一方で、現場では各スタッフやエキストラの人も誰一人として分け隔てがなかったんですよね。だから、モノを作るっていうのは一人欠けてもいけないし、役の大小とかは問題じゃない…ってことがわかって。つまり、自分がそこに参加してるっていうことを凄《すご》く実感できた現場だったんですよ」

「なるほどねぇ……。ところで、やべさんは数年前にスリの逮捕に協力して、警察から表彰されたとか？」

「ええ。ビデオ屋で『もののけ姫』を借りて帰る途中、『その人、スリ〜〜〜！』って声が聞こえたと思ったら、早歩きのオヤジが俺の前を通り過ぎて。で、とりあえず追っかけることにしたんですけど、その最中にケータイで110番して『引ったくりを尾行してんから指示した所に来てよ』って言ったんですよ。で、コッチもう刑事気分で『ホシは2時の方向に…』とか伝えてたら『2時の方向ってドコ？』って訊かれて。俺も言っててわからないんですよ。何を基準にして2時なのかが（笑）」

「プハッハッハッハッ！　容疑者をホシって呼んでることも何気に凄いですよね」

「で、結局2キロ近く追跡してたら、犯人が駅の改札を抜けちゃって。警察に『どうすればいい⁉』って訊いたら『駅員にケータイを渡して下さい、協力を要請するから』って言うから、近くにいた駅員に『コレは今、警察とつながってるから』って手渡そうとしたら、頭のオカしい男だと思われて『いや、いいです』なんて断られちゃって」

「グハッハッハッハッ‼」

「で、とにかく犯人を見失っちゃマズいと思ってホームに続く階段をパーッと降りたんですね。したら、足音に気づいた犯人と目が合っちゃって、思わず出た言葉が『テメー、なに見てんだっ、この野郎‼』だったんですよ（笑）」

「因縁つけてどうするんですかっ（笑）」

「で、そのうち警察がやっと来て、容疑者確保〜〜〜！みたいな。んで、嫁に電話で報告したら『ええっ、スリで捕まったのおおおっ!!』って勘違いして泣き出しちゃって。そんで、翌日のスポーツ新聞に『俳優のやべ逮捕に協力』なんて見出しが出たら、やっぱり早トチリする親戚《しんせき》が沢山いて、『弁護士はどうするのっ？』なんて電話がジャンジャン掛かってきちゃって……」

話の途中ですが、こんなもん全部入るわけねえだろうがあああああっ!!

MJ近づき度……4%↓

次の偉人は……一見、痩せた山本譲二風の才能溢れる偉人が登場。が、相変わらずＭＪには全然近づいてません……

第35偉人

高原秀和さん

撮影が終わると全員が号泣するのが高原組では珍しくない⁉

今回は余計な前フリなしで本編スタート！……文句ある？

「前回のやべさんが言ってましたけど、高原さんが『喧嘩愚連隊』っていう作品を撮り終えた時、ほとんどのスタッフや役者さんが別れるのが嫌で泣いたって話ですが（笑）」

「民宿に2週間泊まり込みだったんですよ。だったんで、余計にファミリーっぽく……っていうか、まぁ、特にやべのような感極まりやすいバカを集めたんで（笑）。あの時は、やべを含めた男のコの主人公3人が、民宿に戻ってからカメラさんとかに挨拶《あいさつ》しつつ号泣してて、最後にボクのところに

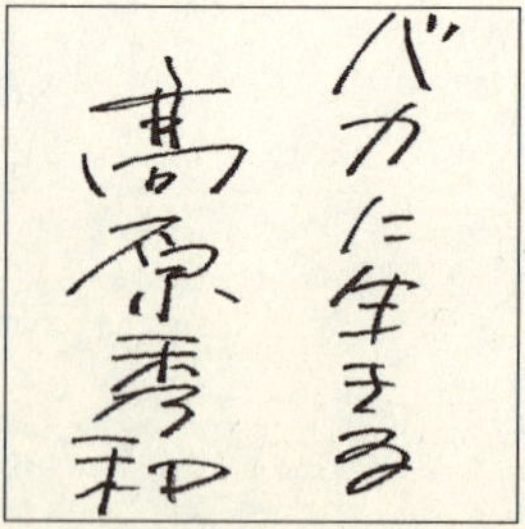

気取らずにやりたいことを夢中でやる、って意味やね。ちゃんとそう生きてるのが凄い！

Takahara Hidekazu
'61年生まれ。映画監督。'85年『セクシーアップ桃色乳首』で監督デビュー。『新・同棲時代』『喧嘩愚連隊』ほか、Vシネマ、音楽ビデオ、AV作品多数

やさぐれるボキと高原さん。ま、ともすると横浜銀蝿のリーダー&病気の山本譲二に見えるんだけどね……

来たんですよ。で、『バカだなぁ〜〜〜、お前ら、何泣いてんだよぉ〜〜〜！』って言いながらボクも『ウウウ…』って泣いちゃって。そしたら、それをプロデューサーに見られて『あっ、高原が泣いてる！　高原が泣いてる！』って言いふらされちゃって（笑）」

基本的にはエエ話なんだけど、みんなまとめて小学生の30人31脚かいっ!?

「ところで、高原さんは最初っから監督志望だったんスか？」

「まぁ、舞台役者にもなりたかったんですけど、映画が大好きだったんで高校卒業後、とりあえず映画の専門学校に入ったんですよ。で、半年後ぐらいに友達がピンク映画の製作をやってたから、それで仕事を紹介してくれって言って、そこから映画の現場に入っちゃったもんで、もう学校は辞めちゃって……」

「思うんスけど、専門学校って中退してる人の方が、ちゃんとその道に行ってるんですよね。卒業してる奴に限ってロクな奴がいないんですよっ。できる人は中退するんですよ、そんなのやってられないって！」

突然どうしたんだよ、シンボさん⁉　ちなみに、オレは美術の専門学校を一応卒業してるんだけどね……。

「で、助監督をやってるうちにクソミソに言われるでしょ。で、なんか、このまま終わるのもなぁ〜って思って。そんで、こんな奴が監督やってるならボクにもできると思って(笑)。それでなっちゃいましたね」

「それでなっちゃうから凄いっスよね……。だって、仮に映画の学校を卒業しても結局は何にもなれない人って結構いるわけですよねぇ？」

「ボクは今、東放学園ってとこで映画の講師をやってるんですよ。で、やっぱり……どっちにしろ監督なんてなれないですけどね、ほとんど」

正直な人だなぁ〜、高原さんて(笑)。

「でも、思うけど、今は大言壮語する奴がいなくなっちゃいましたね。昔の方が『お前なんか絶対無理だよ！』って言われても『いや、俺はなるんだよ‼』なんて言う奴が必ずいたんだけど、最近はみんな小利口になっちゃって。多分、情報過多っていうのもあるんだけど、何となくやれる範囲を自分で早いうちから決めちゃってるっていうか…。だから、ホントはどういう形であれ、ボクみたいに現場に潜り込んじゃうのが一番の早道なんですけどね」

「でも、助監督時代から相当キツかったんじゃないっスか？」

「まぁ、一回だけよっぽど怒られてた時期に円形脱毛症になりましたね（笑）。でも、そういう風にやってて人付き合いを覚えていくわけだし、で、やってればやっぱり可愛がってくれる先輩のスタッフも何人か出てきて、『お前が監督やる時は俺がガッチリ付いてやるぞ』って言ってくれたりするわけだしね」

「思うんスけど、何やっても人付き合いができない奴ってダメですよね。あと、約束を守らない奴とかねっ」

シンボさん……。何でそういうことをオレの方を見て言ってるわけ？

「で、実は映画の業界って、ダメな奴でもココにいていいよ…っていう優しい部分もあったりするんですよ」

「思うんスけど、出版界もそういう部分はありますよ。…ね、板谷さん」

……なぁ、インテリヤクザ。ひょっとして先週、合コンに誘わなかったことをメチャメチャ根に持ってんのか？　だって、どっちでもいいって言ってたじゃんんんっ、アンタ!!

女のコがタヌキの着ぐるみ姿のAVって……!?

「しかし、高原さんは映画、ドラマ、ミュージックビデオ、AV…といった具合に全然ジャンルの違うものを次々撮ってますけど、それって凄《すご》いことですよねぇ〜」

インタビュー後半。さらに監督業について突っ込んで訊《き》くことにした。

「そこがコンプレックスなんですよ」

「へっ？　そりゃまたどうして……」

「基本的には器用なんですよね。でも、昔から憧《あこが》れてたのは無頼派の作家とかで、例えば、太宰なんか女と心中ばっかりしてるけど書くモノだけは凄いでしょ。そういう人になってみたいって思ってたんですけど、なれないですよね、絶対に」

「う〜ん、確かに一点豪華主義の人つーのはカッコいいッスよねぇ」

「大丈夫ですよ、板谷さんは。ある意味、スケールの小さい山下清みたいなもんですから」

なぁ、シンボ君。いい加減、合コンのことは忘れろっつーんだよっ!!　頼むよっ!!

「ところで、高原さんが撮ったAVの中には女のコがタヌキの着ぐるみ姿で出演…なんてのもあって、アレは観てても全然興奮しないって前回のやべさんが言ってましたけど（笑）」

「業界で一番いやらしくない、って言われてんですよね（笑）」

「っていうか、『こんなの全然ヌケねえじゃん！』っていうクレームが殺到しませんでした？」

「まぁ、そういう批判もあったけど、ボクは女のコをモノ扱いするのが嫌いなんですよ。AVってアイドルビデオっていうか、可愛い娘がコレをやるからいやらしい…っていう姿勢でボクは撮ってるんですよね。で、メーカー側にしたらデビューはドキュメンタリーでやって、次はコスプレもの…っていう定番が大体あるでしょ。で、やることがなくなった最後にボクのところに回ってくると（笑）」

「駆け込み寺…っていうか、最後にシンナーを吸わせてくれるような（笑）」

「違うって（笑）。でも、ボクの作品って女のコがホントに楽しんでやってくれてて、観てもらえればわかるけど表情がイキイキしてるんですよ」

「監督という仕事をやる上で、高原さんが一番心掛けてることって何ですか？」

「自分が楽しむ！　自分が楽しくなければ相手に伝わらないでしょ。だから、楽しむために自分で努力するっていうか、考えるっていうか……。ま、映画がヒットすると役者のお陰、ヒットしないと監督のせい…ってよく言われるでしょ。だから、楽しまないとやってられないですよね」

「あの、何号か前の『SPA！』で（日本の映画監督で好きなのは誰？）っていうアンケートがあったんですけど、結局は宮崎駿と北野武ぐらいしか出てこないんですよ。結構みんな知らないんですよね」

「だから、誰もが目につくところが好きな奴は映画ファンじゃないと思う。だって、いっぱい観てから選択すればいいのに、皆が騒いでるモノを右へならえで支持したってねぇ」

「ちなみに、高原さんが憧れてた映画監督って誰ですか？」

「高校の時に一番好きだったのが藤田敏八さんでしたね。で、今、ボクは監督協会で理事をやってるんですけど、理事長が深作欣二さん（当時）なんですよ。で、初めて深作さんと喋《しゃべ》った時は、やっぱり感動しましたね。あの歳で『バトル・ロワイアル』を撮るんだから凄いと思いますよ。ボクが女だったら、どんな遊ばれ方をしてもいいと思いますね（笑）」

つーことで深作さん。その気があったら、次の理事会の時にでも右手の拳《こぶし》を高原さんの口の中に丸ごと入れてやって下さい（笑）。

【追記】深作欣二監督は'03年1月に亡くなりました。御冥福をお祈りします。

MJ近づき度……5%↓

次の偉人は……………オレの身にとてつもない事態が!! つーことで、次回は緊急番外編。これだけは言っとく。驚くぞ……

番外編

中野裕之さんから突然の電話。映画!? 主演!? な、何の話……?

話は40日前にさかのぼる。

その日、中野と名乗る人物からウチに電話があり、いきなり映画がどうたらこうたらと胡散臭《うさんくさ》いことを言い始めたので直感的に新手の勧誘だと思い、「DVDならプレステ2で間に合ってるからっ！」と怒鳴って電話を叩《たた》き切ってやった。で、その数時間後、当ページ担当のシンボさんから電話が入った際、こういうインチキ電話があった…と話したところ、

「苗字《みょうじ》は中野で、名前は何と……?」

「え〜とぉ、ヒロユキとかコイてましたねぇ」

「ええっ!! そ…その人って、『SF Samurai Fiction』とか『RED SHADOW』を監督した中野裕之さんですよっ。に、日本一有名な映像作家ですよ！」

「プハッハッハッ、またまたぁ〜！」

翌日、再び中野さんから電話が入った……。

「で、ボクがプロデューサー役に回って、監督するのはピエール瀧なんですけどね。ゲッ

ピエール瀧監督から演技指導を受けるボキ。が、頭ん中は（お母さん！　お母さん！　お母さん！）。ちなみに、写真中央が中野裕之さん

ツさんには、そのショートムービーの主役を演じて欲しいんですよ。ちなみに、ゲッツさんの子分役には安藤政信クンが既に決まってるんですけど」

「…………す、すんません。も…猛烈にお腹が痛くなってきたんですけど……」

電話を切った後、背後に人の気配を感じたので振り向くと、ケンちゃん（親父）が立っていた。

「どうしたんだよ、そんな顔して？」

「え、え、映画に出ることになった……」

「映画？　じゃあ、俺も出るよ！」

「どうしてそういう言葉が間髪も入れずに自然に出てくるんだよっ!?　パン食い競走の参加者を募集してんじゃねぇっつ――の!!」

「よしっ、あと、おメーの黒人の友達の…え～とぉ、ジョニーだっけ？　奴にも声を掛けとけっ。直感だけどアイツは使える！　いざとなればドラム缶に火を焚《た》いて、その近くで歌わせとけば絵になるからっ」

「だきゃらっ…」

「あっ、それからセージも出しちゃおう。アイツは俺と違って演技とかはカラっきしダメだと思うけど、スタントマンで使えるからっ。そういう男だからっ」

なぁ、ケンちゃん……。すべての物事を自分ちサイズで考えるのはイイ加減やめとけっつ――んだよっ!!

で、その後、中野さんのスタジオで二度ほど簡単な打ち合わせがあり、あろうことか、脇役でケンちゃんやジョニーまでホントに出演することになってしまったのだが、オレにとっては依然としてバーチャルな話だった。確かにピエールさんとは以前、当偉人伝のインタビューの時に意気投合し、近いうち何か一緒にやりましょう…と言ってはもらったが、その何かがいきなり映画で、しかも役者の仕事なんか一度もやったことがないのに主役に抜擢《ばってき》され、も一つオマケにセリフのほとんどがアドリブだというのである……。

そう、言い換えれば、自転車のタイヤを作ってるオヤジが突然、F1レースに出ろと命じられ、おまけにチームの監督に「ど、どう走れば…!?」と質問したら「好きにせよ」という答えが返ってきたようなもんなのである。まいった……。

で、ただオロオロしてるうちにアッという間に撮影日が迫ってきたのだが、タイミングの悪いことにそういう時に限って各連載の締め切りが集中し、結局は何の準備もできぬまま一睡もせずに集合場所の渋谷へ向かうことに。その上、千葉へと向かうロケバスを追走するオレの車の中では、助手席のケンちゃんが何度注意しても『サスペリア2』の話しかしないわ、首都高に乗った途端、後続のジョニーがオレの車を見失い、1分置きに「イターヤさんっ、ボクは今、ドコ走ってるのぉ!?」とか「イターヤさんっ、一回高速を降りちゃったけど、財布の中を見たら1ドルしかないよぉ!! もう乗れないよぉ!!」といった悲痛な電話がオレのケータイにビシビシ掛かってくる始末。

で、さらに憔悴《しょうすい》しきってロケ地に着いたオレは、ぶっつけ本番で撮影に臨むことになったのだが……。

つーことで、その結果は『SF Short Films』というショートムービー集の2話目を飾る『県道スター』を観て下さい。今年（'03年）の夏頃まで各地で単館上映され、その後、DVDになって発売される予定だそうです。

それからシンボさん。オレ、近いうちに樹海に入るかもしれません……。

MJ近づき度……0%↓

次の偉人は……………………

みのもんたにウリ4つの偉人登場。が、特にパンク&ロックファンは驚くぞ。だって、あの伝説の……

第36偉人 仲野 茂さん

Nakano Shigeru
'60年、東京都生まれ。ミュージシャン。伝説のパンクバンド「アナーキー」のボーカル。'06年にはCD 13枚、DVD 3枚入りのBOXセット『内祝』が発売された

ピラフが付くか付かないかでレコード会社を決めたんスか!?

オレがグレ始めた中3の頃、アナーキーというバンドが世に登場した。メンバー全員がモヒカンヘアーに国鉄服といういで立ちで、以後、多くの不良たちが熱狂することになったのだが、今回の偉人はそのアナーキーのボーカル、仲野茂さん。つーことで、少しドキドキしながらインタビューに臨んだのだが……、

「あの、な…仲野さんは……ぷぷぷっ!!」

「わかってるよっ。俺の顔って、みのもんたにソックリなんだろ。よく言われるよっ（笑）」

「プハッハッハッハッ!!　…す、すんません。で、アナーキー結成の…ぷっ!　…キ、キ

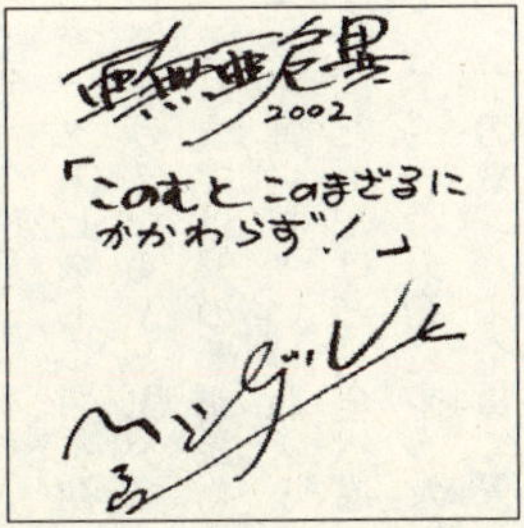

仲野さん、あえて言わなかったけど「む」の字の点が抜けとるよ〜。そこんとこ夜露死苦ー

ツカケって（笑）」

「アナーキーのメンバーは全員、埼玉の和光高校に通ってたんスけどね。最初は趣味でバンドをやってたんだけど、俺とギターの奴が学校を辞めて……ちなみに俺、一人で辞めんのが心細かったからギターの奴を誘っちゃったんだけどね（笑）」

　ぷぐぐっ！　ダメだっ、見れば見るほどみのもんたに……むぐぐっ！

「で、ちょうどその頃、ロンドンでパンクブームが起こってて、セックスピストルズを初めて聴いて凄《す》げえなぁ〜と思って。しかも、それまでは髪の毛が長くないとエレキ弾いちゃいけねえ…みたいな時代だったけど、全然違うし。そんで、一番最初にやったことがバンドのメンバー全員で髪の毛を切ることだったんスよ（笑）」

　おい、最初は怖キャラだと思ってたけど実は面白いぞ、この人って……。

ダークサイドのみのもんた&三瓶でぇす！　屋根の上のネコ君も怖くて下りてこられません

「で、ヤマハ主催の大会で優秀バ

ンド賞を獲ったのがキッカケでメジャーデビューするようになって、初めてソニーにスカウトされて。その次にビクターが来て。で、すぐにソニーに決めちゃったんですよ」

「えっ、そりゃまたどうして…？」

「喫茶店に行った時にビクターの人はコーヒーだけだったんですよ。だけど、ソニーの人は『何か食べる？』って言ってくれて、ピラフが付いたんですよ。で、ピラフで決めました（笑）」

「グハッハッ！　そんな大切なことをピラフで…グハッハッハッハッハッ！」

「そしたら、ビクターの人から電話が掛かってきたんで『ごめん、実はピラフでソニーに決めちゃった』って言ったら、『ええっ!!　じゃあ、コッチも御馳走《ごちそう》するからみんな集めて！』って焦ってて。そんで、池袋で夕飯を御馳走してくれて『俺は絶対、アナーキーをプロデュースしたい！』って凄い熱っぽく語ってくれたんですよ。そしたら、ウチのメンバーの一人が『そういえばソニーの奴ってよぉ、アイビーのジャケット着てなかった？』って言って。確かにダセーなと思って。じゃあ、やっぱりビクターにしようってことになって」

「…………」

「で、その次の日に5人で市ヶ谷のソニーに行って『辞めまぁ〜〜す』って言ったら、仮契約してるからダメだって言われてぇ。なんか面倒臭くなってきちゃってぇ。で、またビクターの奴に『なんか仮契約しててダメだって言ってるから、やっぱソニーでいくわ』って言って」

黙って聞いてりゃ頭の悪い小学生かいいっ、アンタらはっ!?

「そしたら当時、オレたちは未成年で親の承諾が必要だったから、その仮契約は無効だってことがわかって。それでビクターでやることになって」

「正式に契約を結んだ際、ビクターは何を食べさせてくれたんスか（笑）」

「中華料理って言われたから、なんだよぉ〜〜って思って。だったら絶対、ギョーザを付けてもらおうとか思っててぇ。ドラムの奴は『俺は絶対、大盛り頼むぜ！』なんて言ってるし」

「……………」

「で、六本木に行ったら個室に案内されて…。俺たち生まれて初めてだったんですよ、ラーメン屋じゃない中華料理屋って。で、テーブルは回っちゃうし、前菜が出てきた時点で5人いるからどっち回しかで殴り合いのケンカになっちゃってぇ。しかも、みんな回せないように押さえちゃうから、ソイツが手を放すとラー油とか酢のビンがフッ飛んじゃって」

オレ、久々に見つけました。ウチの家族と同じ香りがする人たちを……。

スノボと乗馬が趣味のパンクロッカーって……!?

「あの、仲野さんのプロフィールを見たら、趣味の欄に『乗馬、スノボ』って書いてありましたけど、アレってギャグですよねぇ（笑）」

「いや、ホントっスよ。スノボはもちろんのこと、乗馬もオウムで有名になる前の上九一色村で割と本格的にやってたし、スキーも一級（笑）」

……なぁ、ジェロニモじゃあるめえし、パンクロッカーが大自然の中で乗馬とかやっていいのかよ？

「あと、仲野さんは役者もなさってますけど、そのキッカケって…？」

「もともと崔洋一さんがアナーキーのファンで。そんで、デビュー作の『十階のモスキート』を撮る時に『君、ちょっと出ない？』って言われて、回ってきたのが原宿のローラー役（笑）。何でローラーがモヒカンなんだ？って思ったけど、恋人役がキョンキョンだって聞いて即OKしました（笑）」

「なるほど（笑）。で、仲野さんは泉谷しげるさんや内田裕也さんとも一緒に音楽活動をしてますけど、内田裕也さんとかって、やっぱ相当脂っこい人なんスか？」

「周りの人は、もう大変でしょうね。気分で喋《しゃべ》るから（笑）。で、裕也さんがイベントとかやると大勢のミュージシャンが参加するからまとめ役にならなきゃいけないんだけど、『ふうわあああ〰〰〰っ!!』とか（笑）」

「グハッハッハッ！　何なんスか、その……グハッハッハッハッ!!」

「ちなみに俺、生まれて初めてタン塩つーもんを裕也さんに食わせてもらったんですよ。あれは感動的でしたね。なんか、初めて薄いハムみてえな牛タンを見て驚いてたら、裕也さんに『それ、ルエモンで食うんだよ〜ぉ』って言われて」

「グハッハッハッ！　やっぱり、そんな時でも例の口調で（笑）」

「それで、食い終わったら『行くぞ！』って言って飲み屋に移動するんですけど、走るんだよね、いちいち（笑）」

「は、走るんスかぁ〜⁉」

「で、なんか会員制のクラブみたいなとこに行ってぇ。そしたら当時、『寺内貫太郎一家』に出てた小林亜星がいたんスよ。んで、あのドラマって樹木希林さんも出てたじゃないですか。そしたら、小林亜星が裕也さんに『アンタねぇ〜』って説教を始めて、裕也さんも『あんだっ、この野郎〜ぉ！』って怒鳴ったと思ったら『よしっ！』って言って。で、何がよし！　だかわかんないんだけど、もう次の瞬間にはクラブを出てて、また次の店まで走っちゃって（笑）」

要するに、縄張り争い中の猫を早送りにしたような人なんだなぁ……。

「あと、面白かったのが梅宮辰夫さん。昔、『風の国』っていう映画で共演してね。蔵王でのロケだったんですけど、主役の三浦友和さんが『梅宮さん。実は俺、燻製機《くんせいき》を買ったんですけど、それでスモークすると凄い安い肉でも結構美味《おい》しくなるんですよぉ〜』とか言ってぇ。ある日、その燻製機を肉と一緒にわざわざ家から持ってきたんですよ。で、梅宮さんが自然食の大切さを延々と説きながら肉に切れ目を入れてニンニクとかを詰めてたから（おっ、やるなぁ〜）って思ったんですよ。そんで、出来上がって梅宮さんが味見をしたら『う〜ん、ちょっとウマくねえなぁ……。お〜い、味の素持ってこいっ！』って付き人に言って（笑）」

「グハッハッハッ!! やっぱり梅宮さんてオカしいですよ。この前も車を盗まれて本気で泣いてましたからね（笑）」

「だから、梅宮さんて実は味覚ゼロなんじゃねえかなぁ〜と思って（笑）」

仲野さん、それ言い過ぎ。そろそろオレ、怖くなってきました……。

MJ近づき度……6%↓

次の偉人は……当偉人伝史上、最も無茶な偉人が登場！ とにかく、どんな話が飛び出てくるか想像もつきません……

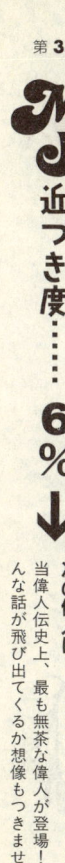

第37偉人 風間深志さん

Kazama Shinji
'50年、山梨県生まれ。冒険ライダー。'80年キリマンジャロ登頂、'82年パリ・ダカールラリー6位入賞。'87年、バイクによる史上初の北極点到達を果たす

バイクを押しながらエベレストに登る「冒険ライダー」って何者?

さて、今回の偉人は冒険ライダーの風間深志さん。つーことで、(冒険ライダーって何だよ?)と思いながらも同氏のオフィスを訪ねたところ、サンダルを履いた北京原人のような男が顔を出したので「あの、風間さんは……」と尋ねたところ、「俺だよ。俺!」と言って突然ヘッドロックを…。あぐうううっ、な…何だよっ、このオッサンはあああっ!?

「風間さんは、30の時までバイク関連の本を出してる出版社にいらっしゃったんですよね?」

「うん。でも、この会社の社長になってもつまんねえよなぁ…と思ってね。どうしてもバ

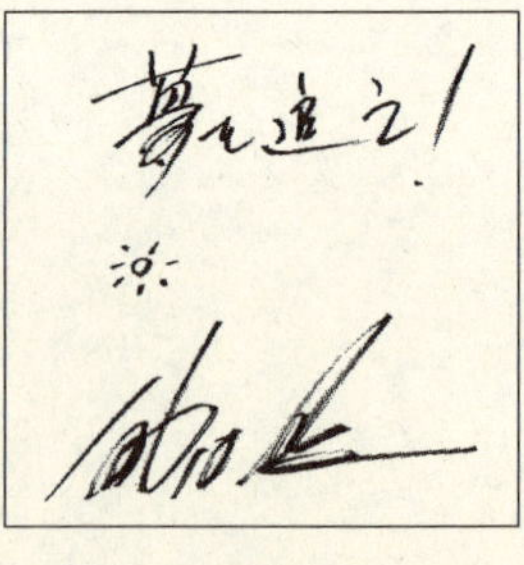

夢かぁ……。ま、それはともかくとして、アンタのサインって小学生が描いた雑草かいっー

極地を走ったバイクに乗って。どうでもいいけど、風間さんてサッカーの高原が密林から復員したような顔やね

イクでキリマンジャロに登りたかったから冒険家に変えたんだよね」

「変えたって……。そもそも、あんな狂暴な山をバイクで上がれるもんなんスかぁ?」

「バイクを押しながら上がっていくことの方が多いけどね。俺ね、山登りはキリマンジャロから始まって、その他にもエベレストなんかのバカ高い山に計4回登ったのよ、全部バイクで。そんで、凄《すご》い大変なわけよ。100キロちょいあるバイクを押しながら登ってくわけだから。で、その後で南極のビンソン・マシフっていう一番高い山に歩いて登ったのね。そん時、山を歩いて登るのってこんなに楽だったんだ、と思って。楽過ぎてしょうがねえって感じ。ただ行くだけじゃん、って。みんなナニ真剣にやってんのかな、と」

おい、この人は一種のパンチドランカーみたくなっちゃってんのか……。

「だって、一歩足動かしゃ上がってくんだからね、確実に」

「そ……そりゃそうっスけど、でも、何千メートルって山に登ると、ほら、高山病とかにだって…」

「なるね～～。もう、頭痛くってね。ダルいし、熱っぽいし、苦しいし。すべてが嫌になるんだよね」

「で、北京……じゃなかったっ、か…風間さんの場合、その状態でバイクを押し上げてるんでしょ？」

「10メートル上がる度に気絶してたね。目に酸素が行かなくて見えなくなってさ。もちろん、肺はビックリするほど苦しいし。で、気絶して、また10メートル押し上げて、また気絶してって、その繰り返し（笑）」

笑っとるけど、アンタは飛び切り上等の気絶マニアかいっ⁉

「そもそも、何でバイクなんかで山に登ろうと思ったんスか？」

「16の時にバイクで裏山の崖《がけ》とか登ってて。やっぱ押して。で、凄い感動しちゃったんだよね、頂上立つのに苦労しただけに。そんで、バイクにも病みつきになったけど〝挑む事〟に病みつきになっちゃったの。そのパターンが身に付いちゃって、普通にバイクに乗ればいいのに、すぐ山に行って登り始めちゃう（笑）。で、エベレストに2回行った。結局、バイクじゃ登りきれなかったんだけど、諦《あきら》めるのに2回かかったね。頂上睨《にら》みながら『チキショー！』って」

思うに、その若い時のバイクに対する熱さをオレは暴走族に放出したけど、山登りに持ってっちゃってんだろ、この人は……。最初っから器が違うことは確かやな。

「ちなみに、風間さんはバイクショップも経営なさってますけど、冒険家だけで食ってくって、やっぱ難しいもんなんスか？」

「難しいね～。付いたスポンサーがお金はある程度出してくれるけど、1回で1億円近くかかる冒険もあるし。まぁ、冒険家って名目で冒険しても、それは本当の冒険じゃない…って言う人もいるけどね」

「なるほど……。けど、常人にはバイクでキリマンジャロやエベレストに登るって発想すら出てこないと思うし…。もう一度訊《き》きますけど、何でそんなことするんですか？」

「達成感だよね。で、多少の苦しみやリスキーな要素がないとね。やっぱ〝快感〟に挑むのはさ、簡単じゃん？　例えばSEXとかさぁ（笑）」

でも、この人のSEXって簡単どころか、10回腰振る度に気絶したり、突然「チキショ～～～～!!」って叫んだり…って、そんな感じしない？

最終目標は「バイクで月を走る」だってぇ!?

「で、風間さんはバイクでエベレストなんかに登った後で、今度は北極点や南極点にも行ったそうですが、北極とかってホントに一面が凍ったりしてるんでしょ？」

「区別がついてない人も多いけど北極は海で、南極は大陸なの。だから正真正銘、北極は氷の世界なんだよ」

「じゃあ、バイクのブレーキなんか全然効かないんじゃないっスか？」

「ブレーキなんか要らないよ」

また、そうやって無茶を言うかっ、この北京原人は！

「まぁ、バイクごと海に落ちたことも何回かはあるけどね（笑）」

じゃあ、ブレーキ要るだろっ！

「あのね、最初は氷の厚さなんかを見るのも凄い慎重なんだよ。氷が薄い所を走ると割れて落ちるからね。で、それに慣れてきた頃に落ちる。『天災は忘れた頃にやってくる』、その通りなんだよね」

「でも、氷の厚さなんか肉眼で簡単に見分けられるもんなんスか？」

「インディアンの人たちは『同じ白い雪でも、その中には湿度や固さによって5つの色がある』って言うの。微妙に茶色っぽいのとか、灰色っぽいのとか、青っぽいのとか…。だから、俺もそうやって氷を見分けられるようになったわけよ」

う〜ん、やっぱり人間っていうのは必要に迫られたり追い詰められたりすると、そういう能力が身に付くもんなんだなぁ。ま、考えてみればオレだって狙った女を（落とせる！）と思った時は、どんな街にいようが嗅覚《きゅうかく》だけでラブホテルを見つけるからな。それも3分以内に。しかも、オレが発見したホテルって必ずカツ丼がウマいんだよなぁ。

「ちなみに、走ってる途中で白熊なんかと出くわしたことって…？」

「白熊はないけど、動物と出くわすのは嬉《うれ》しいよ。やっぱ寂しいじゃん、宇宙を旅してるのと同じだからね。……俺、先週ニュージーランドに行ってたけど人少ないのね。日本の8割ぐらいの面積に横浜市に毛が生えたぐらいの人口しかいないから。そうすっと人に対して感謝する国民性になるのね。で、日本みたく多いと人に対して憎しみを感じながら生きる…と。多過ぎるとよくないね。だから、少子化なんてイイ傾向だよ」

「しかし、そういう地の果てみたいな所をバイクで走ってる時って、どんな気分になるもんなんスか？」

「例えば、白夜ね。昼間ばっかで夜にならない。そうすっと時間の流れがないわけよ。あと、北極だったら周りはみんな南だから西も東もない…って世界に立ったらどんな気分になるかというと、泣けてきちゃうの。そういう不思議な所なんです」

あまりに普段と懸け離れた環境だと、感動を通り越して神々しい気分になっちゃうんだろうなぁ……。

「ところで、今後考えてる冒険は？」

「月にバイクで行く！」

……そろそろ帰ろうか、シンボさん。

「それ以外にやる価値のある冒険って残ってないからさ。でも俺、月面や宇宙に行ったら宇宙飛行士より『地球の運命、イコール自分の運命』っていう感覚を生々しく伝えることがでぎるね。アイツら意外と言わないのね。この地球は、どんだけ自分にとって掛け替えのないモノか…って思わねえのよ。あんなモノ凄くデカい宇宙船に囲まれちゃって危険と関わってないから。その点、俺は自分で風切って宇宙に行ってるからね」

すんません、10秒前に言った目標が既に達成されたことになってるんですけど……。まさに宇宙だな、この人の頭ん中も。帰ろう、シンボさん。

MJ近づき度……9%↓

次の偉人は……………当偉人伝史上、最も知名度の高い大物が登場!! 鉄仮面のシンボ君ですら、今から少しビビリ入ってます

第38偉人 宇崎竜童さん

あんなにコワモテだったのに不良じゃなくて優等生だった⁉

「今日は妙に無口だけど、ひょっとして緊張してんスか（笑）」

今回の偉人の事務所に向かってる途中、そんな言葉を掛けてくる担当シンボさん。なぁ、そういうアンタこそ己の足元を見てみろっつーの！　八百屋の前で踏んだガムテープをさっきからズーッと引きずってて、オマケにその先にボロボロのヤッコ凧《だこ》がくっついてんじゃねえかよっ。いい加減、気づけよ！

「あ、あの……宇崎さんは高校卒業時、お父さんが怖くて『音楽学校に入りたい』とは言えずに明治大学へ進んだそうですが…」

Uzaki Ryudo

'46年生まれ。ミュージシャン。'73年、ダウン・タウン・ブギウギ・バンド結成。映画『TATOO〈刺青〉あり』『突入せよ！「あさま山荘」事件』など役者でも活躍

ねんねんしょうしょうぶぶ。高倉健さんから贈られた言葉で「托鉢する坊さんの気持ち」とか

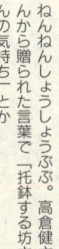

「船乗りで、もの凄《すご》い封建的な父親だったんだよね。で、中学から明大中野っていう附属校に入れられて、その学校もスパルタでさぁ。頭髪を3分刈りにしなきゃいけないんだけど、俺は裾《すそ》以外の部分を少し長い5分刈りにしてるわけ。そうすんと生活指導の先生に捕まって、電気バリカンで5厘に刈られた上に真っ赤なチョークで毛穴にメリ込むような力で脳天にバッテンを書かれるわけ」

「じゃあ、水道で洗っても簡単には…」

しかし、宇崎さんて56歳（当時）には絶対見えんな。しかも、目が優しくてイッセー尾形に少し似とらんか？

「落ちないんだよ。そんで、電車で帰る時に女子高生に笑われちゃってさぁ。最低な中学時代だったね（笑）」

おい、メチャメチャさばけた人じゃねえかよ……。よしっ、竜童ちゃん、次の質問いくよぉ〜〜〜！

「で、宇崎さんは大学を卒業後、歌手を志す新人のボイストレーナーやGSのマネージャーなんかをやってて、『ダウン・タウン・ブギウギ・バンド』を結成した時って既に26歳になってたということですが…」

「バカって言われたね。当時はアイドルの時代になってて、ロックバンドなんて超マイナーな分野だったから」

「ちなみに、これはオレの推測なんスけど、宇崎さんは実は優しい目をしてるからサングラスをかけたんですか？」

「でも、デビューして2枚目のシングルまではサングラスをしてないんだよね。ところがさ、ほら、俺ってデビューする直前までマネージメントとかの裏方をしてたわけじゃん。で、ステージで演奏してたりすんと知ってるディレクターなんかが来て『おメー、何やってんだ？』って訊《き》かれるんだけど、『バンド作りました』なんて恥ずかしくて言えないわけさ。で、なんか顔を隠さなきゃなって。だけど、デストロイヤーみたいな覆面被るわけにもいかないし、その当時はビジュアル系なんてのもなかったしね」

あの頃は、まだ『KISS』さえ出てきてなかったからなぁ……。

「で、浅草をフラフラ歩いてたら、マッカーサーがかけてたようなレイバンのサングラスを見つけて。それをかけてみたら人相がガラリと変わったの。で、これだったらディレクターなんかに声を掛けられずに済むだろうし、人格も変えられるかな〜と思って。……それまでの優等生で、大人の言うことをハイハイ聞いてた自分、それを変えたいと思ったのよ」

「えっ！　つーことは、宇崎さんて実は不良じゃなかったんですかぁ⁉」

「そうだよ（笑）。でも、ダウン・タウンのメンバーは俺以外は全員あのまんまの不良だったから、奴らのムードってのが俺をちゃんと不良の世界に立たせてくれてたんだよね。で、サングラスしてステージに立ったら暴走族とかいっぱい来てても全然怖くない。腕力も全然ないんだよ、俺は。だけど、あのキャラクターになった途端、何も怖くなくなるわけさ」

「なるほど……。しかし、そういう不良のイメージで売ってる一方で、山口百恵さんなんかにも曲を次々と提供してたでしょ。しかも、そのどれもがヒット曲になってたし…。そこに宇崎さんの底力を感じますよねぇ」

「もともと作曲家になりたかったからね。大学時代にギター覚えて、卒業するまでに400曲ぐらい作ってたし。だから、ダウン・タウンやってる時に途中から人の曲の依頼が来た時には（やった！）と思って、どんなに忙しくても書くって決めたんだよね」

オレなんか原稿に追われてる時に漫画の原作とか頼まれたら、不良が空を飛んだ…みたいな話を書いちゃって、結局はその漫画家をスクラップにしちゃうだろうな。その自信だけは有。

四十八手の歌とかフェラチオの歌とか歌ってたぁ!?

「で、宇崎さんはダウン・タウンがまだ絶頂期にあった'79年に『それまでのレパートリーは今後一切唄わない宣言』をしましたよね。どうしてそんな決断をしたんスか？」

「要するに、年に100回くらいコンサートやっててイライラしちゃうわけさ。昔の曲やるとウケる、今の曲やるとウケない…って感じだったから。でも、そう宣言してもファンは絶対ついてくるって思ったんだよね。そしたら、ついてこなかったんだよ。有名な話なんだけど、琵琶湖《びわこ》で『1万人コンサート』っていうのを開いたら25人しか来なかったの（笑）」

「に…25人っスかぁ!?」

「罰が当たったと思ったね。…ま、その前にバンドの名前を『ダウン・タウン・ファイティング・ブギウギ・バンド』に改名して、そのファーストアルバムが発売禁止になっちゃってね。それからズーッと詞をチェックされてたの、レコ倫に。それが凄く嫌で、じゃあ自主制作すりゃあいいんだろって。そんで、四十八手の歌やフェラチオの歌とか、そんなのばっか作っちゃって」

ちょっとすんません…。それって先生に服装をチェックされるのが嫌だからって、隣に小さな学校を作って全裸でフナの解剖とかをしてるようなもんだと思うんスけど……。

「で、主催者側は当然『港のヨーコ』あたりをやると思ってるんだけど、いきなり『茶《ちゃ》臼《うす》・帆かけ・松葉くずし〜〜〜!』とか歌い始めるわけじゃん。もう、コンサート来てたお母さん、慌てて子供の耳押さえちゃって（笑）」

「立派なテロですよ、それ（笑）」

「おまけに、フェラチオの歌なんてさぁ、真っ裸の男とポルノ女優を使って『こんなのや

って くれるぅ？』とか言ってね。それを8ミリで撮って後ろの画面に映してたから、もう目も耳も子供たちは大変さ（笑）。で、ラジオの公開録音を武道館でやった時も、リハ中にフェラチオの画面を見た主催者側が土下座するんだよね。やめてくれって。そんで、ほとんどの歌詞にピーッが入っちゃってさぁ」

「グハッハッ、そりゃ入りますよ！」

「でも、その一方で大河ドラマとかの音楽も引き受けてたしね。両極端だよね。スッゲエ面白かったけど」

「で、その後、和太鼓なんかを取り入れた『竜童組』を結成したりして……。なんか思うんスけど、宇崎さんて昔から商業主義というか、子供騙《だま》しの歌とかを作ってる奴にケンカを売り続けてるような気がするんスけど…」

「トレンディ・ドラマとかが出てきた頃から女子高生騙しで回るようになっちゃったよね、世の中が。だけど、ソレばかりに走るんじゃなくて、大人がちゃんと聴けるものもプライド持って作れよ、この野郎……って思うよね。で、観客やCD買う人が減っていっても、オレは50代なりの歌を作りたいし、50代の奴、今大変だよなぁ〜っていう思いを歌にしてかなくちゃなって思うわけなんだよ」

「でも、そうするとコンサートをやる度に赤字になったりするんじゃ……」

「そうそう（笑）。で、ウチのスタッフも心配するんだけど、ウチは回転操業なんだから、どっかで稼いだ金を音楽に注ぎ込めばいいんだよ（笑）」

この人の凄《すご》いところっつーのは、時代に関係なく自分の作曲なんかの才能を生かしてちゃんとお金を稼ぎ出すことができて、それを元に誰に媚びることなく自分のやりたい音楽を続けてるところなんだなぁ〜。ま、それはそうとカメラマンの浅沼君。アンタ、さっきから阿木燿子さんの巨大パネルに心を奪われてるようだけど、垂れてるよ、ヨダレ……。

MJ近づき度……12%↓

次の偉人は……

またもや意外な偉人が登場……!! あの人が当偉人伝に出てくれるとは……。かなり不思議な気分っス

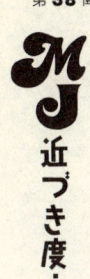

第39偉人 小林稔侍さん

お袋さんに家を建ててあげたくて役者になった……ってオイ!

「こんなギャグページに小林稔侍さんが登場してくれるなんて、何だか不思議な気分っスね」

京都の太秦《うずまさ》撮影所内にある俳優会館。その階段を上がっている最中、そんな言葉を掛けてくるシンボさん。

なぁ、ギャグページじゃなくて、ジョーダンに会おうってページなんだよっ!!

で、指定された2階に到着すると、手前から順に『高倉健様』『北大路欣也様』『中村雅俊様』という浮世離れした札が掛けられた控室が並んでいた。

んで、一瞬何で自分がこんな所にいるのかがわからなくなり、地縛霊のようにボーッと突

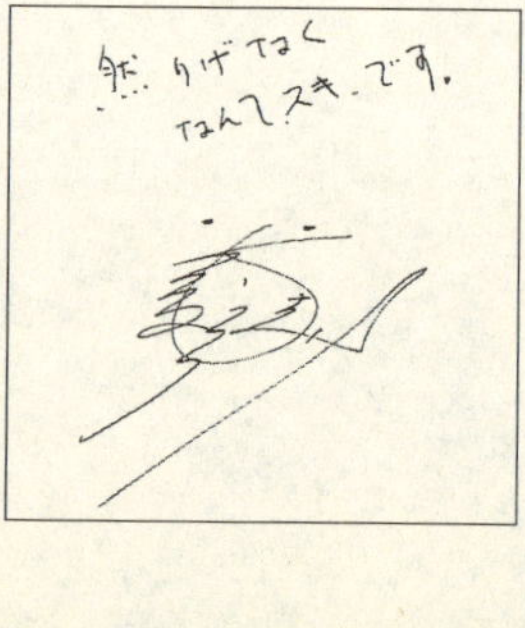

座右の銘にも稔侍さんの茶目っ気がタップリ。サインが同氏の顔に見えるのはオレだけか?

Kobayashi Nenji
'43年、和歌山県生まれ。俳優。映画『仁義なき戦い』シリーズ、『いこかもどろか』『学校Ⅲ』、TV『ふぞろいの林檎たち』『科捜研の女』など出演作多数

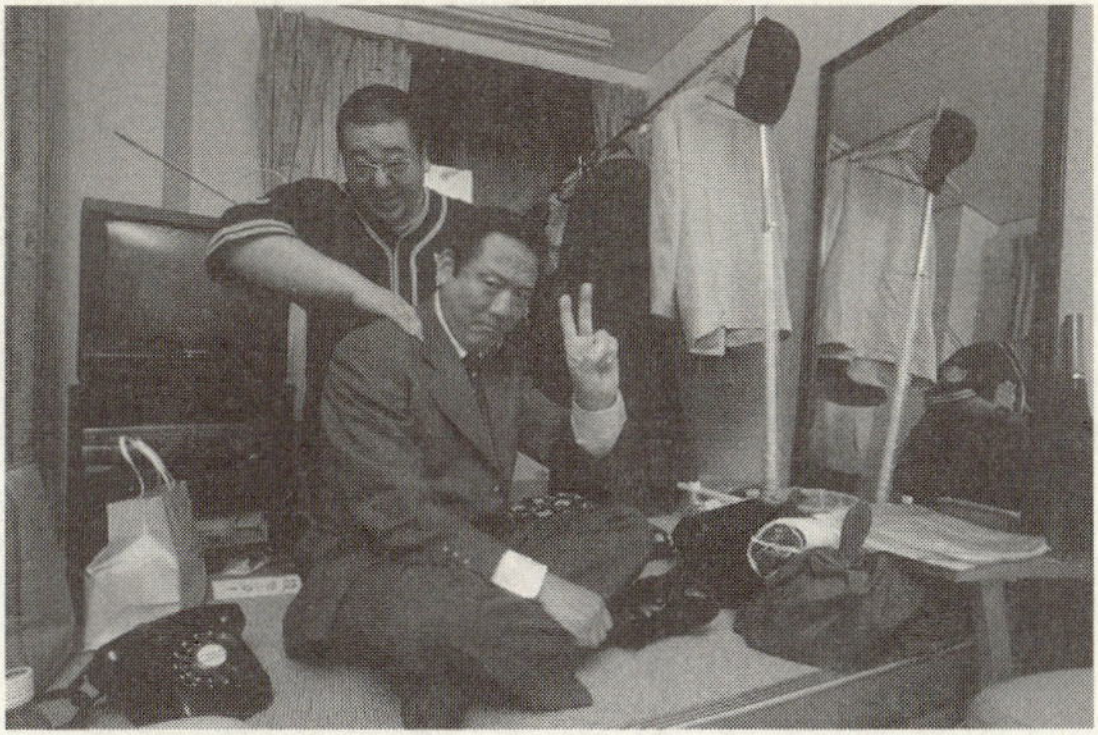

控室で稔侍さんの肩を揉むボキ。が、その一方で東京に戻る最終新幹線の発車時刻は20分後。猛ピンチ！

っ立っていたところ、

　ドカ〜〜〜ンンン!!

突然、オレに猛タックルを浴びせてくる人物。

（なんだよっ、鉄砲玉かいいいっ!?）

「ゴメンなさい……」

某美人女優さんだった……。結論から言えば、スキですっ、俳優会館！

「あ…あの、小林さんは、高校を卒業してからすぐに東映ニューフェイスに応募したということですが……」

「簡単なんですよ、僕は。お袋に家を建ててやりたかったんですよ。で、ヤクザか役者になればスグ儲《もう》かるんじゃないかと思ってね」

へえ〜っ、いい話だなぁ〜〜。

「でも、未だに建ててないです（笑）。もうダメだね、お袋も寝たきりだし」

「………。ちなみに、小林さんは若い頃から高倉健さんに心酔してて、息子さんの名前も『健』

にしたとか？」

「こんなにシマらない自分を連れて歩いてくれて、メシ食わせてくれて……。本当に有り難うございます、って気持ちでねぇ。その記念に何か残したかったんだよな」

「そもそも、お二人が懇意になったキッカケというのは…？」

「東映ニューフェイスの先輩で、僕は以前からファンだったですし。で、当時の映画界って、特に東映は誰かスターさんの傘下に入らないと生きていけないっていう一種独特の社会だったんだけど、高倉健さんは徒党を組むのが好きではなさそうで…」

「じゃあ、そういう健さんが小林さんに目を掛けたっていうのは？」

「そりゃね、一番可哀想に見えたんじゃない？　それしかないよぉ。東映に入った当時は僕、仕事ないんだけど毎朝9時に来ないといけないんですよ。タイムカードがあって社員扱いですから。で、朝から晩まで健さんのセットばかり見学してたら、ある日『メシ食いに行くか？』って。それが40年続いてんですから……。で、僕は一度も御馳走《ごちそう》したことがないんだよ。払おうとすると、ちょっと膨れたような顔するからね（笑）」

うわっ、その顔見てみてぇ〜〜〜〜！

「しかし、〝厳格な人〟ってイメージの小林さんが、まさかこんな話しやすい方だとは（笑）」

「いや、寡黙にしてみたいんだけどねぇ〜。初めての仕事場行く時なんか尊敬されるように（?）黙ってようと思うんだけど、15分ぐらいしかもたないんだよ、これが（笑）」

「ちなみに、趣味とかは…？」

「ゴルフとかもやらないし特にないんですよ…。まぁ、一人でブラブラするのが好きだね。それでもカメラの前行きゃあね、お袋に家建てなきゃいけないから頑張るんだけどさ（笑）」

「でも、街をブラついてて、例えば（チーズバーガー食いてぇなぁ〜）と思っても、イメージ的にソレができなかったりするんじゃないっスか？」

「いや、途中で立ち食いソバ屋とかにも入ったりするよ。僕はハタチの頃から行く所が全く変わってないの」

「話は戻るんスけど、最近の『鉄道員《ぽっぽや》』や『ホタル』にしても、ポスターとかに一番最初に健さんの名前があって、トリに小林さんの名前があって……。東映に入った頃から考えると感慨深くないっスか（笑）」

「僭越《せんえつ》ですが、どうってことない白紙のような男でもコツコツやってればこういうこともあるんだよ…っていうのが、僕と同じようなコースを歩いてる後輩の頑張りの素になってくれればね。……でも、まだお袋に家建ててないしなぁ（笑）」

稔侍さん、ボキから一つアドバイス。建ててやれよっ、とっとと！

「隙あらば…」って娘役の女優さんにそんなことを⁉

「若い頃の小林さんは、いろいろな役を演じていたそうですが……」

「特撮モノのヒーローとか、右翼のホモとか、地獄の鬼までやりましたよ。でも、嬉《うれ》しかったね。こんな大根にも役を回してくれたんだから」

「今までで最も印象に残った役柄は？」

「24〜25年前になるんですけど『冬の華』っていう映画があって、僕の役は全く台詞《せりふ》がなかったんですよ。でも、どういうわけか新聞の評は最高だったの。それで初めて気がついた。それまでは、食うためには何でも一生懸命やるじゃない。でも、そういう手も有りなんだなぁ〜って」

なるほど…。あの余裕というか間のある演技って、そんなキッカケから生まれたのかぁ。

「あとね、それから少し後に某映画監督さんの葬儀に出たんだけどね。お別れの言葉があるじゃない。そしたら、ある有名な俳優さんが出てきてさ、これが上手いんだよぉ〜。で、次にある女優さんが出てきて、これもまた上手いの。で、その後にね、今度は監督の同級生ってのが出てきたの。ところが、その挨拶《あいさつ》が（お前、日本語喋《しゃべ》ってんのか！）ってぐらいたどたどしいわけ。でも、それが一番ハートにきた。で、その時に（俺、これからも俳優できるかもしれない！）って思ったの」

「喋りが下手でも、どっかに何かがあれば俳優を続けられるかも…と」

「そうなんだよ。悪く言えば『下手を商売』にすればいいんだよね（笑）」

「'94年に公開された『四十七人の刺客』では息子さんと共演されましたが、いかがでしたか？」

「あれは高倉健さんがウチの息子を連れてってくれたんですよ。で、僕が息子にしたアドバイスは一つだけ。『何もしなくていいから、高倉健って人はこういう人なんだなぁ〜っていうのを見てくればいいから』って。要するに、昔のイイ質屋ってのは、そこに丁稚《でっち》奉公に行くと蔵の中で1年ぐらい生活させられたらしいんだよね。で、その蔵には良い物ばかりがあって、常にソレを見てるから何も教えなくても本物を見分けられる目が身に付くんですって」

つまり、健さん自体が親子二代にわたっての教本ってわけか……。オレなんか目に飛び込んでくる95％がダメ人間だから、いざとなると必ず偽物の方に惹《ひ》かれちゃうんだよなぁ。

「最近、小林さんは、ドラマだと主人公のお父さん役とか上司役っていうのが多いですよね？」

「……僕もね、随分長く役者やってますけど、例えば、お父さん役をやる時でも相手役の女優さんを娘だなんて思ったことないの。隙あらば…と思ってやってるからね（笑）」

「…ええっ、マジっスかぁ!?」

「本当の父親だと思って接すると芝居が決まっちゃうんだよ。で、（何とかならねえかなぁ〜）と思いながら演技してると不思議と……あ、これは企業秘密なのに言っちゃった！」

で、その後、稔侍さんに次の偉人を挙げてもらうことになったのだが、

「やっぱ、若い女のコがいいよね？」

「ええ。まぁ、どちらかというと……」

約20分が経過――――。

「ちきしょう！　………ちきしょう！　………ちきしょう！」

そう言いながら依然としてタレント名鑑をめくり続けている稔侍さん。

「あ…あの、偉人は若い女のコじゃなくてもいいっスから、ホントに」

「いや、もうちょっと待って！　俺だって若い女のコの1人や2人……ちきしょう！」

つーことで稔侍さん。結局、ボキたちは新幹線の最終に乗り遅れました……。

MJ近づき度……　8％

↓

次の偉人は………………………………

またまた意表を突いた偉人が登場。……おい、熱が40度超えてんじゃねえかよ！　しかも、既に朝。寝よ

番外編

いつまで経ってもMJには近づかず。というわけで、重大発表が!

その日、オレと編集のシンボさんは新宿の中央公園にいた。今回の偉人へのインタビューが日程的に締め切りに間に合いそうもなく、しょうがなしにココで番外編の写真を撮ることになったのである。

「ところでシンボさん。前から訊《き》こうと思ってたんスけど、あの……この偉人伝って一体いつまで続くんスか?」

「え……。そりゃまぁ、マイケル・ジョーダンに到達するまででしょ」

「いや、そりゃそうなんスけど、オレ確信したんスよ……。たとえ10年この連載を続けてもジョーダンには会えないっスよ、絶対」

「…どうして?」

「どうしてって……。だって、もう1年半以上もこの連載を続けてんのに1ミリもジョーダンに近づいてないじゃないっスかっ」

「そうですかねぇ……。時々はMJ近づき度が2桁《けた》になることだって」

「あんなものはシンボさんが勝手にはじき出してるだけで、例えば前回の小林稔侍さんは

この『わらしべ偉人伝』の今後について激論を交わすオレとシンボさん。ボキの中の太った白虎が遂に目を覚ました！

8%ってことになってるけど、8%っていったら25分の2ですよっ。つまり、稔侍さんに13回『お友だちを紹介して下さい』って頼んだら1回はジョーダンに会えるって確率だよっ。冷静に考えれば、MJ近づき度なんて0・001%もないっつ――の！」

「でも、日光アイスバックスの春名選手の回なんか、そういう板谷さんだって（次の次ぐらいにMJに会える！）って本気で興奮してたじゃないですか」

「ところが、次に指名されたのは日光猿軍団の校長先生でしたよね……」

「まぁ、そう計算通りにはいかないことだってありますよ。人間だもの」

「相田みつをかいっ、ワレは!!　そもそも、この連載を始める前にシンボさんはオレに何て言ったか覚えてますか？『板谷さんて、マイケル・ジョーダンの大ファンでしょ。半年以内に彼に会える企画があるんですけど、やりますぅ？』って言ったんですよっ。それも、余裕しゃくしゃくの笑みを浮かべながら！　あの時、オレはアンタに抱かれてもいいとさえ思ったよっ!!　アンタが望むならツッパリも辞めようと思ったさっ!!」

「ま、そもそも板谷さんが一番最初に針すなおさんを指名したのが…」

「また、それかいっ！　だって、しょうがないでしょ。オレ、ホントに針さんのこと尊敬してたんだから！」

「じゃあ、逆に訊きますけど、板谷さんは誰が指名されたらジョーダン行きの特急券になると思うんスか？」

「そ、それは……。た…例えば、ジョーダンのお母さんとか……」

「だから、この日本で誰がそんなわかりにくい人を指名するんだよっ⁉」

「く、工藤兄弟の弟の方だよっ！」

「その場凌《しの》ぎのデタラメを言うな!!」

「あ～あ、そもそもオレも考えが甘かったんだよなぁ……。毎回、インタビューを始める前に『こんなページなんですけど…』って偉人伝の誌面をシンボさんが各偉人に見せるでしょ。で、右上にはデカデカと『めざせ、マイケル・ジョーダン！』って活字が躍ってるわけでしょ。したら当然、各偉人たちも（ああ、コイツらはジョーダンに会いたいのか。なら、俺の友達の中でもアイツを紹介してやれば少しは近づくよなぁ）っていうミニアシストをしてくれると思うでしょ。で、それをコツコツつなげてけば、４～５カ月も経たないうちにジョーダンに会えると思ったんスよ…。ところが、誰一人として……みんなマヌケな事故か何かに巻き込まれて死ねばいいんだっ!!」

「………。で、結局はどうしたいんスか、板谷さん的には？」

「まず、家に帰って大河ドラマでも観たいっスね、ゴロゴロしながら。で、その後で従弟のヨシアキが買ってきてくれたバームクーフェンを…」

「それは2時間後の貴様の予定だろっ！ 真面目に答えんかいいいっ!!」

「……よしっ、50人目の偉人で終わろう！ それまでにMJが指名されなかったらオレは夢をスッパリ諦《あきら》めますよっ」

「了解。じゃあ、そうしましょう」

……なぁ、シンボさん。付き合いもそれなりに長いんだから、普通一回ぐらいは止めようと思わねえか？

MJ近づき度……0%↓

次の偉人は……………………………………

つーことで、次回こそ小林稔侍さんご指名の偉人が登場。

実質あと10人かぁ。かなり厳しいな……

第5章

chapter 5 : yokai tanmen ★★★★★★★★★★★★

妖怪タンメン

第40偉人

市川染五郎さん

歌舞伎界のプリンスは小学校時代は嫌なガキだった!?

「……何だ、兄ちゃん？　どうでもいいけど、おメーのバンドの集合場所はココじゃねえっつーの！」

新宿にある某貸しスタジオの一室。そこで今回の偉人である市川染五郎さんを待っていると、金髪にサングラスという出で立ちの兄ちゃんがフラリと入ってきたので、冒頭の一声を浴びせようとしたら、実はその兄ちゃんが染五郎さんだった……。

「あの、本名の藤間照薫《てるまさ》、歌舞伎では市川染五郎、日舞の家元としては松本錦升《きんしょう》という3つの印籠《いんろう》のような名前をお持ちですが、何ていうか、こう……名前で頭の中のスイッチを

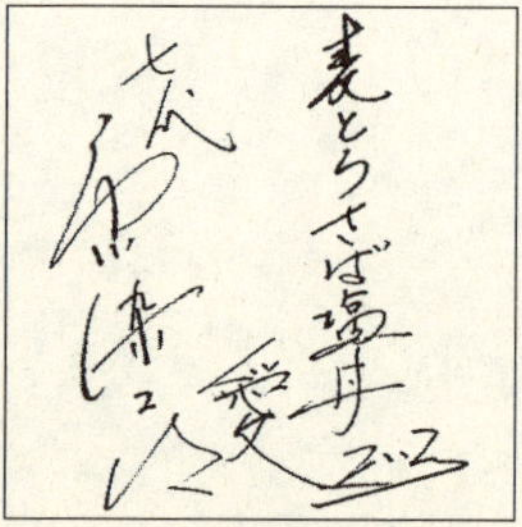

座右の銘は、染ちゃん愛食のコンビニ弁当名。ちなみにボキは、ローソンのカレー丼が好きっス

Ichikawa Somegoro
'73年、東京都生まれ。歌舞伎俳優。'79年初舞台。'87年『ハムレット』主演。映画『ラヂオの時間』、TV『ヨイショの男』、舞台『アテルイ』などでも活躍

切り替えるようにしてるんスか？」

「どうですかね……。TVにしても歌舞伎の染五郎として出ていますが、と同時にドラマをやってる役者として、その世界でどれだけ認められるか…っていう切り替えはしてますね」

「で、チビッコ時代から他とは全然違うわけでしょ。5歳で大河ドラマに出て、6歳で歌舞伎の初舞台を踏んで、8歳で7代目染五郎を襲名したりして。ぶっちゃけた話、クラスメイトとの環境の違いをどう受け止めてたんスか？」

「今思うと、ムカつく子供で（笑）。体育の授業でも擦り傷作ってるのなんかバカバカしいって思ってたし、一生懸命走って疲れちゃダメだとか。で、懸命に走ってる奴に対して（君たちは、ココで頑張れよ。僕は、もっと他で頑張る所があるから）と（笑）」

嫌なガキだったんだなぁ〜〜〜。オレの地元の小学校に入学してた

ノリのいい金髪青年から踊りのレッスンを受けるボキ。一つ尋ねる。アンタ、ホントに染五郎さん……？

らウサギ殺しの犯人とかに仕立て上げられて、肛門《こうもん》にアマガエルなんかを突っ込まれてたぞ。いや、ホンマの話。

「要するに、親の仕事についてって自分も大人になった気分というか、そういう感覚でしたね。だから、その世界にいることで満足、終了…みたいな。まぁ、勘違い野郎って感じでしたねぇ（笑）」

「で、さらに中学に上がった染五郎さんは、史上最年少の14歳で『ハムレット』の主演を務めて。その時に（伝統歌舞伎の伝統を取り払いたい）と思ったということですが…？」

「歌舞伎以外の舞台は初めてだったので、もうすべてがカルチャーショックで。しかも、本読みから始まって、立ち稽古《げいこ》があって、衣装や小道具が出来てきて、音が入ってきたりっていう、そういう芝居を作る過程を体験できたのも初めてだったので、ホントの意味で芝居が好きになったっていうか。……で、その時から逆にこう、汗臭いTシャツを着て、汗を流して発声練習をしたりして、電車でヘトヘトになりながら帰る…っていうのがカッコイイと思う時期になって（笑）」

「そんで、歌舞伎にも若い観客を呼ばなければダメだと考えるように？」

「はい。『ハムレット』で作るってことを経験したことによって、歌舞伎も作ってみたい…と。もちろん、今までの歌舞伎も充分凄《すご》いですよ。それだけ年月を経てますから洗練されてるし、視覚的、演出的な面でも凄いと思うんですけど、それに対抗したいなぁ〜っていうか。凄さがわかってくると、逆に伝統イコール、歌舞伎にしたくないっていうかね」

14歳でそんなことを考えてるって……。オレのその時期なんて、TVで藤本義一の奥さんを見てチンポコをいじくってたら白いションベンが出ちゃって（このトロみイコール、片栗粉なのかっ⁉）なんてことぐらいしか考えてなかったもんなぁ〜。染ちゃんと比べると虫だな、オレって……。

「だから、僕が今の時代に受け入れられるってことが結果的に『歌舞伎は凄い』って感じていただければいいかなと思うんですよね。その一環としてTVドラマとかにも挑戦させてもらってるんですけど、それを観て（この役者、面白いじゃん）と思ってくれた人が、その後で『えっ、歌舞伎の人なの⁉』って驚いてくれるのが理想かな、と（笑）」

なぁ、シンボさん。このインタビューが終わったら、そこら辺の棒か何かでボキの頭を適度に叩《たた》いてくれませんか？　ソックリ忘れたいんです、自分の今までの人生を……。

生まれ変わったらプロ野球選手になりたいんスかぁ⁉

「染五郎さんは'99年頃からドラマでもかなりくだけた役にチャレンジするようになりましたよね。『学校の怪談』の吸血鬼役とか（笑）」

「あれはねぇ（笑）。スレスレというか……どうでした？」

「だって、日本人の誰がドラキュラを演じても、そんなもんマヌケに見えるじゃないですか（笑）。それに歌舞伎やってる染五郎さんが挑戦してんですから、最初（この人、どうしちゃったんだろ…）って思いましたよ」

「歌舞伎の舞台に立ってると、どうしても『御曹司《おんぞうし》』とか『貴公子』みたいな、そういうものを引きずってるような気がして。だから、それを取っ払った自分のキャラを活かせる役に興味があるんですよね。実は僕、人を笑わせるのが好きなんですよ」

「それは吸血鬼役を引き受けた時点で成立してますよ（笑）。……でも、歌舞伎をやるだけでも大変なのに、染五郎さんは日舞の家元としても舞台を務めたり、TVドラマや映画にも出たり、執筆活動までしてるでしょ。それを同時進行でやってるって、冷静に考えると超人的なことですよね」

「貧乏性なんですよ。空白が怖いっていう。休みたいとは常に思ってますけど、まぁ、休むっていっても芝居や映画を観たり本を読んだりして、吸収するとか蓄積したりする時間が欲しいなぁ…って。だから、仕事に全然つながらないことをしたいっていうのはないですね」

おい、この人の人生にペプシの特製ボトルキャップを集めるとか、そういう口を半開きにして過ごす時間つーのは全くねえのかよ？

「ファミコンとかもやらないんスか？」

「あ、ファミコンはやります、やります（笑）。ブロック崩しとかゲームウォッチとかをやってる世代ですから」

「…………。で、生まれ変わったら野球選手になりたいそうですが？」

「日本のためにプロ野球選手にね（笑）。今やってないから理解してもらってないけど才能あるんですよ、ホントに。昔、中日にいた享栄高校から来た近藤とか、阪神の球団職員からプロになった中込とかね。見抜きましたからね、僕。甲子園大会とか観てて（コイツは凄い！）と」

「ご自身は野球の経験って…？」

「小学校の休み時間にやってました。野球っ子で、引っ張りダコでしたよ」

すんません。染ちゃんの中のある部分って、小学校時代で塞《せ》き止められてるような気がするんですけど……。

「ところで、染五郎さんの一家ってお父さんが松本幸四郎さんで、お姉ちゃんも女優で、妹は松たか子さんでしょ。そういうメンバーだと、家ん中ってどんな感じなんスか？」

「みんな時間がメチャクチャで、あんまり会わないですからね。それぞれマイペースって感じですよ」

「妹さんが先にTVでドーン！といった時には、正直どう思いました？」

「やりたいことやって、それが多くの人に支持してもらって良かったなぁ〜と。ま、本人には感想とかは一切伝えないですけど、この前、一言だけ言いましたよ。とんねるずの『食わず嫌い王決定戦』に僕ら兄妹は3人とも出たんですけど、全員負けてるんで『今度出たら高麗屋（屋号）の名にかけて絶対勝てよ！』と（笑）」

ウチの弟も先日、お盆用のナスとキュウリを買いに行く際、バアさんに「板谷家の名にかけて立派なのを選んでこい」って言われてたけど、そんなもん家名をかけることかよ？　しかも弟の奴、2つとも入ってたからって浅漬のパック買ってきちゃうし……。やっぱダメだわ、オレんち……。

MJ近づき度……10％

↓

次の偉人は……………………

確かに偉人だが、むしろ「怪人」と呼んだ方がシックリくる人物が登場！　MJまで残りあと9人……

第41偉人 荒俣 宏さん

Aramata Hiroshi
'47年、東京都生まれ。作家、翻訳家。会社員を経て執筆生活へ。『帝都物語』『世界大博物図鑑』『大東亜科學綺譚』『決戦下のユートピア』ほか著書超多数

350万部の印税を古本何冊かで使い果たしちゃう「怪人」！

さて、今回の偉人は作家の荒俣宏さん。同氏は中学生の頃には既に洋書を原文のまま読み漁っていたというほどの、いわば本の虫。が、話を聞いてみたら、本の虫を楽に通り越して、まさしく「本の鬼」……。では、その一部始終を読め！

「初小説の『帝都物語』が350万部の大ヒット。そんで、印税がドカーン！と入ってきたのに高い本を何冊か買ったらソレがほとんどなくなっちゃった…ってホントなんスか⁉」

「ええ、ほとんど飛んじゃいましたね」

「……それって一体どういう本で、一冊いくらぐらいするもんなんスか？」

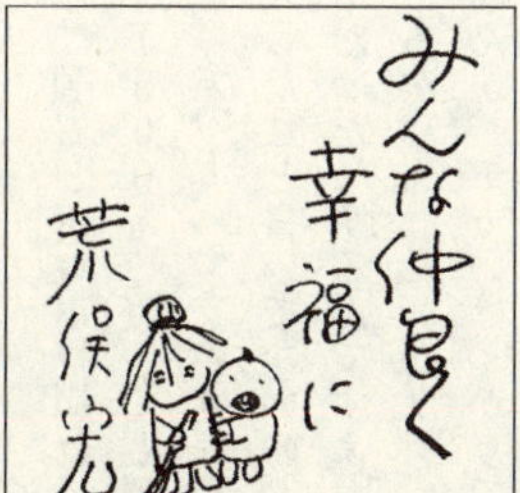

絵も上手な荒俣さん。それもそのはず、一時は漫画家デビューを狙っていたとの噂もアリ

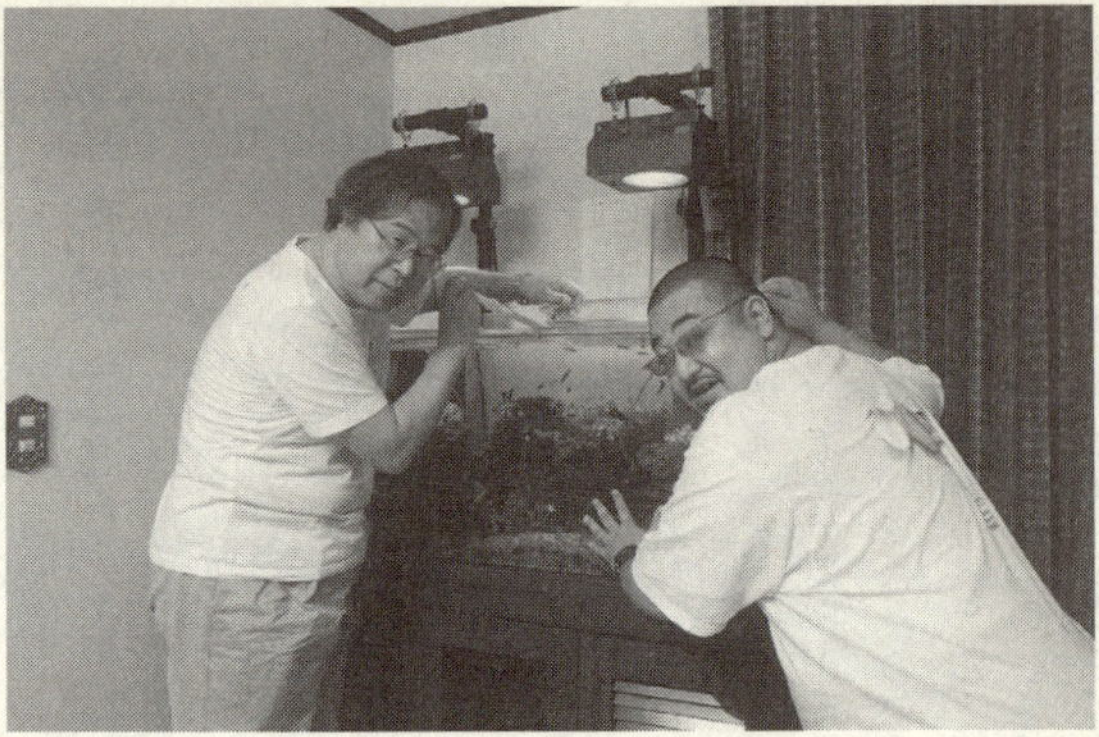

荒俣家の水槽の前で。しかし、冷静に眺めるとデブが2人揃って何やってんだよ、この写真……

「博物図鑑の系統で、一番高かったのは1500万円しましたね」

本一冊で1500万円っ⁉ おい、その中には袋とじで100%勝てるパチンコの攻略法でも書いてあんのかよ？

「で、買ったはいいけど、触るとボロボロ崩れていくんですよ。だから、1500万で買っても読めない、というね（笑）。その上、そういう高額な本って読んでみても大したこと書いてないの。大抵10冊に8冊はバカ本だったりするんですよ」

「……え、どういうところがバカなんスか？」

「特に18世紀以前の本なんか、デカいばっかりでいくらページをめくっても『誰々に捧ぐ』みたいなのばっかりで。30ページぐらい見ても、まだ『ナントカ伯爵に捧ぐ』とか。で、35〜36ページぐらいになるとようやく長〜〜い目次が出てきて、半分ぐらいからやっと本文が始まったりね」

「運動会の前に校長先生が3時間ぐらい喋《しゃべ》っちゃ

って、生徒がバタバタ倒れていくような（笑）」

「そうそう（笑）。で、いろいろ読んでると、（あ〜、これはあの本のコピーだ！）ってドンドンわかってくるんですよ。例えば『解体新書』ってあるじゃないですか。あんなのも元本は、当時いろいろ出てた本のパクリの集成で。それを日本人が初めて翻訳して、それで日本の解剖の文化ができたのか〜、情けねぇな〜みたいな」

「買えば買うほど悲しくなる（笑）」

「で、悲しくならない方法をいろいろ考えて遂にたどり着いたのが『難病を3つ抱えた子供の親だと思う！』と。…1カ月に何百万もかかるでしょ、そういう子供を持つと。その子供と親に比べたら、私は一冊ぐらいの本でメゲちゃいけないと。そう思うと不思議と怒りが鎮まるんですよ」

　そりゃそうだろうけど、その前にアンタが自分自身の病気治せよっ！

「しかし、それだけ本を買ってると置き場所にも困りませんか…？」

「それが意外と困らなかったんです。ウチの両親って子供3人が結婚した時のために家を買っておいてくれたんですけど、誰も結婚しなかったんで空いてるわけですよ。で、そこへ片っ端から詰めていって一杯になったら、今度は当時住んでた出版社に置かしてもらうことになって。ま、今は神田の古本屋さんに大きい本は預かってもらってて、残りの半分は母校の慶応大学に譲りましたけど」

「でも、まだ膨大にあるわけでしょ。荒俣さんが死んだら、その蔵書は？」

「それが蔵書家にとって一番切実な問題でね。大学なり博物館なりに引き取らせてナントカ文庫にしてもらおうと思ってる人もいるけど、ダンボールに入れられて100年ぐらいそのまんまにされるのが関の山でね。じゃあ、自分の子孫に使わせようってことになるんだけど、親父が読んだ汚い本なんかに興味ないですよ」

「となると、残された選択は……？」

「売るしかないの。が、売るのも難しくて、一番嫌なのは悪い古本屋に1冊1円ね、じゃあ1万冊あるから1万円って。それで何も知らない遺族に『家3軒に詰まってたのにトータルで1万円だったの⁉』とか言われたら悲しいよね。だから、死ぬ前に同好の士とか集めて、虫の息の中でオークションでもやらないと多分、一生集めてきた甲斐《かい》がないですよね」

ちなみに、その同好の士が結託して全部を5000円ぐらいで競り落としたら、ドラキュラみたいに必ず生き返ってくるだろうな、この人……。

つーことは、オレは1日平均2人のセクシー幽霊を……

「ところで、荒俣さんは300以上の著書があって、今もハイペースで執筆なされてるそうですが…？」

「はい。一応、月に2冊は書こうと」

「月に2冊っ!? そ……そんな勢いで書くのも本を沢山買うためなんスか?」

「まぁ、モノを書くためにはインプットも必要なんですね。だから、典型的な自転車操業ですよ、僕は」

つまり、書けば書くほどそのサイクルが激しくなっていくのか。なんか「座ってる竜巻」みたいな人だな。

「そもそも、世のライターは怠慢なわけですよ。1日400字詰めの原稿用紙10枚ずつ書いたって、1カ月で300枚書けるわけですから、1カ月1冊っていうのは最低のノルマ。それをちょっと頑張って残業して、もう1冊というのは妥当ですよ」

「しかし、そんなペースで書いてると逆に(死ぬまでにあと何冊残せるか?)なんて考えて焦ったりしません?」

「全然焦らないですね。僕はキャパ目一杯でやってる方だけど、どうせ人間ができることは大したことない、と。だから、達成目標なんてのも特に設定してませんしね」

「でも、荒俣さんは博物学やオカルト的なモノだけじゃなくて、風水や物事の起源を調べたりもしてて、かなりの分野に著書があるでしょ。で、それらに対しての知識を早く完成させたいって欲も出てきたりしませんか…?」

「まぁ、3000ピースのジグソーパズルをやってるみたいなもんでね。多くの人は5ピースぐらいのパズルを作ってて非常に賢いわけです。そっちの方がよっぽど効率的だし、何の絵かもわかるわけですよ。ところが、僕みたいに3000ピースを選んじゃうと、1

00ピースぐらい置いても何の絵だか全然わからない。ただ、それでも僕は3000ピースの方が面白いってだけの話で、それが完成しないうちに死んじゃったとしても、どうってことはないですよ」

そう考えると、オレなんか三原じゅん子版の2ピースのパズルを数秒で完成させちゃって、あとは麦チョコとかを食いながらそれをズーッと眺めてるだけ、って感じだわな……。

「ちなみに、荒俣さんの中では幽霊とか妖怪《ようかい》に対して『コレは信じてるけど、コレは信じてない』っていう区分けはあるんスか？」

「信じてるモノって何もないんだよね、絶対だってのは。でも、非常に重要なのは、それらの有無を厳密に問うことはあまり意味がない、ということなんですよ。我々が持ってる大脳は、生物の中で唯一『ないモノをあるかのように扱う』ことができるんです。例えば、世の男性はポルノ小説を読みながら勃起《ぼっき》したりするでしょ。つまり、目の前に存在しないはずの女の裸が見えてくるっていうのは幽霊現象と同じなわけです」

「つーことは、想像オナニー乱発派のオレは、1日に平均2人のセクシー幽霊を見てるということに……」

「ま、そういうことですよね。実際に勃起して、それだけで射精する。これ、幽霊が出るよりも凄《すご》いことなんですよ。それを考えると『ないモノの力』の方が遥《はる》かに強い。だって、実際にあるからといって、その辺の50ぐらいのオバさんが裸になって立ってても、それを見てイカないわけじゃないですか。だから、幽霊信じますかって、そんなことはあんまり意味がないんだよ。信じてても信じなくても幽霊が怖いのは皆同じ。つまり、幽霊絶対平等主義ですよ」

……ねぇ、荒俣さん。恥ずかしくて訊《き》けなかったけど、じゃあ、ネッシーとかヒバゴンも絶対平等主義なの？

MJ近づき度……11％↓

次の偉人は……出版界の天才が登場！　が、相変わらずＭＪには全然近づいてません。打ち切りまで、あと８人……

第42偉人
南 伸坊さん

Minami Shinbo
'47年、東京都生まれ。イラストライター。『ガロ』編集長を経て、イラストレーター、文筆家、装丁家として活躍。著書に『笑う写真』『歴史上の本人』など

自分の顔がデカいんじゃないかと自覚したのはいつですか?

「オレがライターになりたての頃、『南伸坊、昔は狂暴だった説』っていうのが流れてまして」

今回のインタビューは、のっけからガンガンいくことにした。

「特に編集者をやってた頃の南さんは、腑《ふ》抜《ぬ》けた作品を持ってきた漫画家に鼓膜が破れるような勢いで猛ビンタを放ったり、サボってる同僚にテントウ虫を立て続けに20匹ぐらい食べさせたり…っていう」

「誰が言ってたんですかっ(笑)」

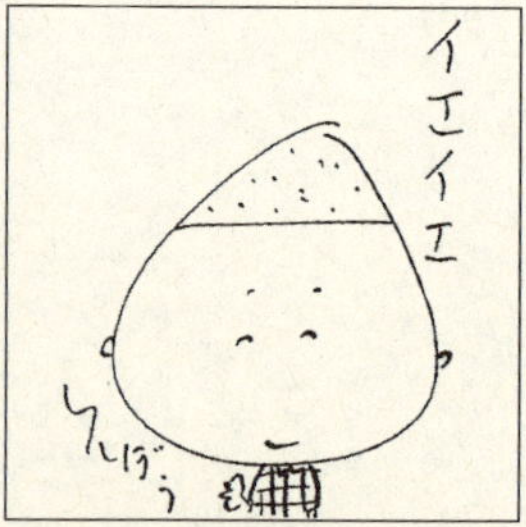

南さんの場合、ホントにこういう顔してるから凄いよな。一度見たら絶対忘れないもの……

南さんの胸ポケットに10円入れる度に、→こんな笑顔を浮かべてくれたら破産してもいい……と思う。みんなもそう思わない？

「やっぱデマだったんスね（笑）。でも、南さんていつもニコニコしてる印象がありますけど、よく見るとヤクザ顔ですよね。マオカラーの服とか着てベンツから降りてきたら、中国マフィアでさえ黙って福建省に帰りますよ、実際の話」

「どうやら、道を歩いてる時ですらニコニコしてると思われてるらしくて……。知り合いがバスの中とかから僕が普通の顔して歩いてるのを見かけると凄く怖いってよく言われます（笑）」

「で、実はオレ、某編集部の招待旅行で韓国のチェジュ島に行ったことがあるんですけど、そのメンバーの中に南さんがいらっしゃって」

「……それって10年位前？」

「ええ…。で、ホテルのプールでフワフワ浮かんでたら、背後から変な空気が流れてきたんでパッと振り向いたんですよ。したら、平泳ぎ中の南さんの顔がグングン近づいてて。なんか、水とつながってるというか、そのプール自体の顔に見えちゃって、息継ぎなしのクロールで30メートルぐらい逃げましたね、オレ（笑）」

「ひどいなぁ～、それ（笑）」

「さらに失礼なことを尋ねますけど、自分の顔がちょっとデカいんじゃないかって自覚したのはいつですか？」

「小学生ぐらいかな……。授業中に雨が降ってて、その先生が窓の外見てたら、顔のおっきい子がいるって。姉の担任の先生が『あの顔のおっきい子、キミの弟なんだろ？』って」

「プッハッハッ、露骨ですね～（笑）」

「でも、昔は顔が大きいっていうのは、あまり話題にならなかったですね。アレはタモリが言い出したんだよ。番組にアイドルが来ると『顔ちっちゃいね～～～』とか、村上龍だと『顔でっかいね～～～』とかさ」

「確かに村上龍は顔デカいですよね。しかも、よく見ると食いしん坊レポーターの迫文代とソックリだし（笑）」

「で、多分、子供の頃にタモリ自身が顔がちっちゃいってバカにされてたんですよ。その仕返しなんだよね。だから、コッチも顔がちっちゃい奴にダメージを与える言葉を考えて。トカゲ顔とか、顔が貧弱とか」

「プハッハッハッ…あぎゅううっ!!」

ツネんなよっ、シンボさん！　わかったよっ、仕事の話も訊くよっ!!

「と…ところで、南さんはイラスト・文章・編集・装丁・顔マネ…と手広く活躍されてますけど、パソコンとかは使ってないんですか？」

「うん。文章は今でもエンピツで書いてますし、デザインも昔ながらのやり方で手作業でやってますね」

「パソコンで作ったのと比べると、南さんの装丁って、手作り感が滲《にじ》み出ててイイですよね」

「でも、今はデザイナーのほとんどがパソコン使ってやってますよね」

「今後、パソコンを覚える予定は？」

「前、友達の勧めで一式揃えたことがあったんだよ。で、ソレが置かれた所が、疲れたらゴロゴロって寝るスペースだったの。だから、パソコンに対して、オレの寝床を奪ったっていう嫌な感じが…。それで事務所を引っ越す時に捨ててきちゃった」

やっぱし、この人の中には折り畳み式のヤクザが棲《す》んでるわ。普通、そんな捨て方しないもの……。

「で、南さんといえば〝顔マネ〟ですけど、この前『ダカーポ』でやってた〝辻仁成と中山美穂〟なんて、あまりにも似てて感動しましたよぉ（笑）。どうしてそんなに特徴のある顔をしてんのに、ああやっていろいろな人に化けられるんスか？」

「アレには秘密があってね……」

つーことで、再び顔の話に戻って、後編は顔マネ話一色。…笑えます。

その顔で窪塚洋介の顔マネはいくら何でも……

もの凄《すご》く特徴のある顔なのに、どうして南さんは自在に「顔マネ」ができちゃうのか…？

「顔マネに向かない顔ってのは、特徴があり過ぎる顔なんだよね」

「えっ？ じゃあ、南さんは思いっきり向いてないじゃないですかっ」

「いや、僕は輪郭には特徴があるけどね、中のパーツは割とアッサリしてるでしょ。だから、輪郭は見ないものとしてやると割と簡単に似るんですよ。板谷さんみたいに目鼻が大きかったりとか、パーツ自体に特徴があると見る人の目は自然とその部分だけに行っちゃうんだよね」

なるほど……。確かに具の部分だけ見ると地蔵みたいに地味だぞ、この人の顔って。

「そもそも、南さんはいつ頃から誌面上で顔マネを始めたんスか？」

「結構長いんですよ。一番最初に冗談でやったのが、チェッカーズが出てきた頃にチェックの服を着ただけでマネだ、って(笑)。…で、ある雑誌に冗談で写真載せたら人気があるから連載でやろうって言われて、それでズッと続けてきちゃったの」

「けど、オレが知ってる範囲でも山口美江や松田聖子だとか、かなりのモノに挑戦してて、それがまた不思議と似てるから凄いですよね。本来、南さんと松田聖子の似てるとこって

〝両方とも人間〟って要素だけですもん（笑）」

「でも、たまにボツになるのもありますよ。この間、窪塚洋介をやったけど全然似ないんだよ」

「グハッハッハッ！　難易度からすれば、オレが熊川哲也の代役をキッチリ務めるようなもんですからねぇ。ちなみに、人選はどういう基準で？」

「その時、話題の人じゃないといけないんでね。だから、何年か経って写真が出てきた時（これ、誰やったんだっけ？）っていうのも結構あって。ロス疑惑の三浦和義氏の前妻、良江さんとかね（笑）。つまり、アレは名前を写真の近くに入れなきゃダメなんですよ。名前入ってると、どんなに似てなくても『俺は窪塚洋介だ』って一応なるし。だから、半分は見る人とのコラボレーションだよね」

「つーか、力技っスよね（笑）。で、顔を作るのはどういう手順で？」

「まず、似せる相手の写真を持ってきてもらって……。それで特徴を摑《つか》んだら、鏡に向かって自分の顔に絵を描くような感じで」

「なるほど。つーことは、アレは南さんの絵心が成せる技なんスね」

「前に某月刊誌のカラーページでね、歴史上の人物になるっていうのをやってて、その時はメーキャップの人に勝手にやってもらったんだけど、でも、全然似てないんだよね。時間とお金がムチャクチャかかってたのに。だから、いい加減にやるのが面白いんですよ。どっかからの角度で一カ所似てればいいんだから」

「南さんの場合、表情でもカバーしちゃいますしね。それにしても見てて思うんスけど、50を過ぎたオジさんがあんなバカなことを…っていうのが何か嬉《うれ》しいっていうか、妙に安心しちゃうっていうか（笑）」

「もう55ですからね。子供がいたら学校でイジメられてるよね（笑）」

南さん、最後に恥ずかしい告白をします。昔、ボキは某エロ雑誌を見ながらオナニーをしてたんスけど、イク間際にページがパラパラっとめくれちゃって、偶然止まったページを見ながら昇天しました。で、そこに写っていたのが「チチョリーナ」に挑戦している南さんでした。

それ以来、なぜか白身魚が食べれなくなりました……。

MJ近づき度……8％↓

次の偉人は……………………
当連載史上、最高齢の偉人登場！ まさか、この人に会えるとは……。が、MJには全く近づいてません

第43偉人 水木しげるさん

妖怪漫画の巨匠は想像を超えた土石流のような人だった……

今回の偉人は、漫画家の水木しげるさん。で、同氏の仕事場にお邪魔して早速インタビューを始めようと思ったのだが……。

「あなたは一日に4回食べるのか？」

「えっ………。しょ、食事のことっスか？　……まぁ、それぐらいは…」

「（テーブルの上の『SPA!』を手にしながら）この本は調子いいの？」

「ぼ……ぼちぼちじゃないっスかね」

Mizuki Shigeru
'22年、鳥取県生まれ。漫画家。'66年『テレビくん』で講談社児童漫画賞受賞。代表作『ゲゲゲの鬼太郎』『悪魔くん』など。'03年、水木しげる記念館オープン

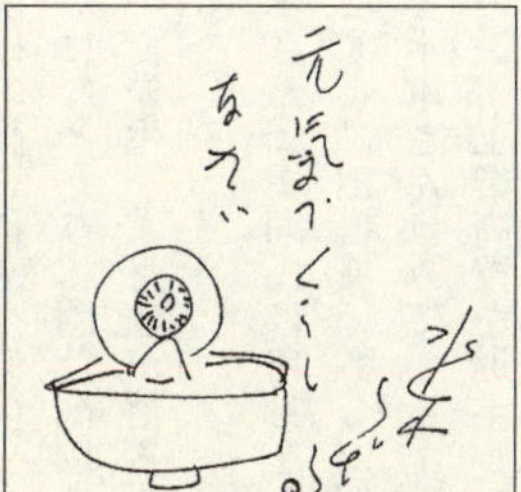

座右の銘は「元気でくらしなさい」……。要するに半分神様になっちゃってるな、先生は

先生の原画のド迫力に圧倒されるボキ。が、頭の片隅で（冷やし茶漬けって本気かよっ、永谷園ー）とも考えてた

「敵も多いからねぇ。……あなたは側面が青いバスに乗ってココに来たの？　そうなの？」

なぁ、今回ってインタビューが成立すんのかよ…？

「あの、水木先生は小学校の高等科を卒業後、大阪の印刷屋をスグにクビになったり、園芸高校を受験しても51人受けた中で先生一人だけが落ちたりして…。どうしてなんスか？」

「園芸高校の校長が水木さん（※同氏は自身をこう呼ぶ）を嫌がるわけですよ。田舎臭い顔した奴でね。あいつがハネたと水木さんはみている」

「………。先生はその後、工業高校を退学してから商業高校にもお入りになって。どうして、そんな多くの学校を辞めたり入ったり…？」

「臨時に募集しているような所をね、新聞なんかで見つけて横滑りするわけです。そういう情報をキャッチするのは割と早かったですね。だから、多少頭は良かったんだけど、誰も頭がいいって言ってくれない」

つーか、横滑って上ってきゃいいんだけど、水木先生の場合、ただリセットしてるだけのような……。

「で、さらにその後で徴兵された鳥取連隊でもいきなり落第兵になって…。もう一度訊《き》きます。どうしてダメの烙印《らくいん》を押されちゃうんスかね?」

「点呼があっても一番ビリで、まぁ、1秒でも長く寝ていたいわけで……。あと、兵舎から出るとね、1秒でも2秒でも戻りたくないの。で、戻れ!っていうラッパが鳴るわけだけど、その時に大抵引っかかるの。それでニューギニアのラバウル戦線に送られちゃったんですけど、ワニっていうのは賢いですよ。猟をしますから…。ある日、何人かで川で顔を洗ってたらね、隣の兵隊がいない。周りに聞くとワニだって言うんです」

つまり、先生だけが気づかずに顔を洗い続けてたんですね……。

「で、次の日に下半身だけが見つかって。ワニは半分食って、残り半分を泥の中に埋めて翌日食うんです」

「その後、先生は爆撃で左腕を失って、同国のナマレという地区に負傷兵として送られて。ところが、先生はそこで原住民と仲良くなっちゃって、しまいには専用の畑までプレゼントされたってホントっスか…?」

「家も建ててやる、畑も作ってやる、美人の嫁も世話してやる…って、最高の条件だった。だから、戦争が終わった時に現地除隊を申し出たんだけど、軍医に『それはいいけど、御両親の顔を一目見てからにしたらどうか』と説得されてしまって」

「そして帰国後、今度は美術学校に入学されましたが、それも途中で辞めちゃって……。もう一度だけ訊きます。どうして辞めちゃうんスか？」

「つまり、金がないわけです」

じゃあ、最初っから入んなよっ!! 要するにこの人って、3秒ごとに方向が変わる土石流だわ……。

「で、先生はその後、鳥取の田舎に帰る途中で泊まった安宿を気に入っちゃって、そこを丸ごと買ってアパート経営を始められたとか…？」

「それはね、成功だった。でも、ローンがキツくて…。しかも、アパートの住人の紙芝居屋に勧められて紙芝居を描くようになってしまって。ところが、そのうち紙芝居より貸本の時代になって。だから、その流れで10年以上貸本用の漫画を描いてたわけです。……ところで、おたくは『SPA!』の人？ 今、水木さんは何のためにコレ話してんの…？」

だから、それを説明する前に先生が話を始めちゃったんスよっ！

「……あなたは、何でそんなに太ってるの？ ……家が食堂なのか？」

先生、あと15分で済むんで、それまでボキの体形は無視して下さい……。


自分の記念館が完成するのが怖くてしょうがないって!?

「水木先生は44歳の時に『テレビくん』という作品で講談社の児童漫画賞を受賞されて。それからヒット作を次々世に送り出されるわけですが、オレが幼少の頃にTVで観てた『ゲゲゲの鬼太郎』なんかが先生が40代の後半になってから描かれた作品だと知って、正直驚きましたよ」

「子供の頃から絵を描くのは好きだったからね……。妖怪《ようかい》も好きだった。だから、水木さんの漫画にはやたらと妖怪が出てくる」

「それにしても凄《すご》い創作パワーですよね。今も80歳なのに現役でいらっしゃるし……」

「水木さんは、もう何年もハレンチなことはしとりませんよ」

その現役じゃねえんだよっ！

「で、しかも、水木漫画は最近の妖怪ブームでますます人気が高まってますよね」

「正常なモノ描いたって面白くないからね…。結局、キチガイじみたモノを願望する人って結構おるみたいだね」

「漫画は元よりフィギュアなんかも売れて随分儲《もう》かってるんじゃないっスか？　その上、地元の鳥取には先生の記念館も建つと聞きましたが…？」

「それが完成するのが怖くて怖くて」

「えっ……。そりゃまたどうして？」

「完成したら一体50万ぐらいする妖怪人形を100体ほど入れる予定なんだけど、相手が市だから金よこせとも言えないし。だから、妖怪に呑《の》み込まれるような気がして…。今までの儲けはすべてソレに変わってしまうんです。水木さんは笑えない…。笑おうと思っても笑えない…」

何だか嫌な震え方をしてきたぞ、この人……。わ、話題変えなきゃ！

「あ…あの、ウチのバアさんは妖怪とか幽霊って全く信じてないんですが、一回だけ変なモノを見たって言うんです。40年ぐらい前に縁側に座ってお茶を飲んでたら『シュウウウウ〰〰〰』て音が聞こえてきて、そしたら、全身炎に包まれた犬が縁側の下を猛スピードで走り抜けてったらしいんですよ…。で、先生は全国を回られて様々な妖怪の話を採取しているそうですが、ひょっとして『全身炎犬』ってその中にあったりします？」

「…大体、人間が見る妖怪っていうのは大きな目で見ると一つですね」

すんません。じゃあ、わざわざ全国を回る必要なんてないと思うんですけど……。

「以前に荒俣さんにもお訊きしたんですけど、ぶっちゃけた話、先生は妖怪って実際にいると思いますか？」

「いると思います。まぁ、それを察知する感度は人それぞれ違う。あと、自分の住んでる環境ですね。日本なんかみたいに1億3000万人もいると、ちょっと見にくいですねぇ。でも、ニューギニアだとかアフリカに行くとよくわかりますよ。ジャングルでは森の精気が感じられて、妖怪とかオバケとかってのがいて……」

「ど…どんな姿をしてるんスか？」

「いや、ホンワカと感じるようなモノです。まぁ、その場所に住んでる者だけが味わえるんでしょう。………ところで、今の若い娘というのはオマ◯コをよくやるですか？」

「はぁ!?……そ、そうっスね。特に10代の娘っ子たちは年々動物的になってきてますけど…」

「ははぁ〜、そうなの。じゃあ、水木さんもそれに照準を合わせるかな」

「えっ!?……つ、つまり、そういう娘っ子をターゲットにヤリまくるつもりっスかぁ!?」

「鬼太郎は来年やる。新しいの。……あやっ？　おたくは川にいた人？」

先生、悔しいけど参りました……。

MJ近づき度……　7%↓

次の偉人は……………………………

またまた妖怪チックな偉人が登場。つーことで、相変わらずMJには全然近づいてません。あと6人……

第44偉人 京極夏彦さん

なんで『姑獲鳥の夏』なんて読めないタイトル付けるんスか?

Kyogoku Natsuhiko
'63年、北海道生まれ。小説家。広告代理店、デザイン事務所などを経て、'94年『姑獲鳥の夏』でデビュー。『絡新婦の理』『嗤う伊右衛門』ほか著書多数

「ぬぅおおおお〜〜〜〜っ。ほ…本の森かよっ、ココって……」

京極邸の書斎に入った瞬間、そう唸《うな》るしかなかった。20畳ほどの室内の壁面はすべて本棚になっており、そこに何万冊にも及ぶ本がギッシリ詰め込まれていた。で、その奥から和服姿の京極さんが出てきたかと思うと、

「水木さんに気に入られたでしょ?」

「へっ? ……と申しますと?」

「水木さんはね、ウフフフ。太っててヒゲ生やしてる人が大好きなの」

あっ……。3回前の偉人の荒俣さんにも「水木さんに絶対気に入られますよ」って言わ

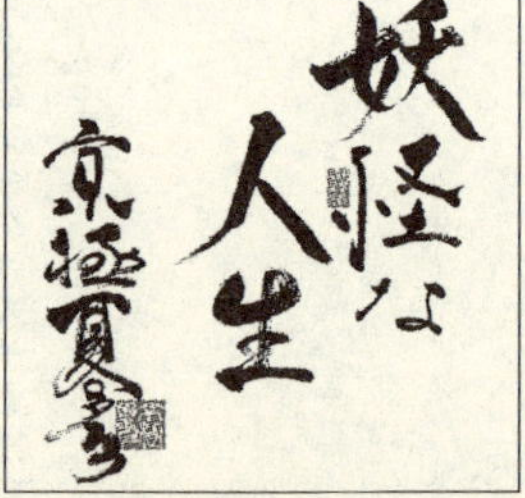

当偉人伝史上、達筆度No.1! しかし、何でもできるっつーか、恐ろしく器用な人っス……

ところで京極さん。前から凄く気になってたんスけど、その革手袋には一体どんなメッセージが？「心はスケ番」ってことっスか？

れたけど、つまり、そういうことだったのかいっ!?

「しかも、水木さんはね、太った人が仕事がなくて困ってるのが大好きなの。デブがいると『あなた、最近仕事あるの？』って尋ねて『いや、全然ないんですよ』って返ってくると、『そ～ですかあ～～～！ それは餓死ですよ！』って大喜びするんですよ。……ベタベタ触られませんでした？」

「…………。あの、京極さんが妖怪小説を書かれるのは、やっぱ水木さんの影響で？」

「ていうか、最初は『日本好き』から始まって。日本好きといっても箸《はし》で飯を食うとか、畳に布団敷いて寝るとか。そういう日常のことが素晴らしいと思うわけで。で、僕、北海道出身なんですけど、北海道って古いモノがないから日本的なモノを探すと大抵、寺とか神社なんです。それで、提《ちょう》灯《ちん》出してたりするお盆中のお墓でキャーキャー喜んだり、坊主が来てお経読んだりすると聞き入ってたりする子供で」

　つーか、実はガキの頃に一度死んでんじゃねえか、この人って……。

「で、昔話や伝説や民俗学が好きになって、柳田国男とか読み始めてるうちに水木さんを知って。北海道の景色見たって全然懐かしく思わないんですけど、水木さんの漫画読んでると（あ〜、俺の心の故郷はココだよなぁ〜）みたいな。そういう感じがするわけ。まあ、水木さんは人生の師匠ですね。ああいう人を喰った老人になりたいんです。何よりも印税計算が速いジイさん（笑）」

「ちなみに、なんで京極さんは著書に『姑獲鳥（うぶめ）の夏』なんて読めないタイトルを付けるんスか？」

「アレはね、妖怪《ようかい》好きな人って全国にいるわけですけど、そういう人は全部読めるわけ。だから、僕の中では普通の単語だったの。何のてらいもなく付けたわけよ。そしたらね、担当編集者が『普通は読めません』って。じゃあ、平仮名に…って言ったら『意味がわかりません』って。スミマセン…って世界ですよ（笑）」

「なるほど（笑）。しかし、京極さんって『気難しそうな人』ってイメージがあったんスけど、こうして喋《しゃべ》ってると実は非常にざっくばらんな方ですよね」

「ヘラヘラした人間なんですけど、雑誌社とかがオチャラケた感じの写真とか使ってくれないんですよ。もっと怖い顔を…とか、振り向きざまに怒れとか。あと、墓場で祟《たた》れとか」

「ブハッハッハッ、墓場で祟れって（笑）」

「だから、最初の頃なんか撮影みーんな青山墓地でしたよ。『墓の陰から出て下さい』とかね」

「一人っ子のビージーズみたいっスね（笑）。ところで、小説を書く上で何か決めてることってありますか？」

「家族と一緒に食事をする。それだけは決めてます。それ以外の時間は全部仕事なんですよ」

「えっ、TVとかも観ないんスか？」

「僕、TV観ながら仕事するんですよ。でも、改まってTVとか映画観たりってのはできないんです。家族との時間を確保するために犠牲にするのは自分の時間だと思ってるんですよ。だから、趣味も……ないんですよ。言ってみれば、オバケのことだったりするんだけど、そっちももう仕事になっちゃったでしょ。あと、デザインの仕事もまだやってて、月に何冊か本の装丁をしてるんですけど、まぁ、小説の気晴らしにデザインの仕事！みたいになってますね」

あんなペースで小説書いてて、しかも、デザインの仕事も受けてるぅ!? ……京極さん。アンタ、一体何者だよ!?

会社でヒマを潰してたら小説家になっちゃったぁ!?

「気晴らしにデザインの仕事をやってる…っておっしゃいましたけど、小説家になる前は？」

「僕、『桑沢デザイン研究所』っていう専門学校に通ってて。そこで今の奥さんと知り合って19歳で結婚したんです。だから、学校辞めて働くことにしたんですよ。当時、僕は親から仕送りしてもらっても家賃も払えないような貧乏学生だったから」

それは男らしいけど、その前に家賃も払えねえのに結婚すんなよ……。

「ところが、勤めたデザイン会社の仕事が超ハードで、月の半分は泊まり…って生活が続いて。それで、辞めた当日に次の勤め先の広告代理店で働き始めたんだけど、そこも同じぐらい仕事がキツくて」

「そんな生活をしてて、一体何がキッカケで小説を書くことに…？」

「その後、友達と小さなプロダクションを作って何とか頑張ってたんだけど、バブルが崩壊して仕事が減っちゃって。で、僕は仕事早いんでスグに終わっちゃうんですよ。でも、残業してる仲間を尻目《しりめ》に『じゃ、お先！』ってわけにもいかないし。だから、パソコンに向かって企画書を書くふりして、とりあえず何か打ってたらできちゃった」

何か打ってたらできちゃった…って、ズベ公の妊娠じゃないんだから……。

「で、そのまま忘れてたんだけど5月の連休中、金ないから部屋で本の整理をしてて、ふと見ると原稿の束があってね。捨てっかなと思ったんですけど、試しに電話してみたら講談社にたまたま一人出社してる人がいて。『持ち込みという風習は残存してるんですか？』って尋ねたら『じゃあ、送って下さい。でも、お返事するのは半年後ぐらいですよ』って言うわけ。ところが、3～4日後に『出版します』って電話があって」

会議してんのかよっ、講談社っ⁉ オレも詩集とか書いて送っちまうかな、『愛死照4』とかってタイトル付けて……。

「で、講談社に呼ばれて行ったら、部長さんが出てきて『デビューが決まるとこれで飯が食えると思って会社とか辞めちゃう人がいるんだけど、それはないですから』って。僕はそんなこと全然考えてないから、『何をおっしゃいますか、仕事忙しいのに。これから撮影なんで失礼しまーす！』とか言って。それで、4カ月後に出版されたんですけど、作家になりたかったわけでもないでしょ。嬉《うれ》しいとかいうのもないわけ。で、本屋に自分の本が並んでるのを見た時、初めてモノ凄《すご》く恥ずかしくなって」

「勤めてたデザイン会社は…？」

「2冊目書いた時は、まだ通ってたんですよ。その後でまだ続けて頼みたいという話になったんで、会社の連中に相談したら『悪いけど辞めてくれ』って言われたの。『何故⁉』って訊《き》いたら『ウチの会社、もたないから』って。そういう意味でか！…と（笑）」

「間引きですね（笑）。ちなみに、京極夏彦というペンネームの由来は？」

「広告代理店にいた時に通販カタログを手掛けてて、外注に出すとお金かかるんで、その中のイラストとかも僕が描いてたんです。で、部下に適当なペンネームを付けてくれって頼んだんですよ。その一つが『京極夏彦』。だから、思い入れも何もないです。欲しい人がいたらあげますよ」

「しっかし、京極さんて勤勉っていうか、実は凄い貧乏性ですよね」

「そう（笑）。何の気負いもないし、強い意志もないし。ただセコセコと働くだけしか能がない。とりあえず、毎日淡々とやってればいい、と」

シンボさん。オレ、この書斎が急に蟻塚に見えてきたんですけど……。

MJ近づき度……7%↓

次の偉人は……………………
信じられんかもしれんが、このボキをモデルにした小説を書いてくれちゃった偉人が登場！　誰だかわかる？

第45偉人

大沢在昌さん

『新宿鮫』のハードボイルド作家が最初は詩人を目指してた!?

「確か……6~7年前のことですよね。まだオレがイラストレーターと組んで『金角&銀角』という名前でやってた頃、大沢さんていう有名な作家がアンタたちのことをモデルにして小説書いてくれてるから…ってサイバラに突然言われて」

今までの偉人同様、今回の大沢在昌さんとも初対面のオレ。が、そういう不思議な縁が過去にあったのだ。

「麻雀でサイバラと知り合って。（面白いなぁ～、コイツ）とか思ってね。彼女の漫画やエッセイを読んでたら、その中に頻繁に出てくる『金角&銀角』ってのが気に入っちゃってさぁ。お陰さんで、それで一冊書けちゃった」

Ohsawa Arimasa

'56年、愛知県生まれ。小説家。'78年『感傷の街角』でデビュー。'91年『新宿鮫』で吉川英治文学新人賞、'93年『新宿鮫無間人形』で第110回直木賞を受賞

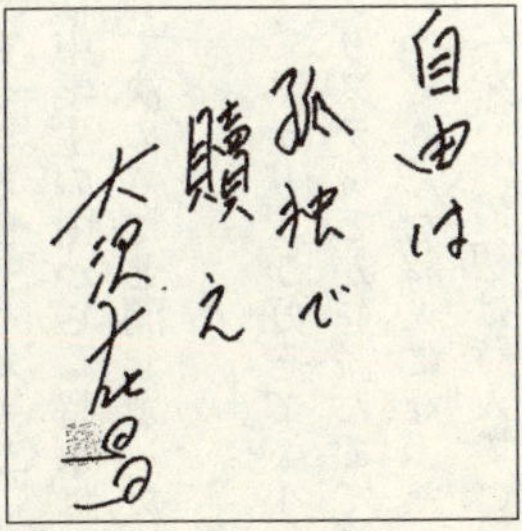

座右の銘の3行目が読めません……。予想するに、自由は孤独で……「バイバイ」か?

ボキがモデルになった『らんぼう』を手に、著者の大沢さんと。が、実際に会うのはホントに今回が初めて……

「凄いですよね、話したこともないのに（笑）。わかりやすく喩《たと》えれば、広域暴力団の組長が暴走族の少年の顔を自身の防弾チョッキに刺繍《ししゅう》しちゃった…みたいな」

「アハハ、全然わかりやすくねえじゃん（笑）」

「ところで、大沢さんは中学生の頃から『将来はハードボイルド作家』って決めてたと聞きましたが…？」

「要は、オタクですよ。ミステリーが好きで、小学校の頃からアガサ・クリスティとかを読んでて。だけどさ、中学生ぐらいってみんな詩人になったりするじゃない（笑）。だから、最初は詩人でいこうと思ったの。で、『高○時代』って雑誌の中に『同人雑誌をやりませんか』って募集があったから、よし、俺はココで詩を発表しよう、と。そんで、最初に届いた号を見たら、俺と同い年の女の子の特集を組んでて、スゲえ詩の才能あるんだよ。で、一つの同人雑誌に俺より才能がある奴が一人いたら、日本中じゃ何千人もいるぞ、と。んで、何故か、小説だ！って決めちゃったの。そこからは一直線」

そういえば、ウチの中学にも詩人志願の奴が一人いたけど、ソイツって15年くらい前、無銭旅行中にトラックにハネられて別の意味で「死人」になっちゃったからなぁ……。

「ところが、大学に入ったら、今まで本ばっか読んでたオタクが『慶応』ってブランドで妙にモテちゃって、ディスコでナンパすりゃ女のコ引っかかるしさ。あと、麻雀に夢中になって試験も受けなかったから結局は除籍だよ。で、突然落ちこぼれになっちゃって、俺って何があるんだろうって考えた時に、やっぱ小説を書くことぐらいしか残ってないんだな。んで、また書き出して、23の時に小説雑誌の新人賞を獲るんだけど、まぁ、そんなのは偶然みたいなもので」

ドロップアウトしても結局は22〜23で帳尻《ちょうじり》合わせちゃうってのが凄いよなぁ。つーかさ、大沢さんの場合、詩人とか大学から落ちこぼれたのが逆に良かったって気がするんだけど…。

「ちなみに、前回の京極さんが言ってましたけど、大沢さんはゴルフやったり、クラブで飲んだり、麻雀打ったりして、いつ書いてるんだって」

「若い頃、よく言われたね。大沢在昌は2人いるんじゃないかって」

「で、実際には一日どのくらいの時間を原稿書きにあててるんスか…？」

「大体、午後の2時ぐらいから5時ぐらいまで。それで終わり」

「ええっ、あんなペースで本出してんのに一日3時間だけなんスかっ⁉」

「週刊誌の連載一本が2時間半ぐらいで上がるから。…ていうかね、ズルズルと仕事引きずってると逆に……例えば、壁に向かって進んでってもその壁が厚いと抜けられないじゃん。そこをパッと頭切り替えりゃ、3歩戻ったらこっちにもう一本道あったじゃん、とそういう余裕が生まれてくるのね。考え続けてると逆に詰まっちゃって、書き進めなくなっちゃうことがある。…まぁ、何だかんだ言って怠け者なんだよね（笑）」

「で、仕事終わったら六本木とかのクラブに行くんですよねぇ？　飲み代だけでも凄《すご》いんじゃあ、時にはショボいギャグ一つ出すだけで3時間ぐらいかかってるボキって一体何者なんだよっ⁉　答えてっ、コンチータあああっ‼」

「まぁ……1年に1千万だね」

……板谷家のみんな。今日、家帰ったら少し泣くけど驚かないでね…。

「永久初版作家」……それが若い頃のアダ名だった⁉

「ところで、京極さん、宮部さんていうベストセラー作家が大沢さんのオフィスに所属してる形を取ってますけど、つまり、これってどういうことなんですかね…？」

後半に入って早々、前から不思議に思ってたことを尋ねてみた。

「よく言われるよ、出版界のバーニングプロ化計画とかね（笑）。…まぁ、たまたまよ。（宮部）みゆきちゃんが売れっ子になって、女性だから失礼な電話とか掛かってくるんだよね。ナメた奴から。で、そんなのいちいち本人が出てたら仕事にならないから、大沢さんのオフィスでマネージメントみたいなことやって頂けないかしら？ってことになって。んで、京極君も同じことで悩んでたから、みゆきちゃんがウチを紹介したんだよ」

「なるほど…。あと、3人で朗読会なんかも開いてると聞きましたが？」

「昔はね、読者と作家の間に出版社が入ってフォローもしてくれたんだけど、今はそこまでの余裕ないでしょ。だから、サイン会以外にも、ある程度コチラから直接働きかけなきゃ…と思ってね」

「でも、今の3人なら、たとえ一年中洞窟《どうくつ》に籠《こ》もってても本なんか飛ぶように……」

「小説家って、なることよりも、あり続けることが大変だから。だってね、デビューして間もない頃、同期の北方謙三さんだとかが破竹の勢いで売れてんのに俺だけ『永久初版作家』ってアダ名付けられてさっ。読者は『大沢さんの本、全部初版で持ってます！』なんて言うんだけど、その頃の俺の本は初版しかねえっつーの！　で、『新宿鮫』で吉川英治新人賞を獲った時に伊集院静さんに会ってさ、『俺は永久初版作家って言われてたんですよ』って言ったら、『凄いね。競輪にもA級、B級というのがあって…』とか返してきてさっ。いや、全然重版しないって意味だからって言ったら『え？　重版しない本なんてあるの？』ときたもんだっ！　そんで、すんげ〜〜ムカついてさあああっ!!」

「お…大沢さん、落ち着いてっ。今や推理小説界のドンなんですからっ」

「でもね、昔の流行作家って月間何百枚って書いてさ。あるラインを超えた人たちってのは、ベテランの演歌歌手みたいなもんで何書いても食えてたんだよ。ところが、今はどんどん新人が出てくるから読者も移り気なんだよね…。あ、もうコイツってワンパターンじゃん、ってポイッと捨てられちゃうわけよ…。フェラチオのバリエーションがないブスのように……」

おい、急に元気がなくなってきたぞ……。シャブ中患者か、この人は？

「しかも、才能ってのは有限だと思う。どんなに凄い人でもね、バケツの水がどれくらい入ってるかわからない状態でヒシャクで汲んでるようなもんで。もちろん、インプットすることで水を足せるとは思うけど、それだってなみなみとさせることは不可能だし、2～3年休んだら復活するかっていうとそうでもないだろうし」

確かに、ミュージシャンでも充電期間を取ったはいいけど、そのまま消えちゃう奴らも多いしなぁ……。

「で、自分はバケツの水が残ってると思って続けてても、いつかは必ず『終わったね』って言われる時が来る」

「……それは自己判断できるんスか？」

「自身の作品では判断できないね。逆に他人のを読んで、それがウケる理由てのが自分で判断できればまだ大丈夫だ、と。が、こんなのドコがいいんだ？って作品が凄く評価されたりすると、かなり不安になるよね」

今度、ボキの『板谷バカ三代』を読んで下さい。5刷ですけど、必ずや不安になりますよ。グフフ…。

MJ近づき度……9%↓

次の偉人は……

新宿界隈で恐れられていた、知性を兼ね備えた武闘派が登場！　でもって、MJまで実質あと3人……

第46偉人
崔 洋一さん

Sai Youichi
'49年、長野県生まれ。映画監督。'83年『十階のモスキート』で劇場デビュー。代表作に『月はどっちに出ている』『マークスの山』『刑務所の中』などがある

チーフ助監への昇進が早かったのは不戦勝による繰り上げだった⁉

(さすがは武闘派と言われてるだけあって、こうして間近で見ると迫力のある人だなぁ〜〜〜〜〜)

そう、今回の偉人は自身も映画監督でありながら、大島渚監督の『御法度』で近藤勇役を怪演していた崔洋一さんなのである。

「崔さんは写真の専門学校を途中でお辞めになってますけど、やっぱり講師とかブン殴っちゃったんスか…?」

「そんなことはしてないけど、当時いわゆる全共闘の嵐が吹き荒れててさ。真面目に写真撮ってるのがいいか、街で石投げてる方がいいかってことで。石投げてる方が面白いに決

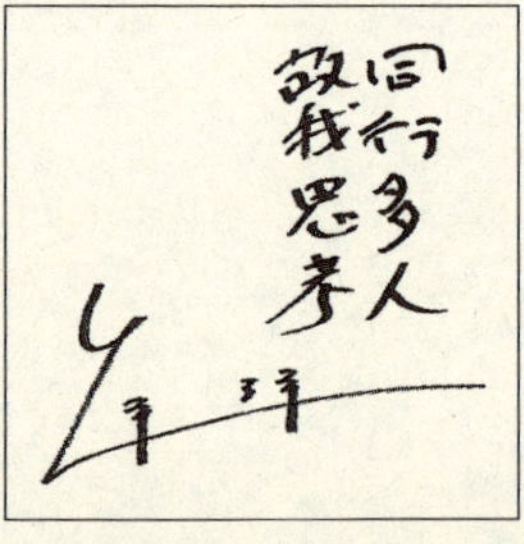

映画一筋のインテリだった崔氏。が、同氏のサインは目撃されたネッシーのスケッチか?

まってるわけだから。それで除籍になっちゃった」

「で、映画界に入ったキッカケというのは？」

「たまたま肉体労働のアルバイトとして雇われたの。当時の照明機材って重たくて、それを運ぶのに若い労働力が必要だったわけ。だから、映画青年でも何でもなかったんだけど、俺の場合『兄ちゃん、ソレ持ってこい』とか言われると『何で俺がコレを持ってかなきゃならないのか理由を述べよ』っていちいち尋ねててね」

この直後、崔さんが寄り掛かっていた手すりがペンキ塗り立てだったことが判明し、重苦しい雰囲気に……

理由を述べよって、工事現場にタイムスリップしたルイ14世じゃないんだから……。
「映画ってのは理不尽の積み重ねで、現場は非民主的だしさ。そういうの嫌じゃなかったけど、同時に合理性を求めてたわけさ。でも、それで映画って面白いなぁ〜と思って、後に助監督に転向したんだけど、助監督としては驚異的に出世が早かったの」
「その理由は？（皆、崔さんのこ

とが怖かったからじゃないんスか……）」

「仕事が好きだったことが一点。それと、運が良かった。一つの作品に助監って3〜5人いるんだけど、ある現場でたまたまチーフの助監がエキストラの姉ちゃんとヤッたのがバレてクビになっちゃったの。で、自動的にセカンドがチーフに、サードの俺がセカンドに上がっちゃってね。んで、次の現場にセカンドで雇われて行ったら、今度はチーフの助監が途中で監督デビューしちゃったわけ。で、その時も自動的にセカンドからチーフに上がっちゃってさ」

オレの中学時代のテニスの試合と同じだわ。市民戦に出場したら2、3回戦の相手が棄権してて、球拾いしかやったことねえのに先輩を差し置いて準優勝しちゃったもんな、オレ（笑）。

「ところで、崔さんはもともとは北朝鮮籍だったということですが？」

「そう、母親は日本人なんだけど、父親が朝鮮籍を選んだからね」

「政治的なことはよくわからないんスけど、北朝鮮って一人のアルミサッシ屋のオヤジの命令で全国民が先の尖《とが》った鰹節《かつおぶし》を作らされてるような、そんなイメージがあるんですけど…」

「まぁ、俺の親父も今の独裁体制になってから選んだわけじゃなくて、それ以前の大らかな社会主義に対する憧《あこが》れがあったんでしょうね」

「で、崔さんだけ数年前に韓国籍に切り替えたということですが？」

「朝鮮籍って不便なんですよ。仕事で必要があって行く国とかに対して、ほとんど国交がないわけ。で、例えばジャマイカに行こうとしても、まず日本に領事部や大使館がない。で、どこでビザ申請するかっていうと、ジャマイカはイギリスの植民地だったからイギリス大使館なの。んで、一旦《いったん》ロンドンまで行って、その書類がジャマイカに行くんだけど、その間、半年だよぉ〜！　だから韓国籍に切り替えた。それだけの話」

「戦争って、いろいろ残しますよね」

「でも、『パール・ハーバー』なんていう映画で日本の若者は感動しちゃうんだから。時の恐ろしさっていうか、それは日本とアメリカが太平洋を挟んである程度距離感があるからだと思うね。ところが、韓国・朝鮮は近いし、それなりに人的な行き来もある。そういう要素がある種、問題を多重化させてるってのもあるんだろうなぁ。だから、日・韓・朝が歴史を単純化できるまでには、あと50年ぐらいかかるんじゃないかと思うのが俺の考え方。…どう思う？」

ボ…ボキも、そ、そう思います……。

『月はどっちに出ている』で粱石日さんに怒られた⁉

「映画の話に戻りますけど、影響を受けた監督っていますか？」

「映画監督てのは人格が優れた人か、人間性もクソもないけど才能だけは凄《すご》い人が一握りずついて、その中間派のダメなのが一番多い。俺は、その両極端の二握りが好きだったね」

「両派で一人ずつ挙げるとすれば？」

「人格で尊敬できるのは、『反逆のメロディー』とかを撮った澤田幸弘さん。才能では大島渚さんだな」

つーことは、やっぱし大島さんの人格って……。なんか、試写会の客とかに「最高でしたよ」って声掛けられても、「君たち豚は死ねばいいっ!!」って感じで正体不明の癇癪《かんしゃく》を起こしそうだもんなぁ。

「で、崔さんの代表作といえば『月はどっちに出ている』ですが、あの作品で最も訴えたかったことって…？」

「主人公が在日朝鮮人のタクシードライバーでしょ。で、ほら、特に日本映画の中で在日が描かれる時って、非常にナイーブで孤立した存在になってるでしょ」

「もしくは、非常にアナーキーなヤクザだったりとか…」

「そうそう。で、そういう人もいるだろうけど、60～70万人の奴らが全員ヤクザかナイーブな人間だったらどうなっちゃうんだよ、ってことだろ。だから、だらしなく楽しく生きたいけど、かといって正面から不自由と闘うのは嫌だ。何とか上手い方法はないか？…っていう在日の青年を等身大で描こうってのがあったの」

「ぶっちゃけ、崔さん御自身も在日だから遠慮なく描けたってことは？」

「うん。それはよく言われるし、多分そうでしょうねぇ。ただ、俺のあの映画から10年近く経って行定勲君（監督）の『GO』があるわけです。俺なんか見ると笑っちゃうんだけど、突き抜けていくような明るいアナーキズムみたいな部分が全くなくて、健康的で真面目な映画になってるわけ。俺は国籍なんかで悩んでないよって、結局悩んでんじゃん、お前！…って。だから、個人的には非常に古臭いなぁ〜と思ったね」

「ちなみに、『月は〜』の原作になった梁石日さんの本を読んだんですけど、全然イメージが違いますよね、映画と（笑）」

「梁さんにシナリオの第1稿見せたら3時間文句言われた。で、最後に『これ面白いの？面白くないの？』って訊いたら『…面白いやんけ』って。じゃあ、それでいいじゃんって」

先週、ウチのバアさんもウドンの打ち方で隣のジイさんと散々口論した挙句、結局はそのジイさんが持ってきたウドンを食い過ぎて一晩中ゲロを吐いてたからなぁ（笑）。

「あと、タイトルの問題ね。原作は『タクシー狂躁曲《きょうそうきょく》』ってタイトルだったの。で、梁さんは『〝月はどっちに出ている〟って、ワシの原作には一言も入っとらんやんけ！』って怒ってて。んで、その『タクシー狂躁曲』が韓国で翻訳されて出版された時に、ちょうど俺も韓国に行っててソウルで会ったの。で、『どうだ、これが俺の韓国版の本やで』って言うから見たら、タイトルが『月はどっちに出ている』になってるんだよ（笑）」

「プハッハッハッ、散々文句言っといて」

「もっと笑ったのが、タイトルで梁さんとモメてた時にプロデューサーが出してきたのが『キムチライダー』だよ（笑）。で、『このインパクトは後にビデオになったら売れる』なんて訳のわからないこと言ってさぁ」

……なぁ、シンボさん。思い出したけど、アンタって最初この連載のタイトルを『転がるデブ』にしようとしてたべっ。……オレ、震えたよ。

MJ近づき度……10%↓

次の偉人は……………………

無頼派だが妙に愛らしい偉人が登場。でもって、MJに会うのはいよいよ絶望的になってきたな……

第47偉人 船戸与一さん

アラスカでエスキモーと一緒に酒飲んでた直木賞作家

Funado Yoichi
'44年、山口県生まれ。小説家。出版社勤務、ルポライターを経て作家に。代表作『山猫の夏』『虹の谷の五月』(直木賞受賞)、『砂のクロニクル』など

今回の偉人は、小説家の船戸与一さん。で、焼き鳥屋の上にある同氏の事務所を訪ねたところ、

(メ…メチャメチャ可愛い……)

いや、硬派の直木賞作家を捕まえて「可愛い」とは失礼千万な話である。が、船戸先生の、子泣きジジイというか、プリティ猪八戒というか、そんな風貌《ふうぼう》を目にした途端そうつぶやかずにはいられなかった……。

「あの、船戸さんは早稲田大学で探検部に所属してたとのことですが、故郷の下関にいた頃から冒険に対する憧れがあったんですか?」

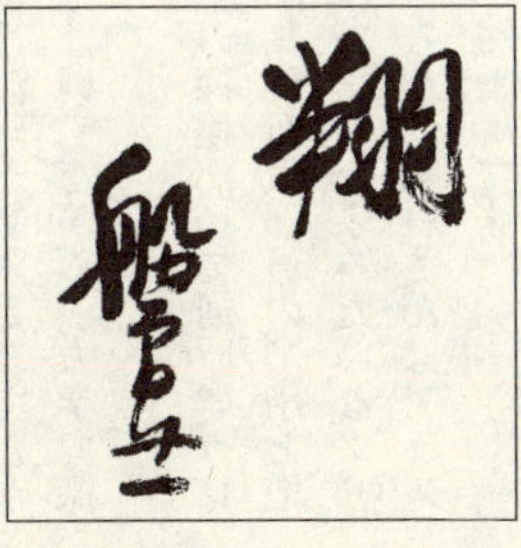

達筆っ!! が、くれぐれもお酒の飲み過ぎには注意して下さいね。先生、可愛いんだから

船戸さんの仕事場で。ボキがルーカスだったら、ヨーダ役には280%同氏をキャスティングします

「いや、冒険というより海外に出たかったの。下関って閉鎖感のある小さな町だけど、海に面してたから。あと、戦争で南方に行ってた親戚《しんせき》が酒飲むと外の様子をよく話してくれて、それにも刺激を受けた。でも、その頃は渡航が制限されてたから誰でも行けるワケではない。だから、大学で探検部てのに入った」

「驚いたんスけど、大学の探検部って河原でカレー作って、その晩、副部長が新入部員のY子と地蔵堂の裏で青カンしちゃいました…みたいなノリと思ってたんスよ。ところが、船戸さんはアラスカでエスキモーと生活してたって…」

「それには経緯があって、ベーリング海峡ってのは冬季に凍結するの。それを徒歩で渡りきろうってことになったんだけど、向こう岸の旧ソ連のビザが全然取れないわけ。で、実績を作ろうっていうんで、ウチの探検部は第1次隊、第2次隊っていう形で送り込んでったの。それで俺は2次隊で行ったんだけど、エスキモーと一緒に酒飲んで狩りばっかしてた」

「……じゃあ、渡らなかったんスか、海峡は？」

「氷ってのは、ピタッと平面に張ってるんじゃなくて、潮によって引き下がったり盛り上がったりしてる。つまり、山だらけなの。で、氷が開いたところにアザラシが来るから銃持って撃ちに行くんだけど、それを半年やって、あとは飽きたんでアラスカ中をグルグル回ったり…」

船戸先生…。話を勝手に進めますけど、結局ベーリング海峡は全然渡らなかったんスねっ？

「ちなみに、2次隊っていうのは何人ぐらいで編成されてたんですか？」

「…俺一人だよ」

…………。つまり、探検というより、アラスカまで行って飲んだくれの居候をやってたと…。謝れっ、アザラシに!!

「で、先生のプロフィールを読んで一番ビックリしたのが、早稲田在学中に小学館に入社されてますけど……」

「就職試験受かったんだけど、大学を卒業できなかったの。で、しばらくは学生社員として働いてくれと」

学生社員って…。オレが16〜17の頃、新宿にいっぱいいた「少年ヤクザ」じゃないんだから。

「んで、せっかく小学館に入ったのに翌年には辞めて、今度はマダガスカルに旅立ったとのことですが…？」

「マダガスカル行きの漁船にタダで乗せてやるって話があって。じゃあ、それ面白そうだから乗ろうって。若いうちは何とでもなる、と思ってね」

先生はソレが多過ぎますよっ！

「そん時は金もないんで、あちこちの編集部回って『写真撮ってくるから』って言って前払いしてもらって。昔はそんな国に行く奴が少なかったから、そう言うと出してくれたの。で、マダガスカルの言葉ってのは覚えやすくて、3カ月もいたら日常会話には困らなくなったんだけど、バスの中でカメラバッグを盗まれて」

「えっ……。それでどうしたんスか⁉」

「2日間聞き回って探しましたよ。で、小さな村に行ったらあったんで中開けてみたら、土産用のライターとか全部抜かれてるの。ところが、あの連中、カメラの使い方知らねぇからそのまま置いてあるわけ」

「でも、いろいろな国を回ってて、そこの言葉をパパッと覚えちゃうんだから凄《すご》いっスよねぇ」

「いや、それは若い頃だけのこと。今はドコ行っても通訳付けてる」

先生。ボキたちの会話って、噛《か》み合わない漫才になっとりませんか……？

不摂生しないと筆が進まないからお酒を飲む……と

「船戸さんがルポライターだった頃、取材した中で一番キツかった国ってドコですか？」

「ソ連が入った直後のアフガン。政府軍とソ連軍のヘリに追っかけ回されて、10日間で12キロ痩《や》せた」

「と……10日で12キロっスかぁ⁉」

「食事は一日一回がやっとで、しかも、死んだラクダの小さな肉片が一つだけ入ってるスープとナンだけ。それで一日10時間ぐらい歩き続けるわけだから痩せるに決まってる」

オレなんか超燃費悪いから、そんな食事量だと歯を磨いただけでエンストすんだろな……。

「でも、そういう情勢が不安定な国とかを何度も訪れてると、逆に恐怖に対して中毒になったりしませんか…？」

「外国に行っても公安の連中に尾行されたりしないと何だか仕事をサボってんじゃねえかな、とかね。それは確かにあるね」

「しかし、今でこそ普通の旅行者とかもいろいろな国に行くようになりましたけど、昔はそういう不安定な国に行くのって大変だったでしょうね。情報も限られていたでしょうし……」

「いや、逆。今は出版社がフリーのルポライターと契約して、ソイツがアッチで死んじゃったと。そうすると補償の面で大変だから嫌がる。だから、ややこしい写真は通信社から買う。俺の頃は、みんなカメラ持ってベトナムやらカンボジアやらに行って死んでいく。そういうのがワサワサいた。一匹狼のフリージャーナリストは、今の日本では生まれにくい。しかも、今はスポーツのノンフィクションしか売れないらしいし」

「なるほど……。ところで、『船戸与一』というペンネームは先生がルポライターから小説家に移行した時に付けたと聞きましたが、その由来というのは？」

「ないよ。スポーツ紙を読んでたら『船戸ナントカ』っちゅうのと『ナントカ与一』っちゅうボクサーがおったから、その2つを足しただけ」

…………。でも、船戸さんて喋《しゃべ》り方はつっけんどんなんだけど、なんか、こう…その奥に優しさが滲《にじ》み出てる感じがしてイイんだよなぁ〜〜。

「で、先生は酒豪だという噂ですが」

「毎日飲んでる。仕事場に来るのが夕方の6時前で、酒は下にある焼き鳥屋で11時過ぎてから」

う〜ん、さすがは直木賞作家。そういう時間的なケジメはちゃんとつけてるんだな……。

「俺、早くから飲み始めるとドクドクドクドク飲んじゃうからね、ダメなんだよ。時々、じゃあ今日は7時から……なんてね、そうするともうダメ」

7時からって……。褒めたばっかなのに、じゃあ1時間も仕事をしねえ日もあるのかい

っ⁉

「目覚めるのが昼2時過ぎだからね、俺。7時なんていうとサラリーマンが真っ昼間から飲み始めるようなもんで…。そうするとどうなるかっていうと、肉体は全然疲れてないんだけど内臓にくる。で、翌日は完全に死んでるからね。起き上がれないの」

そんな解説なんかどうでもいいっスよっ！

「まぁ、原稿の頭っちゅうのと日常の頭って違うんだよね。いつまでも原稿のこと考えてると、夢の中にまで小説のことが出てくる。で、それをブッ壊すために酒飲んでる。あと、原稿書くのに体調が良過ぎてもダメ。俺の場合、海外取材に行くと朝早いから体調がどんどん良くなる。で、帰ってくると長い間机に座ってるのがモノ凄い苦痛になってる。つまり、不摂生して原稿でも書くしかねえや、っちゅう時の方が仕事は進むね（笑）」

先生が初めて笑っ……。な、な、なんちゅう可愛い笑顔なんじゃあいいいいいっ‼

MJ近づき度……8%↓

次の偉人は……………

これまた男臭ぁ〜〜い偉人が登場。で、次って48人目？ つーことは、実質ラス前じゃん。……終わったな

第48偉人 長倉洋海さん

Nagakura Hiromi
'52年、北海道生まれ。フォトジャーナリスト。時事通信社を経て、フリーに。世界の紛争地帯中心に取材する。写真集『獅子よ瞑れ アフガン 1980-2002』ほか

アフガンのゲリラたちが日本の恋愛の話を聞いてくる!?

（えっ……。ボ、ボキって何か失礼なことしましたっけ…!?）

今回の偉人はフォトジャーナリストの長倉洋海さん。で、しょっぱなから今にも噛みついてきそうな眼をしているのである。すんません、またもやお腹が痛くなってきたんですけど……。

「長倉さんは前回の子泣き……じゃなかったっ、ふ…船戸先生と同じく、大学では探検部に所属されてたそうですが、出身地の釧路には冒険好きになる要素てのがあったんですか？」

「当時、釧路って札幌に出るのでさえ10時間ぐらいかかったんですよ。だから、辺境に住

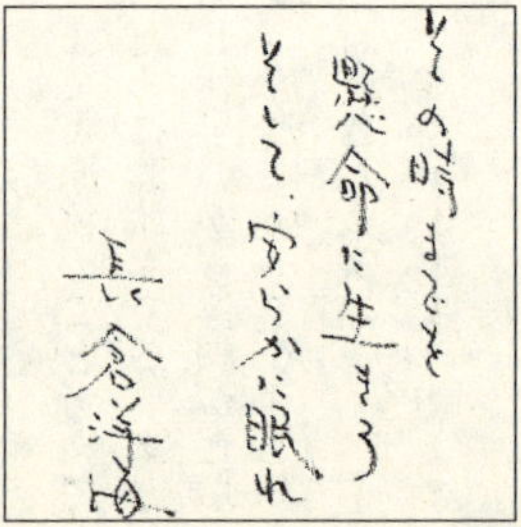

数々の死を目の当たりにしてきた同氏ならではの言葉。生きながら眠ってる奴って多いしね

直径2キロのエクレア作りに成功した片小田兄弟。
……というのはウソで、長倉さんの写真展にて

んでいるというコンプレックスが凄いあって。例えば、音楽やって皆にキャーキャー言われるとか、そんなもん何もなくて。できるとしたら受験勉強ぐらいなんですよ。で、それまでの自分から脱したい一心で京都の大学に入って、探検部で外国に行くようになって…。そのまま現在に至るという感じですね」

「しかし、紛争中のアフガンとか何度も行ってて怖くないんスか？」

「いや、怖いですよ。銃を持ってる人がいて、それを見るだけでも怖いんだけど、彼らに入っていかないと写真撮れないからね。で、銃持ってる戦士に声を掛けて、一緒に生活させてくれとか頼むじゃないですか。そしたら、その過程ではいろいろあるけど、一度懐に入ってしまえば逆に彼らがプロテクトしてくれるってのもあるし。で、そこで彼らが僕に訊《き》いてくるのは日本での恋愛の話なんですよね」

「えっ、例えばどんなことを…？」

「どんなデートをするのか？とか、結納金はいくらぐらい払うのか？とか」

「もしくは、鼻先の骨が割れてる女ってヤリマンなの？とか（笑）」

「それは恋愛の話じゃないでしょ!!」

うわっ、冗談が全然通じないっ！

「……で、そういう話をしていると戦争やってるから違う人間だと思ってたけど、僕と変わらないじゃないか、と。そしたら、自分が作っていた壁がスーッと低くなって、その人間のことがとても恋しくなるというのかな…。でも、彼らは物事をハッキリ言うから最初はガビーン！ときますよ」

「例えばどんなことを言ってくるんですか？」

「お前が死んだら俺にカメラくれるってのを一筆書いておいてくれ、とかね。で、俺もカチーンとキレて、ソイツとはもう絶交状態。ところが、雪山で写真撮ってて目が乱反射で炎症起こして3日ぐらい見えなくなった時に、そういう奴が煙草をくわえさせてくれたり、肉があればほぐして口に入れてくれたりするんです。それは、もう感激ですよ。で、改めてソイツのことが好きになって」

究極の男塾やなぁ。けど、それ以上好きになると、逆にややこしい関係になってくると思うんですけど……。

「でも、紛争地域での取材というのは、やっぱ心臓には良くないですね。本当に怖いのは、例えばエルサルバドルでゲリラと接触しているという理由でジャーナリストが4人殺された時とかね。死んだゲリラのメモに彼らの名前が書かれてて、それで警察に連れ去られて右翼に殺されちゃったんです。で、自分の名前も警察に行ってるんじゃ…と思って、その時は凄《すご》く怖かった。銃撃や砲弾の音みたいに目に見える、聞こえるってんなら防ぎようがあるんだけど、どこからかテロリストが狙ってるなんてのは生きた心地がしない。だから、部屋に粉を撒《ま》いて不審者が入ってこないかチェックしたり、フィルムを持っていかれないよう棚に髪の毛を貼りつけたりしましたね」

ス、スパイ映画かよっ、おい……。なるほど、それだけの修羅場を踏んでりゃ、長倉さんの目つきも確かに鋭くなっちゃうわな。納得、朝ご飯。

「だけど、そういう恐怖感よりアフガンの5000メートルの山を20キロのカメラバッグ抱えながら5つ越える。そういう持続的な死ぬ思い、ってのが実は一番キツいんですよね」

つーか、オレだったら最初の山の麓《ふもと》で死んどるな。つい先日、ボキは高尾山に200メートル登っただけで高山病にかかりましたから……。

マスードの話になると鋭い目が心なしか潤んで……

「ところで、長倉さんはマスードというアフガン反政府ゲリラの司令官と500日間一緒に過ごしたことがあるそうですが、どうしてまた、そんなリスキーなことを…?」

「以前にもアフガンを取材していかにも戦争らしい写真を沢山撮りましたが、日本人には伝わらない気がして。遠くの国の戦争だね、って感じで」

確かに…。オレだって、『ランボー3』を観るまではアフガンなんてドコにあるのかも知らなかったしな。もう一つオマケに言えば、今も知らないし……。

「このマスードという人を知ったのは'83年で、彼は当時20代だったんです。そういう自分と同じ世代の若者を取材することによって(アフガン、大変だね)じゃなくて、(こんな若者がこんな風に思って、こんな闘いをしてるんだ…)って感じ取って欲しかったんです」

「にしても、よく同行させてくれましたね……」

「僕がたまたまペルシャ語を話せたんで、それに彼が凄くシンパシーを感じてくれたようで、面白い奴だな…って思われたのかもね」

つーか、長倉さんの顔って中東系にも見えるから、案外それでOKされたんじゃねぇか?

「で、そのうち周りの戦士とも仲良くなったんだけど、彼らは『俺だって英雄なのになぜマスードばかり撮る⁉』って怒るの。で、手を引かれて連れていかれる所は大抵、バラの花とか咲いてる所でね。そこで決まって彼らは斜め45度を見上げるようにして、インド映画のポスターのようなポーズを取るんですよ(笑)」

「グハッハッハッ! 実は画に描いたようなロマンチストなんスねぇ～」

「戦争やってる人間のイメージが崩れましたね。それまではソ連を相手に勇猛果敢に闘うイスラムゲリラってのが頭にあったけど、僕たちの情報って凄く偏ってるというか、そういうことってなかなか伝わらないし、わからないじゃないですか。で、そういうのを知った時に彼らと根本で通じ合えたりして。けど、マスードは去年（'01年）の9月に亡くなって……。自爆テロによる暗殺です、アルカイダの」

あっ、長倉さんの鋭い目が心なし潤んでるような……。最初はやたらと攻撃的な人だと思ったけど、実は純粋な心の持ち主なんだなぁ…。

「ちなみに、長倉さんは写真を撮る時のこだわりってありますか？」

「撮られる人が基本的に嫌だと思うことはやらない。イスラム教だったら礼拝の時は遠慮するとかね」

「以前、ベトナム戦争で死んだ幼児を母親がヨダレを垂らしながら抱きかかえてる、という写真を見たことがあって、凄い写真なんですけど、アレを真正面から撮れる人って…」

「僕も最初の頃、エルサルバドルやレバノンで死体を撮りまくった時期もあった。ストレートな戦争写真だしね。だけど、今はそうは思わない。日本では有り得ないことでしょ。死体がゴロゴロ転がってたりだとか。そうすると映画みたい、ってことになる。だから、僕は別の世界のこととして伝えたくはなくて、花が好きだとか異性に関心があるとか、違う世界にいるけど凄く近いところを描きたいと思うようになりましたね」

「なるほど……。しかし、長倉さんは並外れた精神力を持ってますよね」

「僕は写真をやってなかったら逃げ出してたと思う。イイ写真が撮りたいから紛争地域でも何とか耐えられた。だから、特別強いわけじゃなく、むしろ弱いんだけど、その弱い自分を下から支えてくれるのが僕にとっては写真だった、ってことだけですよ」

……結婚したい、この人と……。

MJ近づき度……9%↓

次の偉人は……………………

ハンパじゃなく変わった偉人登場。はいいんだけど、この人からMJにつながる確率って……。もう寝る

第49偉人 スズキコージさん

吐いちゃう人もいるほど強烈なインパクトの絵って……⁉

Suzuki Koji
'48年、静岡県生まれ。イラストレーター。絵本、舞台装置、看板、壁画など幅広く活躍。著書『エンソくんきしゃにのる』『つえつきばあさん』ほか多数

（うわあああああっ‼ な……何じゃ、このサイケな部屋はあああっ⁉）

今回の偉人の仕事部屋、そこはまるでエスニックな新興宗教のオフィスだった。室内のあらゆるものにシャガール風の絵が描かれており、おまけに偉人が当然のように着てるジャケットにもソレが直描きされてる始末。なぁ、シンボさん。無事に帰れんのかよ、オレたち……。

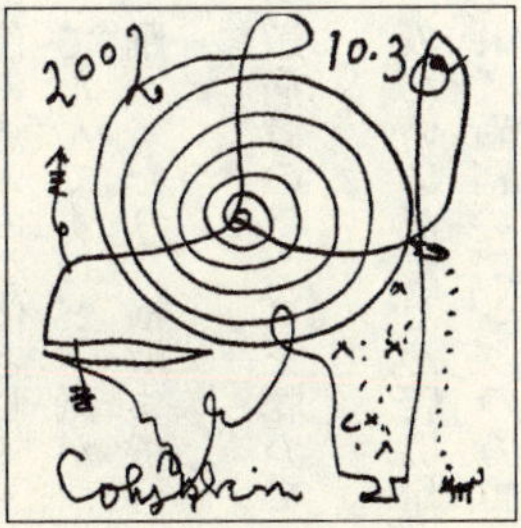

座右の銘は…………サッパリわかりません。ま、無事に帰ってこれただけでも儲け物だな

「あ…あの、スズキさんはイラストレーターとしてデビューされる前、フーテンヒッピー生活を送っていたとのことですが、それは具体的にどのような生活だったんですか…？」

とりあえずメチャクチャです……。なぁ、シンボさん。笑ってる場合かよ！　もうラス前だろうがっ!!

「僕は静岡県の浜松出身なんです。学校嫌いで、地元では奇人扱いされてた。小さい頃から絵ばっか描いてて、学校にも裸足で行くような人間だったし。で、ダンプカーをヒッチハイクして、赤坂の割烹《かっぽう》料理屋の屋根裏に住み込みの小僧として入って。それで出前とかしてたんですけど、気がつくと新宿のR&Bの店で踊ってたり、横浜まで行っちゃったり…」

おい。オレって今、夢遊病者のラップを聴いてるのか…？

「で、フーテンの寅さんみたいにだんだん店に帰らなくなっちゃって。それで新宿のアングラな飲み屋のカウンターの下に野良犬のようにうずくまって寝てたり。当時の新宿はデモはあるわ、新宿争乱事件はあるわ、ベトナム戦争はあるわで凄《すご》かった。アメリカ軍が歩いてたり。で、ビートニクなへっぽこ詩人と仲良くなっちゃって…」

おい。オレって今、2曲目聴いてるのか…？

「新宿の風月堂なんて、ヒッピーの溜《た》まり場で。今じゃ文化人として有名な○○なんて人も、当時はシンナーフーテンで」

「えっ…。シ、シンナーフーテン⁉」

「フーテンから言わせると最下級だって。みんなバカにしてたんだけど、活躍するようになっちゃって」
○○さんてシンナー小僧だったのかよっ？　何だよ、ある意味、オレの先輩じゃねえかよ……。
「で、コッチはいつも新宿をスケッチブック持って歩いてて。似顔絵やってる友達のヒッピーがいて、気がついたら僕も自分の絵を歌舞伎町の路上に並べて初個展を開いてて」

「…反響はどうだったんスか？」

「もの凄い人だかりになって、そしたらオマワリが来ちゃって。道交法違反の疑いがあるとかないとかで、交番に連れていかれちゃってね。職業を訊《き》かれたから『絵……』って答えたら『じゃあ、俺の似顔絵を描いてみろ』と。それでオマワリの顔を描いて。コッチも頭にキテるから、思いっきり極悪に描いてやりましたよ。ま、すぐに釈放されたけど」

いかんっ、このままだと20曲目ぐらいまでノンストップでいかれるぞっ。とにかく、この『ラッピン・ザ・新宿編』を途切らせなきゃ！

「あの、スズキさんはドコかで絵を習ったりはせず、ズーッと自己流で？」

「ええ。でも、東京に来てから美術系の学校とかモグリで行ってて。行ってないのは女子美だけ、ってなもんで。それで超満員の教室で質問したりして。モグリなのに。芸大なんかには、ズダ袋持って画材を頂きに…」

それ、モグリじゃなくてドロボーじゃねえかよっ！

「で、そういう生活をしてて、絵でお金を貰《もら》えるようになったキッカケというのは…？」

「デビューは18歳。今の『an・an』の前身で『平凡パンチ女性版』てのが出て、その時に僕のイラストを載せてくれたりして。でも、デビューは早かったけど、それで食えるようになったかというと全然でしたね」

「つーことは、ご自身で売り込みとかもやってたんスか…？」

「そうですね。最初の頃は、絵を担いで各出版社を回って。こういう絵だからスグ仕事に直結するもんでもなくて。でも、熱烈なファンの方とかもいて。でも、僕の絵が嫌いな人は吐いたりしてました」

絵を見て吐くって……。すんません、そういえばボキも少し酔ってきたんですけど……。

あの、オレたちの会話って成立してないような気が……

「スズキさんは、自分の絵が商売になるようになってきてからは絵本はもとより、壁画、店の看板、マッチ箱なんかにも絵を描きまくってますよね。今後、新たにキャンバスにしたいモノってあるんですか？」

「絵本の仕事をしてるせいで、夏にワークショップとかあってね。子供を50～70人ぐらい集めて一緒に絵を描くんだけど、例えばね、消防車に絵を描くって企画を出したんだけど、なかなか実現しなくて…」

そりゃ、実現しねえだろうよ。だって、スズキさん調の消防車が鐘鳴らして走ってても、冗談だと思って誰も道譲らないよ……。

「でも、この前、埼玉県の図書館の巡回バス1台に子供たちと一緒に絵を描いたんです。僕がせっせと描いてるとそのバカバカしさを見て、日頃押さえつけられてる子供が触発されてやり出すわけです。僕の役割は『アジテーター』というか、眠ってるものを引き出すことじゃないですかね。日本人って、みんな『当たり障りのない生活』をしてますけど、『当たり障りのある』ことをやってかないと面白くないんじゃないですかねぇ」

ま、『当たり障りがあり過ぎる』のも何だとは思うけど……。でも、スズキさんの魅力って、それを50を越えた今でも当たり前に実践してるところなんだろうなぁ～。

「ちなみに、スズキさんは中南米や東南アジアなどを頻繁に訪れてるそうですが、それは絵を描く仕事と関係してるんスか…？」

「僕、海外に行き始めたのは意外と遅くて、29とかそのあたりなんだよね。それで………」

……………………………………………………………………………………………………

「………」

「………何で行ったのかなぁ？」

自分のことをオレに訊くなよっ！

「で、あの……スズキさんはバンド活動もなさってるそうで？」

「この前、解散しましたけどねぇ……」

ヤバいっ、またこの人のペースに持っていかれる！

「いいバンドだったんですけど、いろいろ方向性がね。ジプシーミュージックっていうことがメインで…。ちなみに去年、とあるジプシーバンドがルーマニアから来て、京都や名古屋でのライブに付き合って一緒にいましたけど面白かったですよ」

「一緒に行動してたということは、やっぱし彼らもスズキさんの絵のファンで？」

「全然興味ないみたいだったねぇ」

………すみません、スズキさん。3回続いたから言わせてもらいます。オレがマッチで、オノレは煙も出てないのに火を消すポンプかいいいっ⁉

「彼らは、自分たちの音楽と金と女。その3つ以外は興味ないんです。ライブが終わると、もう彼ら道端で演奏して金集めてるしね。しかも、京都のホテルに泊まった時なんか、各部屋のシーツとか男性化粧品とかがすべて失くなってる。それで、チェックアウトの際にホテル側が『弁償しろ！』って怒ったら『俺たち、化粧品は飲んじゃった』と」

「き、究極の言い訳っスね……」

「で、ヴァイオリン担当の74歳のおじいちゃんが、日本の女のコを追っかけ回しててね。

彼にディープキスを迫られたら気をつけろ、って噂になってて。実際にやられた女のコから話を聞いたら、舌を入れてきて、ソレをスクリューみたいに回転させるらしいんですよ」

「プハッハッハッ！　100歳ぐらいまで生きそうっスね、そのジイさん」

「…今年亡くなりましたけどね」

なぁ、復活した『コント・レオナルド』かいっ、オレたちって⁉

MJ近づき度……5%↓

次の偉人は……………さて、計2年に及んだ当連載最後の偉人は………なぁ、シンボさん。飲もう、記憶がバーストするまで

第50偉人 高田 渡さん

ライブ中に酔っぱらって寝ちゃったという噂は本当だった⁉

50人目。すなわち、当連載最後の偉人はフォーク歌手の高田渡さん。………そう、これで完全にMJへの道は絶たれたのである。

で、この日、オレたちは吉祥寺にある焼き鳥屋の前で高田さんを不安な心境で待っていた。というのも、高田さんはお酒が大好きらしく、噂では自身のライブ中にでさえ酔っぱらって寝てしまうことがあるらしい。よって、今日も既に泥酔している可能性があり、インタビューも何も、まず〝時間通りに来てくれるのか？〟という心配があったのだ。

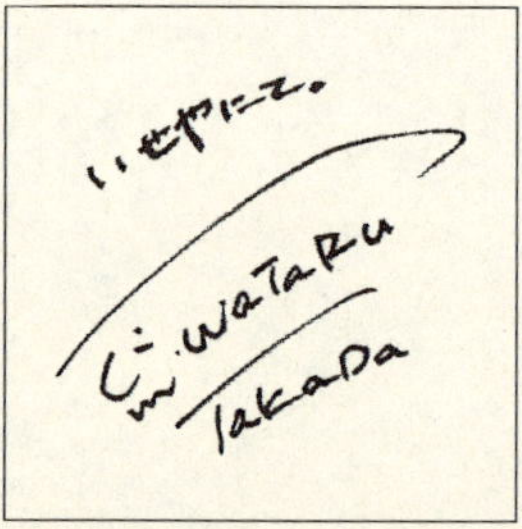

よく見るとサインに自身の顔が付いてて、とってもお茶目。座右の銘は、焼き鳥屋の名前

Takada Wataru
'49年、岐阜県生まれ。フォーク歌手。19歳で『自衛隊に入ろう』をリリース。アルバムに『ヴァーボン・ストリート・ブルース』『ねこのねごと』など。'05年没

ところが、である…。高田さんは時間通りに現れてくれたばかりか、全くのシラフ状態。にもかかわらず、歩き方が妙にヨチヨチしているというか、なんか、こう…今にも朽ち果ててしまいそうな感じなのだ。大丈夫なのか、この人……。

「最近、雑誌のインタビューとかがやたらくるんだよね…。みんな、僕の人生が末期にきてると思ってるんじゃないかな」

「あの、ホントに大丈夫ですか？」

フォーク界のカリスマと吉祥寺の焼き鳥屋にて。高田さん、正直に言います。顔がゾンビ色っス……

「内臓が悪い……。だから、ここんとこ酒も少し控えてる」

しかし、高田さんてまだ50代の前半だろ？　が、どう見てもソレより10歳以上は老けて見えんぞ、おい……。とにかく心配だから、とっとと話を聞いて、とっとと帰って頂こう。

「あの、高田さんは小さい頃、極貧生活を送ってたとかで…？」

「8つで岐阜から上京して、それからだんだん貧乏になって……。

最後は深川に行って……当時、難民救世軍みたいなのがいて、朝と晩に御飯とオカズ1品と味噌汁《みそしる》を配給してくれるんだけどさ。家族でそれに並んで……。それが小学校時代」

「キツいですね、成長期に…」

「でも、そう感じなかったですね…。明るかった、ウチの家族は。そういうもんだって思ってたから、下町だから。……それが僕の土台になってるんだね。ものの考え方がね」

「…で、音楽を始めたのは？」

「16〜17ぐらいじゃないかな。その頃、印刷工をやってて、給料でギター買って。レコードから音拾って、弾き方をマスターして……」

「最初にレコードを出されたのは？」

「19の時…。そういうつもりじゃなかった。『自衛隊に入ろう』って曲を唄ってたら、面白い歌だってアチコチから言われてさ。昔あったURCレコードっていう会社が」

おい、急に止まっちゃったぞ……。

「僕は高校中退してんだけどね。その時に、したいことをやるだけやってみよう、と。昔、学生運動やってましたとかさ、ああいうんじゃなくてさ。あれ大嫌いでっ。自分が納得するまでやった人は、そういうこと言わないもんっ。中途半端な奴に限って言うね、昔、こんなことしてましたって。部活だっ、そんなもん！」

な、何か別のスイッチが入っちゃったのか……。

「で、あの……当時、憧《あこが》れてたアーティストっていましたか？」

「ウディ・ガスリーっていう、ボブ・ディランの先生みたいな人。まぁ、現代フォークの元祖だね…。ロックなんかが流行し始めた時期に僕は逆行してましたね、原点に向かって」

「でも、高田さんはデビュー4〜5年目には、岡林信康さんなんかと並んで早くもフォーク界の教祖的存在になっていたとのことですが…？」

「ぐっ……ギリギリするっ、肝臓が…」

「だ…大丈夫っスかっ⁉」

「ふしゅううううっ…………」

「(続けていいのか、これ⁉) ……あ…あの、ちなみに伝説にもなってますが、高田さんてホントにライブ中に寝ちゃったりするんですか…？」

「昔だよ！　昔！」

いかんっ、またテンションが……。

「なぎら健壱なんかがさぁ、未だにそれをネタにしてんだよっ。アイツだって、言えないようなことを沢山やってたよっ。冗談じゃないよ！」

ねぇ。シンボさん……。どうなっちゃうんだろ、このインタビュー？

禁酒する度に酒量がリバウンドってドツボっスね……

「話は少し戻りますけど、高田さんはデビューして5〜6年後の人気絶頂の頃に頻繁に海外へ行かれてたそうですが？」

「ヨーロッパの国々に1カ月単位で行ってたね…。でも、音楽のためとか、そういうんじゃなかった。道具も一切持ってかなかった、必要ないから」

「……じゃあ、どんな目的で？」

「まぁ、何て言うか……行ってみないとどんなモノかわからないから」

う〜ん……。高田さんには〝稼げる時に稼いどく〟なんて発想は最初からなかったんだろうなぁ〜。ま、だからなおさらカリスマ視されることになったんだろうけど…。

「ところで、現在ライブ活動なんかは…？」

「一昨日まで福岡行ってたんですけど、まぁ、そんなに沢山はやりませんねぇ…。昔、元気な頃はね、年に日本を2周半回ってたような気がするね。自分でギター背負ってね」

「年に2周半って……そんな凄《すご》いペースで回ってたんスかっ？」

「薄利多売だから、いっぱいやらないとね」

「薄利多売って、タコ焼き屋じゃないんスから（笑）。…あと、高田さんは時々、CMソングなんかも手掛けてますよね？」

「ハウスシチューのは、向こうがどうしてもやってくれって……………………………」

おい、また止まっちゃったぞ……。

「た…高田さんっ！」

「……え？　僕は焼き鳥なんか頼んでませんよ…。いや、食べたいんだけど、最近胃が全然固形物を受けつけなくて」

「じゃなくて、CMの話……」

「ああ…。それからキンチョールのも引き受けたことがあって。歌だけかと思ったら出演までしてくれって…。ま、CMでやりたくないのは、お金貸し・政府の広報・住宅…この3つだね」

「えっ……。何で住宅のCMは引き受けたくないんスか？」

「住宅のCMは以前、一回だけやったことがあんだよ。そしたら、うちの女房が二度とやらないでくれって……。確かに、ウソの塊だもんねぇ。自分はアパート暮らしなのに、金借りて家を建てなさいって歌を作るのは。…まぁ、だから墓石の宣伝ぐらいなら引き受けるけどさ」

高田さん、それハマり過ぎ（笑）。

「で、今はお酒を控えてるということですが、若い頃から好きでズーッと飲んでるんですか？」

「若い頃からって言ってもね、僕はハタチまでは飲んでなかったですよ」

「えっ、マジっスか…？」

「で、ハタチからはズーッと飲んでたんですけどね。何年も前に相当内臓を傷めましてね、1カ月ぐらい入院してたんですよ…。で、じゃあ、酒を抜こうかってことで、1年ちょい禁酒してたことがあるんです。それで、その後に再び内臓の具合が悪くなって、また半年ぐらい抜いたかな……。だけど、今は抜くのやめた」

で、その顔色というわけですね…。

「ちなみに、作家の船戸与一さんは、執筆後に酒を飲まないと夢にまで小説のことが出てくる。だから、原稿書く時の頭をブッ壊すためにも毎晩飲んでる、とおっしゃってましたけど」

「僕の場合、抜いても効果ないんじゃないかと…。抜いてまた飲み始めると必ずリバウンドするんですよ、酒の量が。……まぁ、わかってはもらえないだろうけど」

高田さん、メチャメチャわかります。ボキも〝体重〟で同じ問題を抱えてますから……。

【追記】高田渡さんは'05年4月に亡くなりました。御冥福をお祈りします。

MJ近づき度……2%↓

次の偉人は……………………

つーことで、あ〜あ、これで終わりか……と思ってたら、シンボさんから意外な言葉が。次回、必見!!

番外編

ええっ、MJに会わせてくれるんですか!? マジッスかあああああっ!?

50人目の偉人、高田渡さんへのインタビューは終わった。そう、この連載はこれで終了。と同時に〝MJに会う〟という夢も完全に崩れ去ったのである……。

思い返せば、いろいろあった2年間だった。この取材が縁で、えのきどいちろうさんや神田ひまわりさんや天久聖一くんらと友達になり、安齋肇さんにはオレが他誌で連載している読者コーナーの題字を書いて頂いた。また、ピエール瀧さんは自身が初監督する映画の主演にナント、このボキを指名してくれ、その関係で中野裕之さんや安藤政信くんとも一緒に仕事をする機会まで与えられたのである。

また、キラキラする思い出も沢山できた。似顔絵を描いてくれた敬愛する針すなおさん。ダンクしているジョーダンをお土産として切ってくれた林家正楽師匠。後半、突然スイッチが切り替わって半狂人化した粘土アニメーターの石田卓也さん。飴屋法水さんのフクロウ専門店で、仲代達矢のような眼をしてオレを狙っていたハヤブサ。

中原昌也さんのバックレ事件。「野人」岡野さんとの100メートル競走。ボキのヒザの上に座ってくれた麻宮淳子さん（そして、その感触……）。ZIGGYの森重樹一さん

シンボさんの一言に大喜びするオレ。こんなに本気でジャンプしたのは小学校 3 年の時の柿泥棒以来。とにかく、やったぁ〜!!

と超盛り上がった地元話。やべちゃんの無酸素ノンストップトーク。ズボンのチャックが全開だったので指摘したら、閉めないで、ただ押しつけて誤魔化した水木しげる先生。……この他にも当『わらしべ偉人伝』を続けてきた2年間には、忘れられない思い出（と言っても、大半はすぐに忘れちゃうんだけどね…）がギッシリと詰まっていたのである。

この連載を始める以前のオレは、実は大の人嫌いだった。特に初対面の人に対してはコッチもそれなりの気を遣わなくてはならないので、それが猛烈に面倒臭かったのだ。が、そんなオレに〝未知の人間と話す面白さ〟を教えてくれたのが当連載であり……って、さっきから何を書いとるんだっ、オレという名のタピオカ入りミルクティーはあああああああああっ!!

そうじゃなくて、最大にして唯一の目標「MJに会う」が夢と消えちゃったのだっ。そう、わかりやすく言えば、30メートル先に立っている変な大人に「ここまで来ればオジさんが持ってるペロペロキャンディをあげるよ」と言われた1歳児のヨシアキちゃんが必死でヨチヨチ歩きを繰り出すも、その変な大人はそれ以上の嫌な速度で後退を始め、そうこうしてるうちにヨシアキちゃんがマンホールの穴に落ちてジ・エンド。そのヨシアキちゃんがオレじゃねえかよおおおおっ!!

ところが、である……。その後、高田さんのインタビュー場所となった焼き鳥屋のすぐ先にある井の頭公園、そこを意気消沈しながらトボトボと横切ってる時に奇跡は起こった。

「終わっちゃいましたね……」

背後から突然、そんな言葉をかけてくる変な大人（シンボさん）。

「まぁ、そもそも板谷さんが最初に針すなおさんを指名したのが……」

「また、睡眠学習のようにソレを言うのかいっ!! じゃあ、あおい輝彦とか若尾文子なんかからスタートすれば会えたんスかっ⁉」

「……このまま終わると思いますか？」

「思いますよっ。だって、そういう約束だし！ ………ん？ シ、シンボさん。今、何て言いました…？」

「会わせますよ。2年間も頑張ってくれたんだから、MJに」

「えっ、マ…マジっスかあああっ⁉」

次の瞬間、硬直しているオレの肩に誰かが手を乗せてきたので振り向くと、この2年間苦楽を共にしたカメラマンの浅沼君が微笑んでいた。

「どっかで神様が見ててくれたんだよ。よかったね、板谷さん……」

オレ、泣かないっ。オレ、まだ泣かないっ。オレ……うぐぐぐっ。

MJ近づき度……99%↓

次の偉人は…………………
つーことで、いよいよMJです!! いやぁ〜、この連載を続けてきてホントによかった……。次回必見！

特別編

ついにMJ登場！

Miura Jun
みうらじゅん◎'58年、京都府生まれ。イラストレーター、漫画家、コラムニストなど多彩な顔を持つ。著書に『マイブームの魂』『新「親孝行」術』など

あの…みうらさんってジョーダンと仲いいんスか?

都内某マンションの一室。オレの正面に座っているみうらじゅんさん。まったくわけがわからない……。

「ほら、早く何か質問してっ…」

呆然《ぼうぜん》としているオレの耳元に、そんなささやき声を飛ばしてくるシンボさん。何を言っているのだろう、このインテリヤクザは……。インタビューは先日、すべて終了したはずである。よって、質問も何も、そんなモノ考えてきちゃ………ああっ、もしかしたらみうらさんて実はジョーダンと懇意で、それで仲介役を!?

「あ、あの……み、みうらさんはジョーダンと仲いいんスか?」

「ああ、ジョーダンね。知ってる、知ってる」

みうらさん、尊敬してました。しかも、会えてメチャメチャ嬉しいっス。が、デタラメだよっ、こんなの!!　笑いごとじゃねえんだよっ、気持ち悪いカエルうううっ!!

やっぱ仲いいんだっ。さすがは、みうらさん…。よしっ、ここは一つ御機嫌取って紹介してもらわなきゃ！

「し…しかし、つくづく感心するのは、みうらさんて漫画の仕事以外にも仏像とか、祭りとか、親孝行…といったモノまで次々とブームにして、また『いやげもの（嫌な土産物）』だとかネーミングもメチャメチャうまいっスよね。オレ、女だったら間違いなく11歳ぐらいでみうらさんに抱かれてましたよ。いや、マジで」

「ネーミング命！　昔400曲以上作った歌もタイトルがまず決まるんですよ。『歩んできた恋』とか。授業中に考えるんですけど。でも、恋したことないんですよ。童貞だから」

「ブハッハッハッハッハッハッ!!」

でも、タイトルだけはある、と（笑）。…あと、図々しい願いが書かれてる絵馬を『ムカ絵馬』ってくくったのもさすがですよね（笑）」

「とりあえず誰も目を付けないだろうと。今、流行《はや》ってるモノとか話題のこととか書くと優劣つくから。負けるもん、確実に。中学の時にね、ずっと泳げなくて。で、プールが出来なきゃいいな、と思ってたら出来ちゃったんです。そんで、水泳大会の時に普通に泳げる奴はリレーとかやってんのに、泳げなかったり水が怖い奴は『碁石拾いリレー』ってのをやらされたんですよ。碁石を潜って取らなきゃいけないの。…俺、1番でしたよ。モノ凄《すご》い拾う。先生が『みうらはよく取る』って。悲しかったけど1位でしたよ」

「グハッハッ!! モノ凄い拾うって……グハッハッハッハッ!!」

よしっ、みうらさんノッてきてるぞ。その調子だっ、オレ！

「あっ、それからある雑誌で読んだんですけど、みうらさんは記録魔で、小学校の頃から自分の本を作られていたとかで…？」

「俺のことを俺が残さないで誰が残す！と。もう夏休み、春休み、締め切りビッチリ詰まってましたから。単行本2冊上梓《じょうし》、とか書いたり」

「で、またそれらをキッチリ保存してあるのが凄いですよね（笑）」

「あのね、書いてる途中で俺すらも恥ずかしくなる時があるの。でも、そこをグッとガマンして。装丁とか凝るんですよ。表紙付けて後ろに『著者近影』とか入れて。そこまでやれば、もう捨てられない！って。で、残っていく。追い込んでいくんです」

「グハッ、追い込んでいくって」

「あと俺、一人っ子だったし、オカンも俺の大ファンだったから。今ね、実家で小さい畑買って、そこにオカンがレモンの木を植えたんです。レモンの木って、何年もしないと育たないんですよ。で、何で植えたのかオカンに訊《き》いたら、オヤジが死んだら京都にある実家が『みうらじゅん記念館』になるらしいんです。で、『アンタのファンが来はった時に紅茶を出して、レモンを入れる』と。もうねぇ、中国人みたいな計画ですよ」

「ブッハッハッ！　お母さんがそこまでのファンって凄いですよね。ちなみに、ウチのオフクロなんて雨上がりにオレの本で自転車のサドルとか拭《ふ》いてますからね。自分の息子が書いた本、雑巾《ぞうきん》代わりですから」

「それはそれで素敵だよね（笑）。で、実はウチってオヤジの方も俺の大ファンで、昔、『ビックリハウス』って雑誌に3ページぐらい空きができたんですよ。そんで、漫画を描かせてもらったら、ちょっと人気あったんです。で、いっぱいファンレター来てるよって。女の子から。ところが、その中に一人もんのぉ凄い達筆な奴がいて。ナントカ中学1年とか書いてあんだけど、その字見た時にウチのオヤジだってわかって」

「グハッハッハッハッハッ！」

「編集部回ってんのよ、その手紙。キ○ガイだ、キ○ガイだって。しかも、手紙に『連載にして下さい。』って書いてあって。編集長が『キ○ガイだよねぇ～！』って言うから『キ○ガイですね、これ』って。自分のオヤジをキ○ガイって言うほど胸が苦しいことはないですねぇ〜」

「ブハッハッハッハッハッ!!」

よっしゃあ、そろそろジョーダンを紹介してくれって頼んでもいいタイミングだろ…。

「で、MJのことなんですけど……」

「うん、3〜4年前から俺のことをそう呼ぶ奴が出てきたね」

「はぁ…!?」

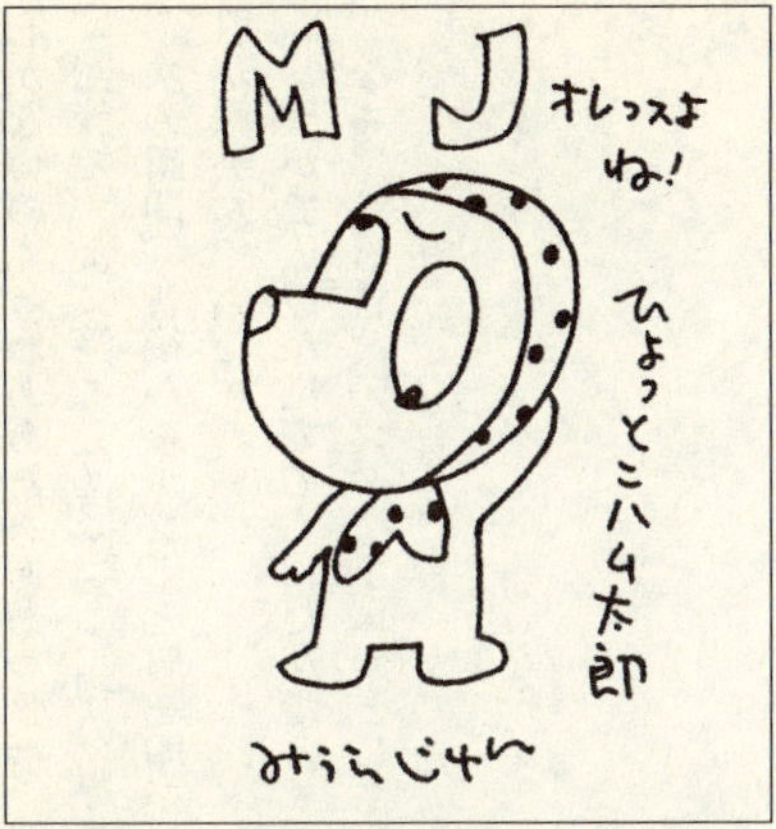

オレっすよね！って……。その上、ひょっとこハム太郎……。で、ボキが出した結論はコレ。なくなっちゃえよっ、こんな国!!

こんな駄ジャレでボキの2年間を締めくくるつもりかいっ!

10分後――――。みうらさんの事務所を後にするオレたち。

「シンボさん……。まさか、あんな目眩《めまい》がするような駄ジャレでボキの2年間を締めくくるつもりじゃないっスよね?」

「どうでした、MJに会った感想は?」

「どうでしたって……。アンタには

心がないのくぅわああああああっ!?」

「冗談ですよ（笑）。今度こそ本物のＭＪに会わせますよ」

次の瞬間、背後からポン！と肩を叩《たた》かれたので振り向くと、またもやカメラマンの浅沼君が微笑んでいた。

「どっかで仏様が見ててくれたんだよ。よかったね、板谷さん……」

なぁ、浅沼君。アンタ、ひょっとしてシンボさんと組んでねえかぁ!?

完結編

今度こそMJ登場！

ボ、ボキの10代の頃からの憧れのビーナスが目の前にいいいっ!!

渋谷にある某ホテルの一室。そこでテーブルを挟んで向かい合っているオレとシンボさん。

「あの……な、何でこんな所にオレを呼び出したんスか？　しかも、ココって隣にベッドルームが付いてるからスウィートじゃないっスか……」

「まぁ、くつろいでて下さいよ」

まさかNBAシーズン真っ只中《ただなか》のジョーダンがこんな所に来るわけがねえし、今度は何を企んでんだよ、このインテリヤクザは……。

ピンポ〜ン♪

突然鳴り響く部屋のチャイム。

Mihara Junko
三原じゅん子◎'64年、東京都生まれ。'80年『セクシーナイト』で歌手デビュー。女優、歌手として活躍する傍らカーレースにも挑戦。'99年、コアラと結婚

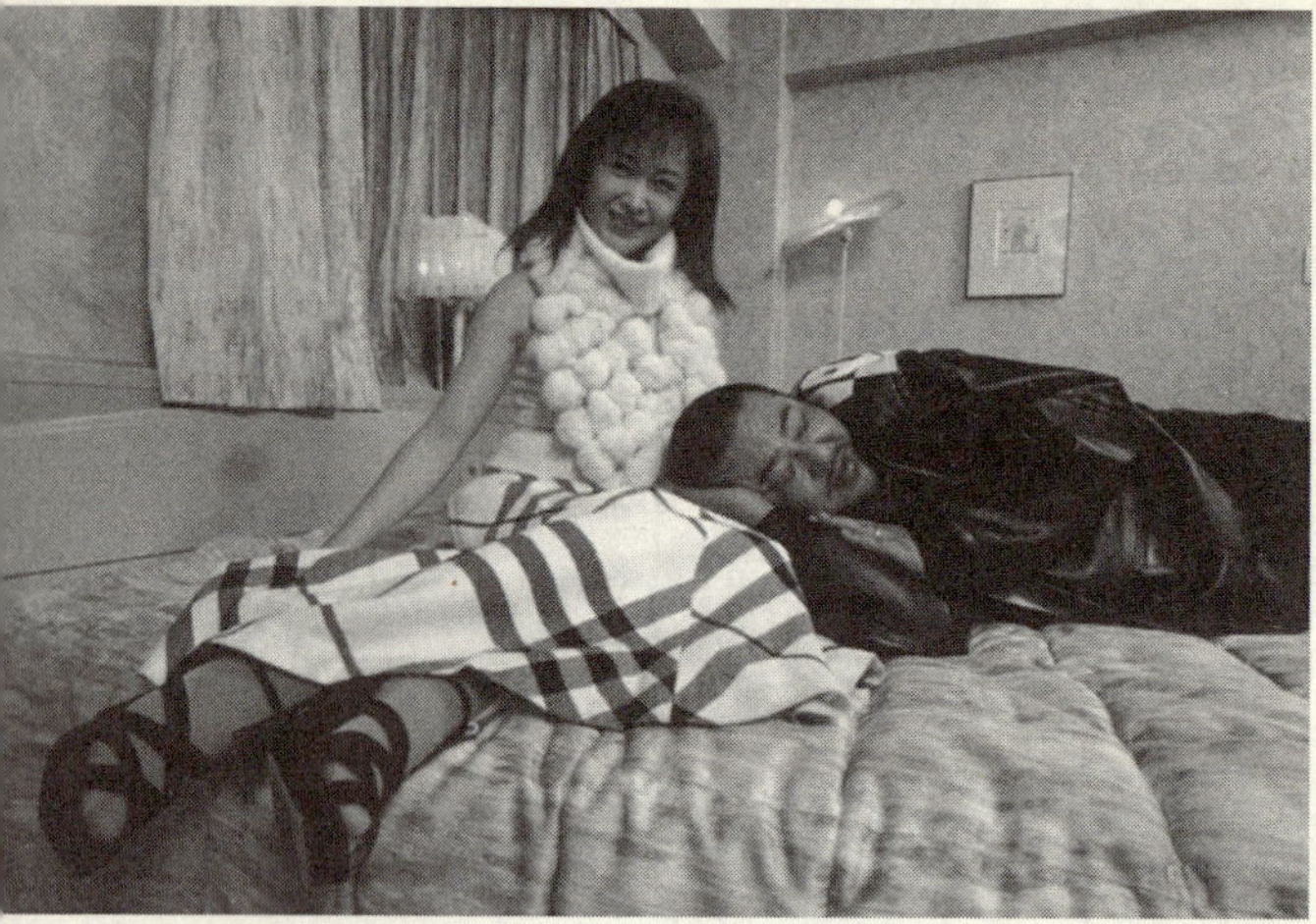

バリバリの不良になった15の頃から憧れてた天使の膝枕……。ジョーダンは、もういいっス。そんなことより、このままコンクリ詰めにして東京湾に沈めて欲しいっス……

「こんにちわ〜」

「えっ……もばあああああああっ!!」

部屋に入ってきた人物を見た途端、背骨が木《こ》っ端《ぱ》微《み》塵《じん》になるような衝撃に貫かれ、呼吸すらまともにできなくなった。ボ…ボ…ボキが10代の頃から憧《あこが》れてるビ、ビーナスが……。

「ほら、早く何か質問してっ」

三原さんがオレの正面に腰を下ろすと、すかさずそんなささやき声を飛ばしてくるシンボさん。が、無茶を言うのもイイ加減にしろっつーの!! 今のオレは全身の至る所で非常ベルが鳴り続けてる状態で、お陰様で自分の名前すら思い浮かばねえじゃねえかよおおおっ!!

その後、しばらく流れる重苦しい

沈黙。ヤ、ヤバいっ!! 三原さんが半ば呆《あき》れたような表情になっとるっ。な…何か質問しなきゃ!!

「あ、あの……ハ、ハトヤに泊まったことは?」

「……いや、ないですけど」

「じ…じゃあ、サンハトヤには?」

「…………」

ぬぅわにぃを訊《き》いとるんだっ、ボケッタレがあああっ!! 相手は憧れの三原さんなんだよっ! この熱い想いをラグビーボールのようにぶつけるんだよおおおっ!!

「あ…あの、三原さんといえばパ…パンチを入れるのはボディで、早朝バズーカはセクシーナイト付きといった布陣なんですけど(いかんんんっ、言葉が変な土石流を起こしとるっ!)、仙八…じゃなかったっ、金八っつぁんでは九十九弥一が受験日に暴力をふるったり、でも、タクちゃんがっ…と、とにかく、ボキが一番好きなのは『チャバレー』といったコントラバスで(誰か止めてくれえええええええっ!!)」

「三原さんはツッパリのイメージが強いですが、当時のブリッコ全盛のアイドルの中では異色でしたよね?」

なぁ、シンボちゃんっ。助け船を出すなら、頼むきゃらサンハトヤの時点で出してくれよおおおっ!!

「私は小さい頃から人見知りがヒドくて、おまけに全然喋《しゃべ》らなかったので、それで母親が私を8歳の時に劇団に入れたんです。だから、全然不良ってわけじゃなかったし、もともとは芸能界にも入りたくなかったんですよ」

「ところが、『金八先生』のオーディションに受かっちゃって……」

「そうですね（笑）」

よっしゃあああっ、ウマく割り込めたぞ！

「で、受かってからスグにツッパリの役を貰《もら》って。それ以後、ズーッとツッパリのイメージで見られるようになって（笑）。デビュー曲もホントは別の可愛い曲のレコーディングが済んでたんですけど、ツッパリということで『セクシーナイト』に急遽《きゅうきょ》変更になったんですよ」

なるほどなぁ……。だって、こうして生で三原さんを見たら、メチャメチャ優しそうな目をしてるもんなぁ〜。

「で、三原さんは実際の高校生活でもマッチと同じクラスだったとか？」

「ええ。明大中野の夜間部に入って、最初はマッチとヨッちゃんと同級生でした。で、1回ダブって今度はシブがき隊と同級生になって、もう1回ダブって少年隊と同級生になっちゃったんで、もう辞めようと（笑）」

「ブハッハッハッ!! そりゃタマんないっスよね。ところで、三原さんて腕相撲メチャメチャ強いみたいですけど、何か秘訣《ひけつ》とかあるんスか…？」

「多分、カーレースをやってたせいですね。レーシングカーって、ハンドルを回すのにもモノ凄《すご》い力がいるんですよ。ましてや、選手権では男の人に混じって走るわけだから、筋トレはかなりしてましたね」

あぐううう〜〜〜っ、三原さんと腕相撲取りてえええええっ!! 手ぇ握りてえええええっ!! もひとつオマケに腕、ヘシ折られてえええええっ!!

「ちなみに、今後はどういう活動を中心にしていこうと?」

ちょっと待たんかいいいっ、インテリヤクザ!! 頼みもしねえのに割り込んできて、しかも勝手にシメに入ってんじゃねえよっ!! オレにとっては永遠に続いて欲しい時間なんだよっ!!

「今、バンドを組んでライブなんかもやってるんですよ。『セクシーナイト』のジャズバージョンとか。要は、30〜40代の人が聴ける音楽をやっていきたいと思ってるんですけどね。あと、最近はバラエティ番組とかにも出演させてもらってますが、これから先は舞台の方に力を入れていきたいですね」

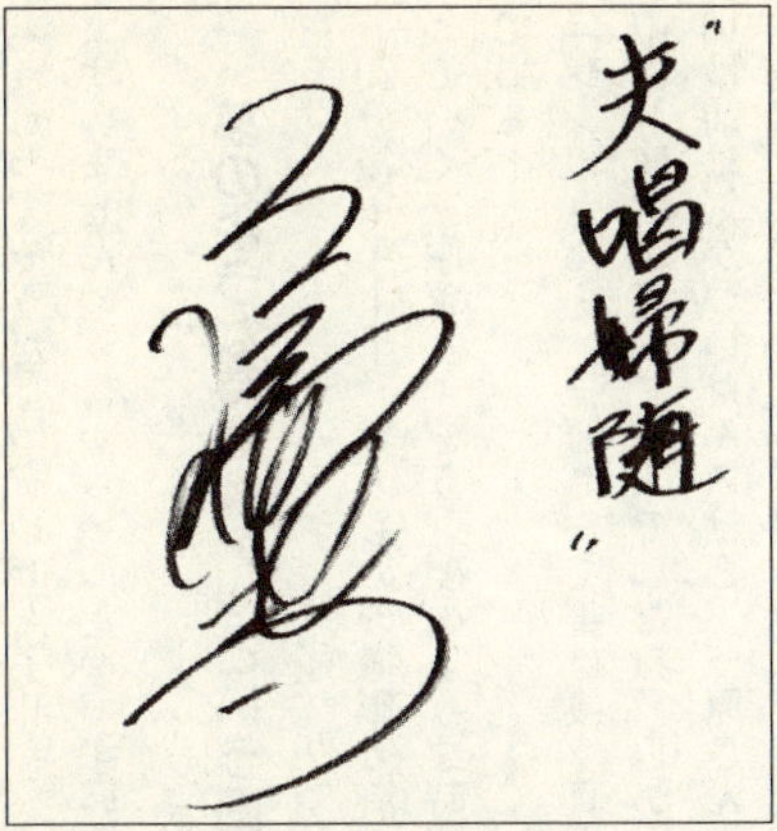

夫が言い出し、妻がそれに従うこと。つまり、コアラが言い出し、じゅん子がそれに従うこと……。デタラメだよっ、そんなの!!

「うんっ、そうだよっ、じゅん子‼」

（すいませんっ、言っちゃったっ、すいませんっ、言っちゃったっ！）

夢のような時間はアッという間に過ぎ去って……

20分後————。昇天ものの撮影も済み、天使のような笑みを浮かべながら部屋から去っていく三原さん。そう、夢のような時間というのはアッという間に過ぎ去ってしまうのである……。

「シンボさん…。三原さんて実は凄く真面目で、女っぽいんだけど男っぽくもあり、心の中にド演歌が流れてる人でしたね。しかも、狂暴なぐらいキレイだったし……。それから10秒前に気がついたんスけど、三原さんも頭文字がＭＪですよね……」

「浅沼さん、コッチの部屋のカメラ機材も片づけちゃっていいっスよ」

はい、気持ちいいぐらいオレの話聞いてないっ。

つーことで、読者の皆さん。２年にわたってのご愛読ありがとうございました。結局、この有り様です……。

あとがき

つーことで、結局ジョーダンには会えなかった。つーか、その予感すらなかった……。で、負け惜しみでも何でもないが、まずオレが言っときたいのは、この偉人のリレーには一切やらせや仕込みはない…ということである。当企画を『週刊SPA!』にて連載中、知り合いの編集者や友人たちに「派手過ぎず地味過ぎず、絶妙な人選ですよね」とか「結局、誰にジョーダンを指名させるんだよ？」てなことを頻繁に言われたが、この流れはホントに各偉人が尊敬している人にバトンを渡した「バカ正直リレー」だったのである。よって、指名された偉人が外国に行ってたり、相手のスケジュールが10日以上もギッシリというケースも出てきたりして、その都度、番外編を挿入したりして乗り切ってきたのだ。

それにしても、当連載をやっていてつくづく思い知らされたのが、自分の文化的なボキャブラリーのなさである。オレは20代前半まで不毛なヤンキー生活にドップリと浸っており、何丁目の角に新しい自販機が入ったとか、ドコソコ中学出身の誰それがグロリアをホットロッド仕様に改造したとか、そんなことにしか触覚が動かず、それ以降も合コンやパチンコのことぐらいしか興味がなかったのだ。よって、指名された偉人が何者だかわからないケースがほとんどだったのである。

が、仮にも人に話を訊《き》きに行く以上、「ボク、アナタのことは顔ぐらいしか知らないんですけどね、グフフ…」じゃ済まされない。よって、インタビューのよくある手法に倣って、相手の経歴、エピソード、事件などを徹底的に調べ、その派手で特筆すべき点だけを確認していくように質問を繰り出そうと思った。そうすれば、インタビューの内容も自動的に派手で話題性の高いモノになるからである。が、オレはそれをしなかった。ナゼかというと、単に面倒臭かったからである。よって、相手に対する知識をギリギリ失礼にならない程度だけ押さえ、あとはぶっつけ本番…という方法を取ることにした。

こうして各偉人へのインタビューが始まったのだが、またまたある事を思い知らされるハメになった。オレはインタビューがメチャメチャ下手なのである。つーか、気がつくと、相手の3倍ぐらい喋《しゃべ》っちゃっているのだ……。で、毎回インタビューが終わると頭を抱えることになるのだが、と同時に偶然にも自分が一つドエラい武器を手にしていることがわかった。オレは外見が未だにチンピラ風味なので、大抵の偉人はオレを目にした途端（わっ、何だ、コイツ⁉）と警戒する。ところが、この仕事をしている時のオレは絶えず笑みを浮かべ、言葉遣いもそれなりに丁寧なので（見た目よりイイ奴じゃん…）と相手は思う。そうすんと、最初に警戒心&不快感というインフレーションがあった分、それが一気に利子まで付いてプラスのイメージに転換し、その結果、相手は心の観音扉をパカパカ開いてくれるのである。

そう、花見会場で隣のシートがヤクザの団体で（嫌だなぁ〜、コイツら）と思っている時に、そのヤクザたちが「兄ちゃん、これ余ったから食べなよ」とおむすびを差し出してきたら凄く嬉《うれ》しい気分になり、自分たちも何かお返ししたくなんだろ？　それに似たレトリックである。よって、どの偉人にも気持ち良く喋ってもらうことはできた、という自負だけはある。ま、偶然の産物だからエバってる場合じゃないんだけどね……。

それにしても、つくづく意外だったのは、当連載を2年も続けたのに嫌な偉人は誰一人として出てこなかったことである。…ま、雑誌のインタビューでわざわざ毒づく人も少ないとは思うが、それを差し引いても面倒臭そうな態度を取ったり、人を明らかに見下している偉人は一人もいなかったのだ。で、その計50名（みうらさんと三原さんを入れると52名だが）の偉人に共通して感じたこと、それは自分の仕事に対してはモノ凄くマメで、しかも、バカ真面目だということである。そう、ダメな奴に限って単細胞のくせに妙に難しくて、あることに取り組むにしても、その中核に入っていく以前に下らないこだわりやプライドを前面に出してきて、結局は同じ場所でクルクル回っているだけなのである。ところが、この取材を通じて出会った偉人たちは、一番好きなことに対して当たり前のように日々努力しており、しかも、その努力が限りなくピュアなのだ。そう、そんなシンプルなことが偉人性の源だったのである。

で、そんな偉人たちにインタビューを続けたオレは、それを原稿にまとめる段階で孫悟空の頭にハマっているような、あの輪っかに毎回グイグイと脳味噌《のうみそ》を締めつけられることとなった。輪っかは2つあった。一つは「文字量」という輪っかである。『週刊SPA!』のーページに入る文字量というのは、タイトルや写真スペースなどを除くとジジイの小便のような量しか残らない。んで、毎回ー時間半〜2時間に及ぶインタビューをその笑っちゃうようなスペースに、いいとこ2回でブチ込まねばならないのだ。しかも、別名「無駄話ライター」とも呼ばれているオレは、本筋から脱線した部分で笑いの打率を稼いでいくタイプなのである。が、本筋さえ10分のーも入らないというのに、そんな脱線地帯を入れる余裕などーミリもなかったのだ。

あと一つの輪っかは「毒舌のさじ加減」である。嫌な偉人は一人もいなかったとはいえ、サイバラとカモちゃんを除いては全員初対面なのである。しかも、コッチはお願いして話を訊かせてもらっている立場なのだ。で、そんな偉人たちに通常通りの毒をインタビューや原稿でぶつけてしまったらヘソを曲げる人が出てくるのは必至で、そうなると次の偉人を紹介してもらえず、自動的にジョーダンへの道は閉ざされてしまうのである。……つーことで、この2つの輪っかに頭をグイグイ締めつけられたオレは、当然のごとく読者や友達から「らしくない」とツッ込まれもしたが、無茶を言うんじゃねえよっ、バカ野郎!オレは本気でジョーダンに会いたかったんだよっ!!

で、そんな四面楚歌《しめんそか》状態に置かれていたオレを陰でガッチリとサポートしてくれたのが、何を隠そう、担当編集者のシンボさんだったのである。オレがヤンキー上がりのただのバカなのに対して、灘高から東大に現役で入ったというシンボさん。当初、そんな彼が何でオレに連載を持ちかけてきたのか不思議でしょうがなかった。その上、シンボさんは毎回インタビューが終わると、そのインタビュー場所となった喫茶店や相手の事務所を出ると同時に「じゃ、締め切りは月曜ということで…」とだけ言って一人でサッサと帰ってしまうのである。そんなサイボーグのような態度に（実はオレって、何かのダミーにされてるのか？）と思った。（この人の主食はカキ氷のブルーハワイではないのか？）とも思った。

ところが、オレが毎回原稿を仕上げて彼の元にFAXすると、必ず30分後ぐらいに電話がかかってきて、不正確な部分を指摘してきたり、この部分を省いて、その代わりにこの要素を入れた方がいいのではないか…といった提案をしてくるのである。つまり、彼もインタビューの時に自分用のボイスレコーダーを回しており、職場や家に帰ってそのテープを最初からキッチリ聞き返しているのである。そうじゃなかったら、いくら記憶力がよくてもあんなに細部のことまでは指摘できないはずなのだ。オレは今まで10年以上ライターをやってきて、こんなに熱心な赤ペン先生と巡り合ったことはなかった。よって、ジョーダンに会えなかったことは血の涙が出るほど悔しかったが、当連載はオレにとって小粋な勉強をさせてくれる道場のようなものだったのである。

最後に、貴重な時間を割いてくれた各偉人さんはもちろんのこと、この本の制作に係わってくれたすべての方にお礼を言います。どうもありがとうございました。

ゲッツ板谷

特別企画

キャーム&セージ&ケンちゃんの

似顔絵ガチンコ勝負!

はい、そういうわけで、またまたバカの時間なんですけどね。今から何が始まるのかというと、これから美術のパンチドランカー3人(キャーム42歳、セージ37歳、ケンちゃん72歳)が似顔絵勝負をし、ボキが勝者を無理矢理決めるって寸法です。そう、要するに3年前に展開したこのコーナーの評判が良かったんで、ならもう1回ブチかましてやろうってことですわ。ルールは、『何も見ないで描く』&『3分以内に描く』ことのみ。つーことで、スタート!

★★★★★★★★★★★★★★★★★★★★★★★★

「北斗の拳・ケンシロウ」を、はい！ 描きなさい

★★★★★★★★★★★★★★★★★★★★★★★★

【キャーム】

【ケンちゃん】

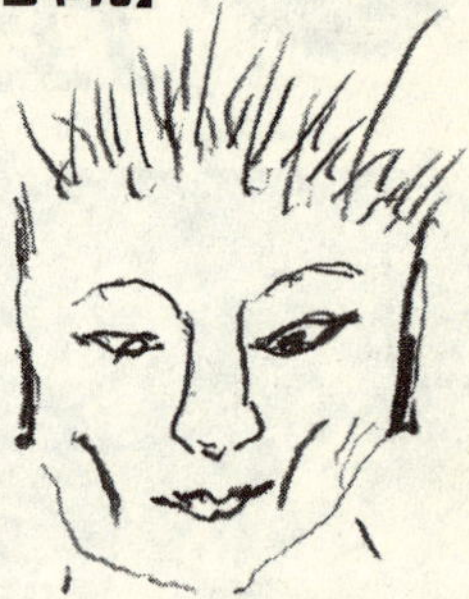

【セージ】

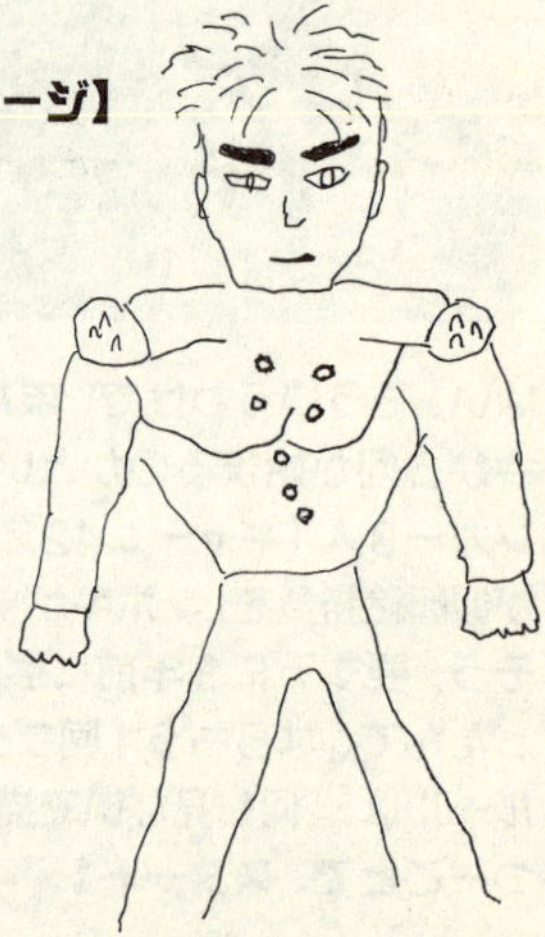

はい、ということで早速始まっちゃいましたけどね。しかし、驚いたことにコレを見る限りは知ってるね、ケンちゃんはケンシロウのことを。が、こういう時に限って“耳”がねえんだよなぁ～。惜しい……。それからキャーム。おメーのケンシロウは何で目の下に傷があるんだよ？ しかも、よく見ると鼻も有りそうなんだけど実はねえし。……つーことで、初回は胸の北斗七星が効いたセージ版ケンシロウの勝ち～!! しかし、今回も大丈夫なのか、この企画……。

★★★★★★★★★★★★★★★★★★★★★★★★

「ドカベン・殿馬」を、はい！ 描きなさい

★★★★★★★★★★★★★★★★★★★★★★★★

【キャーム】

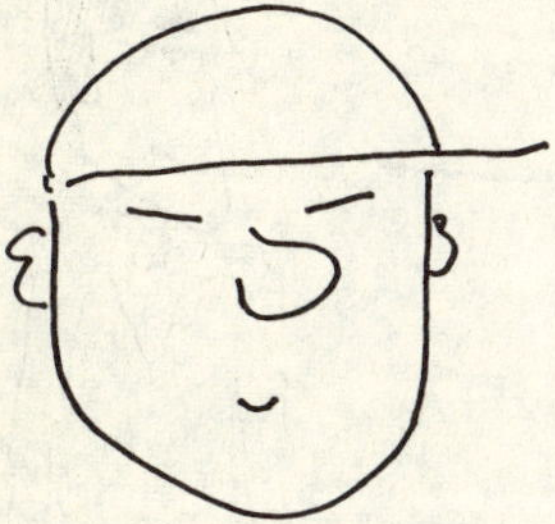

【セージ】

続いては、漫画『ドカベン』に出てくる殿馬。そして、またまた驚くことに、今年で73歳になるケンちゃんがやっぱり知ってんだよな、殿馬を。それから、セージも知ってんだろうけど、コイツのは殿馬とヤンキースの松井秀喜を足して2で割ったような感じ。で、実はキャームも殿馬は知ってるんだけど、脳と右腕の連結が異常に悪いのか、実際に描けたのはスヌーピーのチャーリー・ブラウンがズッコケたようなこの作品。ちゅーことで、今回はケンちゃんの勝ち！

【ケンちゃん】

★★★★★★★★★★★★★★★★★★★★★★★★★

「ゴルゴ13」を、はい! 描きなさい

★★★★★★★★★★★★★★★★★★★★★★★★★

【ケンちゃん】

【セージ】

3人ともゴルゴ13は知ってるのに、それにしても見事に似てない……。特にキャーム、おメーはよく“ゴルゴ13クイズ”なるものをオレに出題してくるけど、何なんだよ、この顔は?　これじゃあ、ウチの一番近くにあるコンビニの店長だっつ──の!
それから、セージ。右手のピストルも酷いけど、何でおメーのゴルゴは左手がねえんだよっ?
あと、ケンちゃん。アンタのゴルゴは………いや、もういい。
つーことで、今回の勝者は仕方がないけどキャームに決定……。

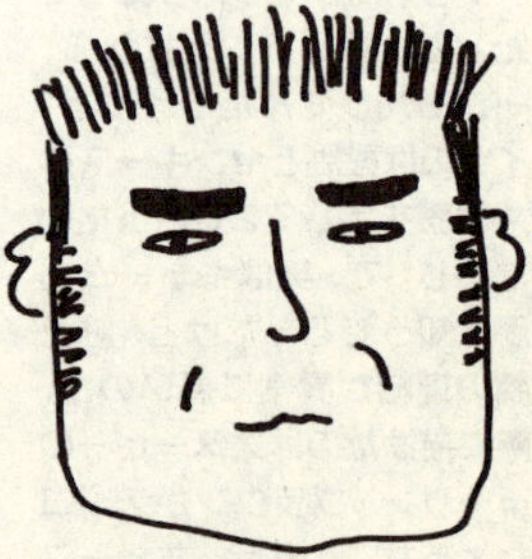

【キャーム】

★★★★★★★★★★★★★★★★★★★★★★★★★

「そのまんま東」を、
はい! 描きなさい

★★★★★★★★★★★★★★★★★★★★★★★★★

【ケンちゃん】

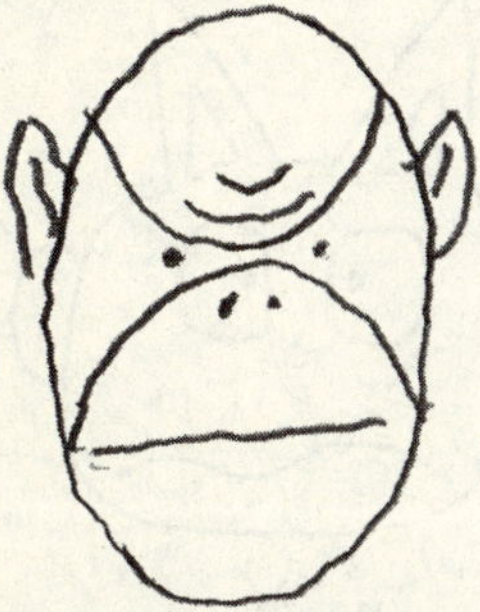

【キャーム】

結論から言う。セージの勝ち! キャームの作品も惜しかったが、やっぱり納得できねえんだよなぁ。この有るか無いのかがイマイチはっきりしない鼻を描かれちゃうと。それからケンちゃんよぉ〜、お前さんのはどう見てもオランウータンじゃねえかよっ! しかも、コレを描いてる途中で何度もオレの方をニヤつきながら見てきてよ。つーか、オレが爆笑するとでも思ったのかいっ!? そんなにオレは笑いの沸点が低いのかっ!? どうなんだっ、答えんかいいいっ!!

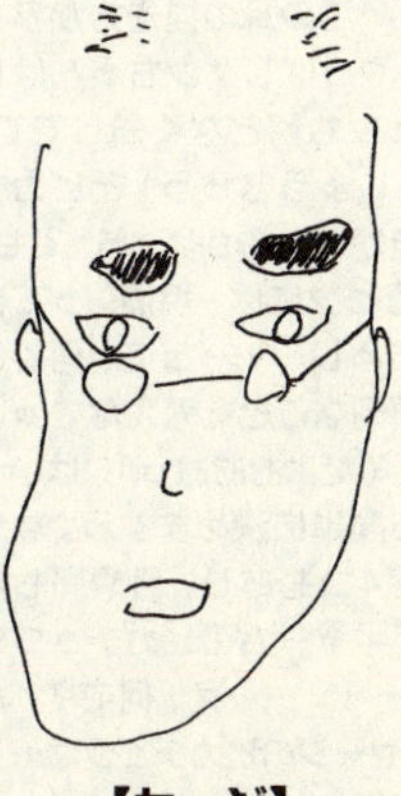

【セージ】

「ポケモン・ピカチュウ」を、はい! 描きなさい

【セージ】

【キャーム】

【ケンちゃん】

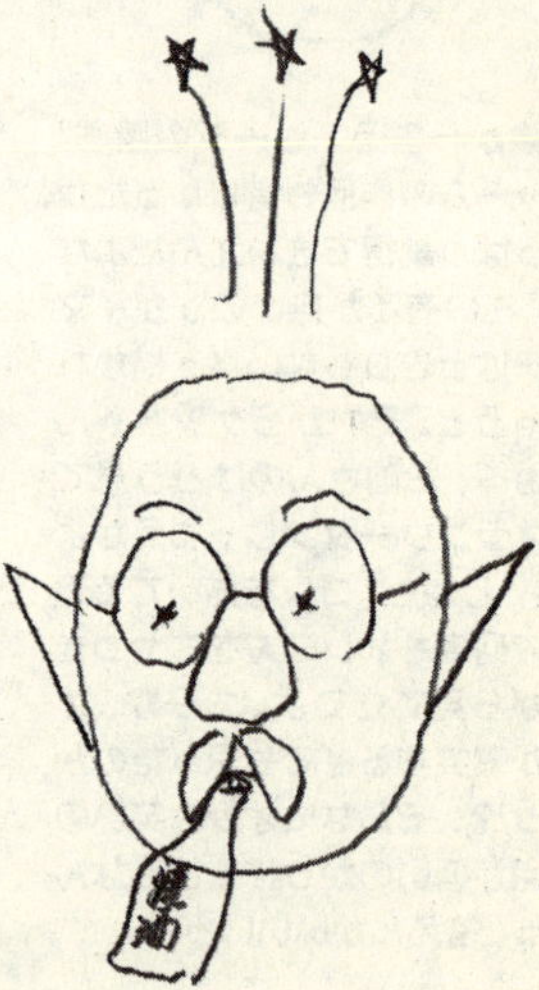

う〜ん、この耳の描き方からすると、やっぱしケンちゃんはピカチュウも何となく知ってて、焼酎（しょうちゅう）とピカチュウをかけたのか？　あ、でも、この酒ビンには“焼酒”って書いてあるし………って、何でこんな面倒なことを考えなきゃいけねえんだよおおおっ!!　はいっ、じゃあ簡単に決めますっ。なぜか耳が4つもあり、目や鼻も変だけどキャームのピカチュウの勝ち〜〜!　……え、何で？　だって、セージのピカチュウは……って知るかああっ!!

★★★★★★★★★★★★★★★★★★★★★★★★★

「ピーター・パン」を、はい！ 描きなさい

★★★★★★★★★★★★★★★★★★★★★★★★★

【ケンちゃん】

【セージ】

まず、ケンちゃんのは問題外として、気になるのはキャームが描いたピーター・パン。っていうか、ピーター・パンのことなんて殆ど知らねえくせに“これがピーターの顔だよ”と堂々と描ききる、この図々しさ。しかも、この2つの目に宿っている哀しさが余計な説得力さえかもし出している始末。つーことで、今回の勝負はキャームといきたいところだが、やっぱどう考えても勝ちはセージっしょ。……えっ、何で最後に意見を変える？　やかましいっ、黙っとけ!!

【キャーム】

★★★★★★★★★★★★★★★★★★★★★★★★★

「奈良の大仏」を、はい！ 描きなさい

★★★★★★★★★★★★★★★★★★★★★★★★★

【キャーム】

【ケンちゃん】

あれっ、おかしい！　奈良の大仏なのに、ケンちゃんがカラス天狗を描いとるぞ……。つーか、ケンシロウとか殿馬なんかは知ってるくせに、奈良の大仏を知らないってどういうことぉ？

あと、セージの大仏はパッと見ると病気の人みたいだな。しかも、手のポーズとかも全然違うし。

ということで、今回の勝者はキャームに……だって、しょうがねえだろ！　消去法で考えると、それしかねえんだからっ。オレだって、こんな作品をホントは勝者にしたくねえわっ!!

【セージ】

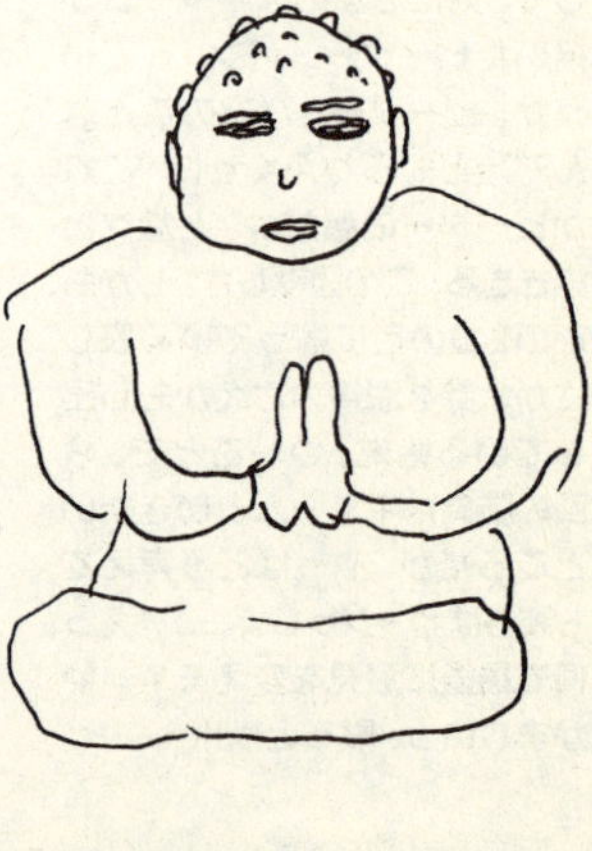

★★★★★★★★★★★★★★★★★★★★★★★★★

「ガンダム」を、はい! 描きなさい

★★★★★★★★★★★★★★★★★★★★★★★★★

【キャーム】

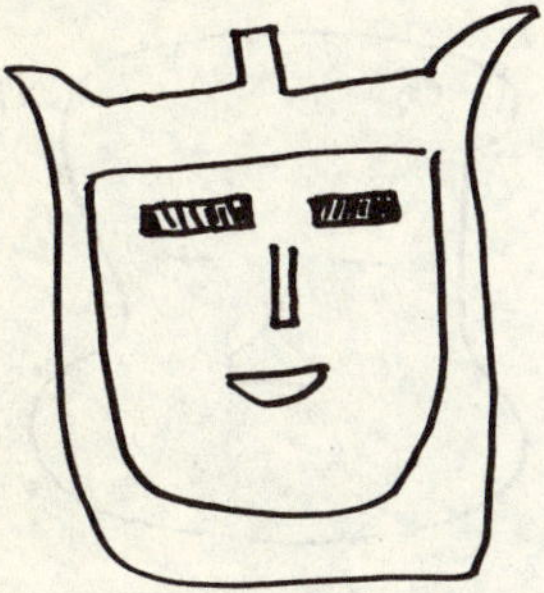

【ケンちゃん】

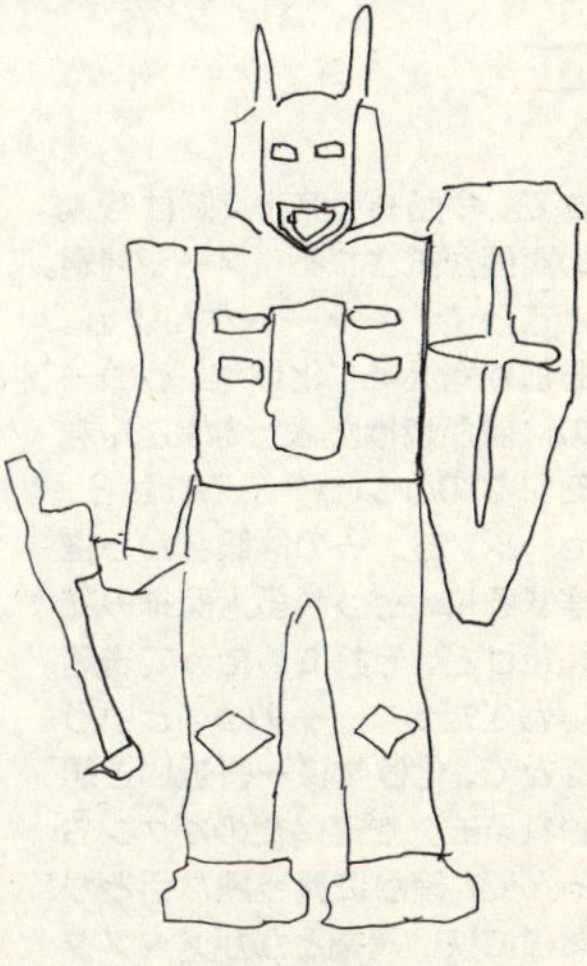

【セージ】

はいっ、今回も結論から言う。セージの圧勝! つーか、ガンダムっていうのは、ケンちゃんやキャームの世代じゃねえんだよな。それにしても何なんだよ、ケンちゃんのガンダムは……。昭和の中頃に出てきた、ジャイアントロボに真っ先にブッ飛ばされそうなポンコツじゃねえかよ。それからキャームのガンダムなんだけど、オレはリンゴジュースか何かのブリックパックにしか見えねえっつーーのっ。つーか、頼むからスグには諦めんでくれ。はい、これ約束!

★★★★★★★★★★★★★★★★★★★★★★★★★

「化け物」を、はい！ 描きなさい

★★★★★★★★★★★★★★★★★★★★★★★★★

【セージ】

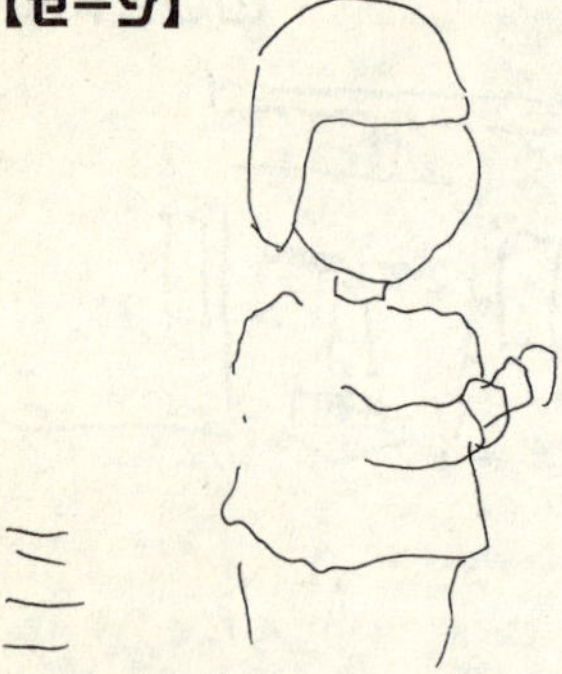

【キャーム】

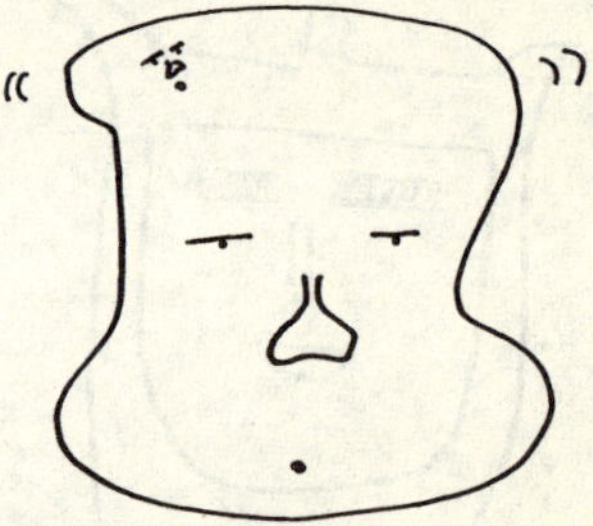

さて、今回もラスト2問は各人の真価が試されるイメージ問題。ところで、キャームさんよぉ。お前が考える“化け物”っつーのは餅が焼けたような、こんなモノなのかいっ？　それから、セージ。おメーのは服装から推察するに、どうやら大魔神みてえだけど、それにしたって省略し過ぎだっつ――のっ。ということで、化け物に一番近いと思われるモノを描いたのがケンちゃんで、確かに真っ黒な目とか、異様に狭い肩幅とかがメタメタ怖い。うん、さすがは年の功だ。

【ケンちゃん】

★★★★★★★★★★★★★★★★★★★★★★★★

「一期一会」を、はい！ 描きなさい

★★★★★★★★★★★★★★★★★★★★★★★★

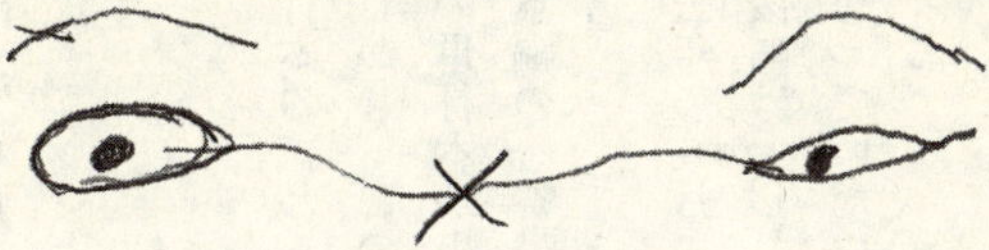

【ケンちゃん】

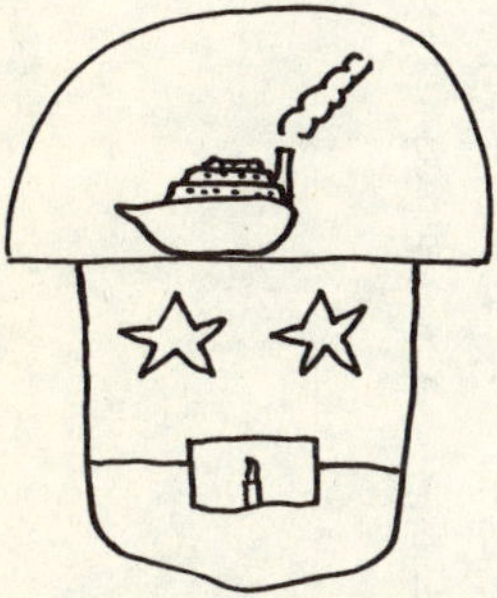

【キャーム】

【セージ】

最後のお題は、一期一会。つまり、一生に一度限りであること……ですが3人の作品はこのようになりました。う～ん……セージのは何となくわかるような気がしますが、ケンちゃんやキャームの作品が何を言いたいのかがサッパリわかりません。ま、でも、わかる必要もないので今回の勝負はセージの勝ちとし、10問トータルでもケンちゃん2勝、キャーム3勝、セージ5勝ということでセージの優勝！ 奴には「よかったじゃん」という言葉を送っときます。さて、風呂でも入ろ……。

文庫版あとがき

さて、単行本の『わらしべ偉人伝』が出版されて、もう4年が経っちゃったわけだけどさ。しかし、この4年間は実にイロイロなことがあったわ。

まず、この単行本が出る直前にウチのバアさんが脳梗塞《こうそく》で他界。そして、今から2年前には本編の一番最後にインタビューをさせてもらったフォーク歌手の高田渡さんも他界。

続いて、去年の6月にはオレ自身が脳出血という病気で倒れてさ。まぁ、奇跡的にも3カ月後には大した後遺症もなく退院できたんだけど、その1カ月半後に今度は肺ガンを患っていたウチのオフクロが再入院することになってね。で、1カ月後には他界っスよ。

しかも、めげる間もなく、その僅《わず》か10日後には親友のキャームのオフクロさんが心不全で、これまた他界。そして、トドメは今年の3月に、今度はオレと同い歳で、この『わらしべ偉人伝』にも登場してくれたカモちゃん（鴨志田穣氏）が腎臓ガンで、やっぱり死んでしまったのである……。

そう、つまりイイことなんて殆《ほとん》どなくて、人ばかりがバタバタと死んじゃってね。まぁ、そういうオレも去年はホントに危なくてさ。今も1日5～6時間ぐらい原稿を書くと、頭が疲れてヘロヘロになっちゃうんだけどね。

で、つい先日のことですよ。超久しぶりに、この『わらしべ偉人伝』を読み返したんだけど、いやぁ～、この頃はボキもタフだったねぇ……。ジョーダンに会える可能性なんて殆どないのに、次々とインタビューに出張ってっちゃってさぁ。ホント、冷静に考えるとバカだよな。

でも、バカでも何でも、とりあえずボキは生き残っててさ。その上、こうやって文章も書いてんだし、あと少しは再びバカをやっていこうと思います。幸いなことにケンちゃんやセージ、それにキャームやハックなんかも未《いま》だに生き残ってるわけだしね（笑）。

最後に多忙な中、今回もこの文庫版のイラストを引き受けてくれたサイバラねーはもちろんのこと、単行本に続いて、この文庫本でも編集の仕事をしてくれ、しかも、解説まで寄せてくれたシンボさんに深く深くお礼を言います。

どうもありがとうございました。

2007年4月

ゲッツ板谷

P.S.……この本でインタビューをさせてくれた各偉人たちにも改めてお礼を言っておきます。どうもありがとうございました。

解説

新保信長（編集者）

板谷さんと初めて会ったのは、たぶん10年くらい前、漫画家・西原理恵子さん宅で開かれた忘年会の席だったと思う。何しろあの外見なので、うっかりしたことを言うと殴られるんじゃないかとビクビクだったが、いざ話をしてみると、やたらと腰が低く、早口だがソフトで丁寧な語り口。すっかり安心して、「今度ぜひＳＰＡ！でも書いてくださいよ～」みたいなことを言ったような記憶がある。

まあ、酒の席でのそんなセリフはたいてい社交辞令で終わるのだが、板谷さんにはその後、西原さんの単行本『できるかな』にゲストコラムを書いてもらい、さらに2年後には本当にＳＰＡ！で連載をお願いすることになった。

そこで問題は、何を書いてもらうか、である。家族や周囲の友人たちをネタにしたエッセイが爆裂に面白いのはわかっていた。が、他誌でやってるのと同じようなことをやってもつまらないし、そんなふうに身内の話や自分の体験ばかり書いていたら、いずれはネタが尽きるだろう――。そう考えて、あえてリレーインタビューという未知の領域に挑戦してもらったのが本書『わらしべ偉人伝』である。

2001年1月から2003年1月まで、約2年間の連載を終えて、2003年5月に単行本化。そしてこのたび文庫化となったわけだが、編集者として成功だったと思う点と、失敗だったと思う点がそれぞれある。

成功だったと思うのは、板谷さんが期待以上に〈偉人〉たちの話を引き出してくれたこと。そう、私が初対面で板谷さんの外見と中身のギャップにすっかり安心してしまったように、偉人たちも板谷さんのキャラクターに、つい心を許してしまうのだ。板谷さんにかかると、相手がどんな大物でも、まるで幼なじみのマブダチ同士のような空気が醸し出される。結果、普通のインタビューだったら絶対しゃべらないようなエピソードがボロボロ出てくることとなった。なかでも堀内恒夫さんや市川染五郎さんの回なんて、ホント、ありえないでしょう。

そういう意味では、まさに狙い通り。ゲッツ板谷でなければできない異色のインタビュー集ができあがったと自負している。

では、失敗だったと思う点とは何かといえば、〈身内の話や自分の体験ばかり書いていたら、いずれはネタが尽きるだろう〉という読みが、まるで外れていたということだ。『バカの瞬発力』『直感サバンナ』『板谷バカ三代』『戦力外ポーク』『情熱チャンジャリータ』……と何冊本を出しても、まったくネタが尽きる気配がない。「あと30年で枯渇する」と言われて30年以上経つ石油のように、板谷家とそれを取り巻く人々のネタは、あと30年分くらいは余裕であるのかも。だったら、わざわざインタビューものなんかやらずに、好き勝手にエッセイ書いてもらえばよかったじゃん！　そのほうがこっちも楽だしさー。

……とまあ、そんなふうに思わなくもないのだが、板谷さんが、この企画で知り合ったピエール瀧さんや天久聖一さんと、その後も公私にわたって付き合いが続いていたりするのは担当編集者としても喜ばしい（ちなみにピエール瀧さんは、板谷さんの小説が原作で'07年9月公開の映画『ワルボロ』にも出演している）。

本書に登場する偉人たちは、ジャンルも世代もバラバラだ。全部の偉人に興味があるという人は、まずいないだろう。それでも、まとめて読むと、奇妙なグルーヴ感のようなものが流れている。相手あってのインタビューではあるが、本書は間違いなく、ゲッツ板谷の〝作品〟なのだ。

わらしべ偉人伝《いじんでん》
～めざせ、マイケル・ジョーダン！～

ゲッツ板谷《いたや》

角川文庫 14688

平成十九年五月二十五日　初版発行

発行者―井上伸一郎
発行所―株式会社角川書店
東京都千代田区富士見二―十三―三
電話・編集（〇三）三二三八―八五五五
〒一〇二―八〇七八
発売元―株式会社角川グループパブリッシング
東京都千代田区富士見二―十三―三
電話・営業（〇三）三二三八―八五二一
〒一〇二―八一七七
http://www.kadokawa.co.jp
印刷所―暁印刷　製本所―BBC
装幀者―杉浦康平

定価はカバーに明記してあります。

け 4-9　ISBN978-4-04-366209-8　C0195